7-8 luglio 2023
★★★★
consiglio: social

NARRATIVA

878

B.A. Paris

LA RECLUSA

Romanzo

TRADUZIONE DI
OLIVIA CROSIO

EDITRICE NORD

Titolo originale
The Prisoner

ISBN 978-88-429-3539-1

In copertina: foto © Hayden Verry/Arcangel Images
Art director: Giacomo Callo
Graphic designer: Davide Nasta

LA RECLUSA

Ai due uomini della mia vita,
Calum e Henry

PARTE PRIMA

IL RAPIMENTO

1

PRESENTE

Avverto lo spostamento d'aria sotto le narici un millisecondo prima che qualcosa – uno spesso nastro adesivo – mi tappi la bocca, soffocando il grido che stavo per lanciare. Apro di scatto gli occhi. Una sagoma scura è china sul mio letto.

Mi percorre una scarica di adrenalina. *Muoviti! Prendi il coltello!* Ma, non appena alzo il braccio verso il cuscino, una mano mi prende il polso e lo immobilizza. Quando mi sollevano di peso dal letto mi metto a scalciare. È tutto inutile, perché i miei piedi urtano solo aria. Cerco di concentrarmi, però la mia mente gira a vuoto. Perché mi sono addormentata? Me lo sarei dovuta aspettare.

Mi tirano le braccia dietro la schiena per legarmi i polsi. Quando cerco di divincolarmi, mi calano sulla testa un cappuccio stretto, di stoffa ruvida, che mi manda subito nel panico. *No, Amélie. Rimani calma. Sai di cosa si tratta.*

Mi trascinano fuori dalla stanza. Incespico, ma mi strattonano per rimettermi dritta. I battiti frenetici del mio cuore mi rimbombano in testa. Domino la paura. *Posso batterli in astuzia, è già successo.*

La moquette morbida lascia il posto al pavimento freddo del pianerottolo. Urto con le dita dei piedi nudi il bordo della passatoia, che immagino rossa e verde, con intricati motivi di fauna e flora. Inalo l'odore chimico della colla del nastro adesivo, che mi brucia la gola e provoca qualcosa a metà tra un conato e un colpo di tosse. Quando inspiro il tessuto del cappuccio mi tappa le narici. *Dove mi stanno portando?*

La presa sulle mie spalle aumenta leggermente, come per trattenermi. L'istinto mi dice che siamo in cima alle scale ed esito: ho paura di cadere. Mi spingono in avanti e scendo il primo scalino, dopodiché continuo fino a quando la pianta dei piedi non tocca le piastrelle bianche e nere dell'ingresso. Andiamo a sinistra, e uno strano silenzio amplifica il mio respiro affannoso. Ho capito dove stiamo andando: nel piano interrato, dove c'è il garage.

Mi giro con un movimento brusco e per un prezioso istante la presa su di me si allenta. Ma non abbastanza: mi rimettono subito al mio posto, facendomi male alle braccia. Mi fanno girare a destra, scendere altri gradini. Lo spazio si restringe, l'aria cambia, diventa più fresca.

Poi arrivano dei suoni, soffocati dal cappuccio ma ugualmente riconoscibili: piedi che si trascinano, un gemito attutito, la sensazione di altre persone in attesa. Rallento, mi fermo. I passi strascicati, il gemito... non provenivano da me. La mia mente lavora a più non posso. *Non è vero, non può essere.*

Ma riconosco la voce dietro le proteste smorzate: Ned.

Quindi non è come pensavo.

2

PRESENTE

Sotto il cappuccio i miei occhi si muovono fulminei, cercando una via d'uscita da questo incubo. *Pensa, Amélie, pensa!* Ma ho il cervello paralizzato. *Che cosa succede? Chi sono queste persone?*

Sento lo scatto di un bagagliaio che si apre. Altri passi strascicati, poi le proteste di Ned si fanno più forti. Un grugnito seguito da un tonfo. L'hanno chiuso nel bagagliaio? M'irrigidisco. Non possono chiudermi là dentro con lui. Poi, senza preavviso, mi spingono dentro l'abitacolo e finisco a faccia in giù nello spazio tra i sedili, con le ginocchia che tendono il tessuto sottile del pigiama. Quando cerco di alzarmi, delle scarpe pesanti mi spingono giù.

In un primo momento cerco di memorizzare il percorso, ma mi disoriento quasi subito. Preferisco concentrarmi sul respiro, che però è troppo veloce, e mi viene la nausea. Chiudo gli occhi e immagino di essere fuori nell'aria fresca della notte, di guardare il cielo, le stelle, lo spazio infinito. A poco a poco il respiro torna normale.

Più tardi – mi sembrano passate ore – l'auto rallenta su una strada dissestata. Mi sono distratta, ma ora cerco di prestare attenzione, perché so che ogni secondo è importante quando si vuole sopravvivere. L'auto sobbalza, facendomi pensare a uno sterrato sotto le gomme, a un bosco tutto intorno. Dovrei essere spaventata, ma non ho paura di morire. Non più. Non dopo tutto quello che è già successo.

Rumori sordi nel bagagliaio e un grido di dolore da Ned. Dev'essere terrorizzato, però cosa si aspettava? Hunter, il suo addetto alla sicurezza, brutalmente assassinato tre giorni fa e sostituito da Carl, un'incognita. Dov'era Carl quando ci hanno sequestrato? Perché potesse accadere, doveva esserci una falla enorme nei sistemi di sicurezza. *Occhi puntati su Carl.*

L'auto si ferma. Le portiere si aprono, le scarpe si levano dalla mia schiena. Vengo trascinata fuori e fatta alzare. L'aria fresca della nottata d'agosto mi avvolge, facendomi venire la pelle d'oca sulle braccia. Sento odore di terra, foglie, resina.

Fanno uscire Ned dal bagagliaio. Ci spingono avanti, Ned per primo, lo sento mugugnare. Mi sembra di essere su una spiaggia di ciottoli, sento le pietre conficcarsi nella pianta dei piedi. Mi aspetto il sottobosco più morbido delle felci, lo spezzarsi dei ramoscelli sottili, invece le pietre da aguzze diventano piatte, una sorta di sentiero. *Non un'esecuzione, quindi. Almeno non qui nel bosco.*

Ci fermiamo. Una porta si apre scricchiolando, il legno gratta sul terreno. Non la porta di una casa, quindi, ma forse quella di un capanno. Quando mi spingono con forza in una corrente d'aria fredda, comincio a tremare. Non è un capanno, ma una cella sotterranea o una cantina, con le spesse pareti mai toccate dal calore del sole.

Davanti a noi si apre una porta, altri passi trascinati,

Ned in preda al panico, qualcuno mi pesta un piede nel tentativo di contenerlo. Una porta che sbatte, seguita dai tonfi di Ned che vi si lancia addosso, ma i suoi versi imbestialiti sono attutiti dal bavaglio. *Sta' tranquillo, tanto non serve a niente.*

Saliamo dei gradini di pietra levigata. Li conto: sono dodici in tutto. In cima, la pietra diventa legno, più caldo e morbido. Un'altra porta che si apre, un'altra spinta in avanti.

Quando sento del movimento alle mie spalle mi preparo a ricevere un colpo. Invece mi sfilano il cappuccio. I capelli scricchiolano per l'elettricità statica. Inspiro profondamente dal naso e sbatto più volte le palpebre, in attesa che gli occhi si abituino all'oscurità. Ma non c'è niente. Nessun guizzo di luce, nemmeno una sfumatura più pallida di nero.

Senza preavviso qualcuno mi tira una mano e mi afferra i polsi. Un grido mi sale in gola e resta lì. *No!* Quando scalcio all'indietro, il piede incontra ossa e muscoli, ma, invece di lasciarmi, mi stringono più forte. Poi il rumore di una lama seghettata che gratta, finché all'improvviso qualcosa non si spezza. La pressione sui polsi scompare e nella foga faccio due passi avanti, ma prima che mi possa girare la porta si richiude e sento una chiave girare nella serratura.

È allora che me ne rendo conto: da quando quell'uomo è entrato nella mia camera da letto, i nostri rapitori non hanno pronunciato una parola.

3

PASSATO

Dopo avere visitato il papà, il medico si è raddrizzato. « Quando arriva tua zia? »

« Prima di sera. È in viaggio da Parigi. »

Sembrava sollevato. « Bene. »

Nel letto, il papà era minuscolo. La pelle gialla era sottile come carta, le braccia come due stecchini. Era spaventoso, come si era diffuso il tumore. Gliel'avevano diagnosticato solo sei mesi prima e fino alla settimana precedente aveva camminato, mangiato e bevuto normalmente. Adesso era incapace di fare qualunque cosa, bisognava imboccarlo e lavarlo. Era come avere un bambino piccolo.

« Cosa farai? » ha chiesto il medico. « Dopo, intendo. »

Voleva dire dopo la morte del papà, e mi sono venute subito le lacrime agli occhi. Ma le ho inghiottite. « Andrò a vivere a Parigi dalla zia. »

Non ero contenta di mentire, però temevo che, se avesse saputo che c'ero solo io a badare a mio padre, il medico avrebbe insistito per ricoverarlo in un hospice, e il papà in un hospice non ci voleva andare, voleva stare a casa sua. Non esisteva nessuna zia, non c'era nessuno. Avevo sedici anni e presto sarei rimasta sola al mondo.

Mi sarebbe piaciuto rimanere a vivere a casa nostra, dopo la morte del papà. Sapevo badare a me stessa: ormai erano anni che facevo la spesa, da mangiare e le pulizie. Avevo dovuto imparare quando aveva iniziato a bere troppo per provvedere lui a queste cose. La casa però era in affitto e, senza parenti ad accogliermi, mi avrebbero affidato ai servizi sociali. Non volevo assolutamente che accadesse.

All'inizio avevo pensato di chiedere alla mia amica Shannon e a sua madre se potevano ospitarmi fino all'anno successivo, quando Shannon e io ci saremmo diplomate, e sono sicura che avrebbero detto di sì. Ma quell'estate si sarebbero trasferite in Irlanda, da dove veniva la mamma di Shannon.

Loro non sapevano che badavo al papà da sola. Quando me l'avevano chiesto, mi ero inventata la zia francese perché non volevo che si preoccupassero per me.

« Non avevi detto di non avere parenti? » mi aveva chiesto Shannon.

« Lei e il papà avevano litigato, però quando si è ammalato lui l'ha chiamata. Dopo andrò a vivere con lei a Parigi. »

La mia amica mi aveva abbracciato. « È brava, tua zia? »

« È simpatica. »

Non andavo a scuola da due settimane, ma non importava, perché ormai l'anno era quasi finito. I miei insegnanti sapevano che il papà era malato e avevo detto loro la stessa cosa che avevo detto a Shannon, e cioè che sarei andata a vivere da mia zia a Parigi, quindi l'anno successivo non sarei più venuta a scuola.

Ma non sarei andata a Parigi, bensì a Londra, e una volta lì avrei cercato lavoro come cameriera e messo via i soldi per iscrivermi al college.

4

PRESENTE

Con le mani che mi tremano, cerco di strapparmi via il nastro che mi tappa ancora la bocca, ma mi fermo subito. C'è qualcun altro con me nella stanza: sento il rumore roco del suo respiro.

Inspiro forte dalle narici e mi premo le mani contro la faccia. Sono in preda a un terrore così folle che vorrei gridare. Trattengo il fiato e, quando non sento più niente, mi rendo conto che si trattava del *mio* respiro. Non c'è nessun altro, sono sola.

All'improvviso ho un bisogno tremendo di respirare come si deve, così mi strappo il nastro con un movimento brusco. La pelle tutto intorno alla bocca brucia, però posso prendere grosse boccate d'aria. Il sapore della colla mi dà il vomito, ma a poco a poco mi calmo. Devo pensare con lucidità.

Tendo le braccia e cammino lentamente verso il punto in cui mi pare che ci sia la porta. Quando tocco una parete mi fermo. È fredda e verniciata, senza carta da parati. Faccio scivolare le dita sulla superficie, notando ogni protuberanza e ogni graffio, finché non arrivo allo stipite e al legno ruvido della porta. Scendo a cercare la maniglia. La prendo per abbassarla, ma non si muove.

Perlustro il muro tutto intorno in cerca di un interruttore. È inutile.

Picchio il pugno contro la porta. « C'è qualcuno? »

Non viene nessuno.

« Ehi! »

Nessuna risposta.

M'inginocchio, cercando il buco della serratura per guardare dall'altra parte, ma c'è solo oscurità. La mia paura cresce. « Fatemi uscire, vi prego! »

Non fare così. Controllati. Non puoi permettere che la paura abbia la meglio.

Penso a Ned e alle sue parole di ieri sera. La cantina in cui è prigioniero è sotto questa stanza? Lui sente il mio terrore? Mi vengono le lacrime agli occhi. Appoggio la fronte e le mani alla porta. Tastare i rivetti dei pannelli mi fa venire in mente Carolyn e il suo appartamento a Londra con le porte in legno. La casa in cui mi ha accolto. Prendo un altro respiro. Non posso arrendermi, devo uscire da questo guaio.

« Muoviti, Amélie. Trova l'interruttore. Ce ne dev'essere uno. »

Seguo il muro verso sinistra, tendendo le mani il più in alto possibile, poi vado giù verso il pavimento. Mi aspettavo che l'interruttore fosse vicino alla porta, ma arrivo all'angolo senza averlo trovato. Passo alla parete successiva e, dopo un po', trovo una presa vicino al pavimento. Mi rialzo, le mani sempre piatte sulla parete per proseguire la mia ricerca, finché la sinistra non urta qualcosa che sporge. Lo tocco: è una tavola di compensato con dietro una finestra. Lo so perché sento la cornice. Mentre tasto tutto intorno, sperando di riuscire a infilare un dito sotto il pannello per staccarlo, incontro la testa di alcuni chiodini metallici battuti nel legno, troppo a fondo per consentirmi di estrarli. Ma sapere che c'è una finestra mi dà speranza.

Dopo la finestra schermata le mie dita trovano subito qualcos'altro: un oggetto duro, ricoperto di tessuto. È un materasso appoggiato in piedi nell'angolo. Lo annuso con sospetto, ma sembra nuovo. Ci appoggio per un momento la testa, sentendo defluire l'adrenalina. Però non posso riposare, devo trovare un interruttore.

Sulla parete dietro il materasso non c'è, così passo a quella successiva. Dopo quattro piccoli passi trovo una porta. Per un attimo penso di aver perso l'orientamento al buio e di essere tornata indietro, ma non è possibile. Dev'essere un'altra porta.

« Ehi! »

Sento solo silenzio.

Quando abbasso la maniglia, questa volta la porta si apre senza nessuna resistenza.

Il mio cuore si ferma per un attimo e faccio subito un passo indietro, ma non c'è nessun suono, nessun movimento. Varco la soglia con le braccia tese in avanti e vado quasi subito a sbattere con un ginocchio contro qualcosa. Inciampo e finisco con le mani contro un muro. Mi accascio a terra con un grido. Cos'ho urtato? Mi giro e trovo subito la ceramica fredda della tazza di un water.

Mi rialzo, ritrovo la porta e tasto alla cieca in cerca di un interruttore. Non c'è; dev'essere nell'altra stanza. Ci torno, chiudo la porta ed esploro la parete. Niente. L'idea di trovarmi in uno spazio così piccolo senza una luce mi dà i brividi. Per usare il bagno sarò costretta a lasciare la porta aperta.

Tremando da capo a piedi e battendo i denti, continuo la mia perlustrazione. Arrivo all'angolo, giro a sinistra lungo la parete successiva, che dev'essere quella di fronte alla finestra schermata. Ancora nessun interruttore, solo una presa vicino al pavimento. Poi un'altra svolta a sinistra, ed eccomi di nuovo alla porta d'ingresso.

Mi fermo un momento per raccogliere le idee. Lungo questa parete c'è la porta, sulla successiva la finestra. Sulla terza parete, quella di fronte, c'è la porta del bagno. La quarta è nuda. Ci sono due prese, ma nessun interruttore della luce. Mi terranno qui al buio.

Cado di nuovo in preda al terrore. M'inginocchio e chiudo gli occhi, ripensando a tutto quello che ho già passato. Posso superare anche questo. Devo.

Mi rialzo, mi metto con le spalle alla porta e cammino in linea retta sul pavimento di assi con le braccia tese. Sette piccoli passi e le mie mani toccano il legno, altri tre e sono premuta contro la porta. Abbasso le mani e trovo la maniglia. È come pensavo: le due porte sono esattamente l'una di fronte all'altra. Soddisfatta, mi metto in ginocchio e comincio una scrupolosa esplorazione del pavimento, per essere sicura che nella stanza non ci sia altro. A parte il materasso, non trovo nulla.

Svuotata di ogni energia, arranco fino al materasso e lo distendo sul pavimento, poi mi ci siedo sopra. Dopo un attimo guardo verso la porta. Non la vedo, ma so dove si trova. Penso al materasso, a dov'è posizionato, e poi alla porta. Quando mi ci sono messa di fronte la maniglia era sulla sinistra, il che vuol dire che dall'esterno la porta si apre verso sinistra. Per la prima volta qualcosa ha senso: hanno messo il materasso sulla destra della stanza in modo che, aprendo la porta, io sia lì, come una preda in attesa.

Mi rialzo e lo trascino oltre la porta del bagno, nell'angolo opposto, contro la parete. In questo modo, chiunque entri per prendermi dovrà girare intorno alla porta aperta ed entrare nella stanza.

Torno a sedermi e mi abbraccio le ginocchia, pronta a fare l'unica cosa che posso: aspettare.

5

PASSATO

Ho sorseggiato il mio caffè senza fretta, sperando che tenesse lontani i morsi della fame. Ero seduta al bar già da un'ora, ma fuori faceva così freddo che non avevo il coraggio di andarmene. C'era solo un certo numero di rabbocchi che potevo aspettarmi prima che mi chiedessero di pagare un altro caffè, o di lasciare libero il tavolo. Fino a quel momento però nessuno era venuto a disturbarmi.

Ero a Londra da sette mesi, ormai, e fino a pochi giorni prima era andato tutto bene. Avevo trovato lavoro in un ristorante e, almeno all'inizio, avevo alloggiato negli ostelli. Ma, dato che la permanenza massima era di due settimane, ogni quindici giorni dovevo cambiare ostello: spostarmi voleva dire allontanarmi sempre di più dal mio posto di lavoro. Il costo dei trasporti era diventato così alto che una delle altre cameriere, anche lei in difficoltà con l'affitto, mi aveva detto che per dieci sterline a notte potevo dormire per terra a casa sua. Questo voleva dire che finalmente sarei riuscita a mettere da parte qualcosa per il college.

Tre settimane prima ero stata convocata dal mio capo all'Escargot. Il periodo natalizio era finito e i clienti erano così pochi che non poteva più giustificare il mio stipendio.

Mi pagate solo cinque sterline all'ora! avrei voluto protestare, ma non l'avevo fatto, perché forse avrei ancora avuto bisogno di lui. Mi ero cercata un altro lavoro, però nessuno intendeva assumere fino a primavera. Peccato che mancassero tre mesi a marzo.

I soldi che avevo risparmiato erano quasi finiti. La settimana prima avevo dovuto lasciare l'appartamento perché non potevo permettermi più nemmeno quello, e da allora dormivo per strada. La prima sera mi ero seduta vicino a un gruppo di ragazzi ed era andata bene: mi avevano persino invitato a unirmi a loro, spiegandomi che erano venuti a Londra per un concerto rock e avevano perso l'ultimo treno per tornare a casa. Ma da allora non avevo avuto belle esperienze. La notte precedente, mentre me ne stavo sdraiata su una panchina con tutti i miei averi al sicuro sotto di me, ero stata disturbata diverse volte e avevo dovuto lottare contro un altro senzatetto che voleva a tutti i costi trascinarmi a terra, non so se per rubarmi il posto sulla panchina o gli effetti personali. E avevo passato quasi tutto il tempo a rabbrividire per il freddo.

L'idea di dormire di nuovo per strada mi spaventava, e comunque mi sarei dovuta comprare almeno un sacco a pelo, il che voleva dire attingere ai pochi fondi che mi rimanevano. C'erano dormitori per i senzatetto, ma la coscienza m'impediva di andarci con cento sterline nascoste nel marsupio che portavo sotto i vestiti. Forse però alla fine mi sarei dovuta arrendere.

Ho bevuto un altro sorso di caffè. C'era un bel calduccio in quel bar, e per un attimo mi sono appisolata.

Mi ha svegliato la porta che si apriva. Sono entrate due donne. Una era alta e bella, magra, con la pelle impeccabile e capelli corti ossigenati. Il cappotto nero con la cintura in vita, gli stivaletti rossi alla caviglia e la borsetta anch'essa rossa sembravano costosi. L'altra era più bassa, graziosa, coi capelli neri e con un impermeabile beige. Quando sono venute a sedersi al tavolo accanto al mio hanno messo i cappotti su una sedia vuota, e ho visto che l'impermeabile era foderato di finta pelliccia. Ho desiderato che fosse mio. Sotto, la brunetta portava un tailleur formale blu e una camicetta di seta bianca. Coi miei jeans e col mio maglioncino, mi sono sentita tremendamente sciatta.

Ho guardato affascinata mentre la cameriera prendeva l'ordine e poi tornava con caffè e dolcetti. Il mio sguardo è stato subito catturato dai muffin al mirtillo. La bionda ha cominciato a mangiare, staccando dei pezzetti di muffin con le dita delicate per poi infilarseli in bocca. L'amica, il suo, non lo ha neppure toccato.

Non sentivo cosa si dicevano, ma all'improvviso gli occhi della brunetta sono diventati lucidi e ho notato che tratteneva a stento le lacrime mentre ascoltava le parole dell'amica e annuiva.

Qualche minuto dopo, la bionda ha dato una rapida occhiata allo spesso orologio d'oro, troppo grande per il suo polso delicato, ha posato per un istante la mano curatissima sopra quella della brunetta e si è alzata. « Andrà tutto bene, Carolyn, te lo garantisco », ha detto con un leggero accento.

Si è rimessa sulla spalla la borsetta rossa ed è uscita dal

bar con gli sguardi ammirati degli altri avventori su di sé. Rimasta sola, la brunetta ha preso il cellulare dalla borsetta e ha cominciato a far scorrere il dito sullo schermo, asciugandosi le lacrime con un tovagliolino di carta. Poi ha spinto indietro la sedia per alzarsi. Ho aspettato che prendesse il muffin ancora intatto, ma lo ha lasciato lì.

Non sono riuscita a trattenermi. «Mi scusi. Se non mangia il suo dolce, le spiace se lo prendo io?»

Lei si è girata. «Prego, si serva pure», ha risposto in tono sbrigativo, forse imbarazzata all'idea che l'avessi vista piangere. Ha lasciato il bar in fretta, a testa china.

Prima che arrivasse la cameriera a sparecchiare, ho avvolto il muffin in un tovagliolino e ho seguito la donna all'esterno. Non so perché: volevo solo assicurarmi che stesse bene. Mi aspettavo che si dirigesse verso la metropolitana o raggiungesse una fermata d'autobus, invece ha proseguito a piedi fino a un condominio moderno vicino a Warren Street. Ha premuto un tasto del citofono, è entrata ed è sparita nel portone, ma io sono rimasta a guardare il suo riflesso negli specchi dell'atrio mentre aspettava l'ascensore. Forse mi ha visto riflessa nelle porte lucide della cabina, perché una volta nell'ascensore si è girata per guardarmi attraverso il vetro. I nostri occhi si sono incontrati per un momento prima che le porte di metallo si richiudessero.

6

PRESENTE

Devo essermi appisolata, perché il rumore della chiave che gira nella serratura mi sveglia di soprassalto. Dopo un istante di disorientamento, ricordo dove mi trovo: seduta su un materasso in una stanza completamente buia. Quando sento la porta aprirsi spalanco gli occhi, sperando di scorgere un bagliore di luce nel corridoio all'esterno, ma non c'è niente, solo la sensazione di una presenza. Il mio respiro accelera. *Ci siamo? È arrivata la fine?*

Qualcuno viene verso di me, e mi faccio piccola nell'angolino. Sono terrorizzata: come posso sapere cosa aspettarmi, se non vedo niente? Sento respirare. Dev'essere un uomo, uno di quelli che hanno portato qui me e Ned, oppure qualcun altro, chissà. Sa dove sono, nell'angolo più lontano dalla porta, perciò dev'essere in grado di vedermi. Forse porta degli occhiali a infrarossi. Sta appoggiando qualcosa sul pavimento.

« La prego, non dovrei essere qui. » Ho la voce roca. Lo sento allontanarsi e penso a come distrarlo, a come fargli capire che non rappresento una minaccia. « Posso avere dell'acqua, per favore? »

Un movimento nel buio. Due mani mi prendono per le spalle e mi tirano in piedi. È lo stesso uomo che mi ha portato via dalla mia stanza da letto? Mi spinge in avanti, verso il bagno. La paura - acuta, istantanea - è come una pugnalata al ventre. *Mi vuole chiudere dentro a chiave!*

Quando apre la porta perdo il controllo. « No! La prego, non mi rinchiuda qui dentro! » Lo supplico e cerco di divincolarmi, ma lui mi spinge all'indietro nello stanzino.

Sento una scarica di adrenalina. Mi batto per tornare di là, ma lui mi spinge per una spalla. Agito inutilmente le braccia, scalcio, però colpisco solo il vuoto. D'un tratto, senza preavviso, lui stacca la mano dalla mia spalla e la porta si chiude senza lasciarmi il tempo di reagire.

« Mi faccia uscire! »

Aspetto sempre più terrorizzata di udire il *clic* della serratura che si chiude, e quando non arriva sono invasa dalla speranza: forse non c'è nessuna serratura. Non ricordo di averla tastata nel buio. Forse posso uscire quando voglio. Cerco la maniglia, che si abbassa facilmente, però non riesco ad aprire. Ci riprovo spingendo con la spalla, impiegando tutta la mia forza per dare una spinta potente. La porta cede un po' prima di richiudersi. E così capisco: il mio carceriere ci si è appoggiato per impedirmi di uscire.

Confusa, smetto di spingere. Perché mi ha messo qui se non può chiudere a chiave? Appoggiando le mani alla porta sfioro qualcosa, un chiavistello di qualche tipo. Le mie dita trovano il pomellino, che faccio scorrere per bloccare la porta, e quando l'ho chiuso del tutto si accende una luce. Debole, ma una luce.

Lascio che la vista si adatti, poi mi giro e vedo il water in cui sono andata a sbattere. Vicino c'è un piccolo lavandino smaltato con rubinetti dell'acqua calda e fredda e, sotto, un armadietto. Mi ha spinto qui per l'acqua. Apro il rubinetto di quella calda per lavarmi meglio che posso le mani, sporche dopo aver camminato a quattro zampe sul pavimento. Quando ho finito apro quella fredda, metto le mani a coppa sotto il getto e bevo.

Mi guardo intorno. Le pareti sono color panna, la perlinatura in legno dipinto di bianco. A parte il water e il lavabo, non c'è altro. Sollevo il coperchio del water e guardo dentro: è pulito e profuma di disinfettante. Dopo averlo usato trovo un rotolo di carta igienica sul pavimento, incastrato fra la tazza e la parete.

Tiro l'acqua, mi lavo di nuovo le mani, me le asciugo nel pigiama e apro l'anta dell'armadietto, aspettandomi di trovarci solo un rotolo di scorta. Con mia grande sorpresa, invece, oltre a quello ci sono un telo e un asciugamano di spugna, più una bustina di stoffa chiusa con una zip.

La metto nel lavandino per esaminarne il contenuto: un tubetto di dentifricio, uno spazzolino da denti, una saponetta avvolta in morbida carta bianca. Fisso per un attimo questi tesori e poi, controllando sul ripiano inferiore, trovo una confezione di tamponi. Mi sento morire. Quante settimane è previsto che rimanga qui? Quindi non è un omicidio per vendetta, come avevo pensato in un primo momento.

All'improvviso lo spazio ristretto mi fa sentire claustrofobica e mi giro verso la porta. Ci sarà ancora il mio carceriere dall'altra parte? Appena faccio scorrere verso destra il chiavistello, il bagno ripiomba nell'oscurità. In preda al panico, lo faccio scorrere di nuovo verso sinistra, sperando che si riaccenda la luce. Si riaccende. Cerco di calmarmi con un respiro profondo. Dev'essere stato progettato in modo che io possa avere la luce solo in bagno e non nell'altra stanza. Faccio scorrere di nuovo il chiavistello e spingo la porta, che si apre subito senza incontrare resistenza. Vengo accolta dal solito buio. Rimango in attesa, l'orecchio teso, ma non sento nessun rumore. Se n'è andato.

Entro nella stanza e mi chiudo dietro la porta del bagno. Con una mano contro la parete per orientarmi, avanzo fino all'angolo in cui ero seduta. Quando urto qualcosa di duro col piede, mi accuccio ed esploro con le mani. È un vassoio con una scodella e un cucchiaio, entrambi di plastica. C'è anche un bicchiere, sempre di plastica. Lo sollevo, ma è vuoto. Se voglio bere, dovrò tornare a riempirlo in bagno. Nella scodella invece c'è qualcosa, ne sento l'odore.

Dopo essermi spostata sul materasso, prendo il cucchiaio e lo guido verso la scodella che ho nell'altra mano. Un movimento semplice, ma posso solo fidarmi del tatto e dell'istinto. Affondo il cucchiaio nel contenuto della scodella e lo porto esitante alla bocca, chinando la testa per andargli incontro. Le mie labbra trovano una consistenza collosa. È porridge, scondito ma commestibile. Inizio a mangiare lentamente, con attenzione, nel caso nasconda qualche sorpresa. E mentre mangio penso a Ned.

Lui lo odia, il porridge.

7

PASSATO

Persa nei miei pensieri, non mi sono accorta della persona accanto al tavolo finché non mi ha messo davanti il piatto. Ho visto il muffin al mirtillo e ho alzato gli occhi per dire alla cameriera che non era per me, ma non si trattava della cameriera, bensì della donna che avevo seguito fino a casa la settimana prima, dopo averla vista piangere.

Ha indicato la sedia vuota davanti a me. « Posso sedermi con lei? »

Ho annuito, ancora confusa dal muffin. Perché me lo stava offrendo?

Lei ha risposto alla domanda nei miei occhi. « Ho pensato che forse aveva fame. »

« Grazie. » Non c'era motivo per fingere il contrario.

« Allora non faccia complimenti, lo mangi. »

Ho cercato di non ficcarmelo in bocca intero.

« Vive da queste parti? » mi ha chiesto mentre mangiavo.

Ho annuito.

« In un appartamento? »

« All'ostello della gioventù », ho mentito.

Mi ha studiato per qualche secondo. « Quanti anni ha? »

« Diciotto. » Mi sono data un anno in più.

« E dov'è la sua famiglia? »

« Sono tutti morti. » Vedendo la sua espressione, mi sono subito spiegata meglio. « Mio padre di cancro qualche mese fa, mia madre quand'ero piccola. »

Mi ha sfiorato un braccio. « Che storia triste. Mi scusi se gliel'ho chiesto. Posso darti del tu? »

« Certo. »

Ha bevuto un sorso del suo caffè. « Che cosa fai di bello? »

« Aiutavo in cucina in un ristorante, ma mi hanno appena licenziata. Non c'erano abbastanza clienti. »

« Che tipo di lavoro stai cercando? »

« Qualunque cosa. Voglio mettere da parte i soldi per il college. »

Lei ha annuito. « Come te la cavi coi lavori di casa? »

« Bene. Quando mio padre era malato, facevo tutto io. »

Mi ha fissato per un momento con un'espressione interrogativa. « La settimana scorsa mi hai seguita fino a casa. »

« Non per vedere dove abitava, stia tranquilla. » Non volevo pensasse che intendevo svaligiarle l'appartamento. « Ho visto che era sconvolta e volevo assicurarmi che stesse bene. »

Ha fatto un sorriso triste. « Sei stata molto gentile. Forse ci dovremmo presentare. Mi chiamo Carolyn Blakely e mio marito mi ha appena lasciato per una donna più giovane, il che è piuttosto ironico, visto che ho solo trentatré anni. Insomma, non mi sembrava di essere vecchia, finché lui non mi ha detto che la sua nuova fiamma ne ha venticinque. » Ha frugato nella borsa per tirare fuori l'astuccio argentato di un rossetto, che si è passata sulle labbra fino ad averle rosse come le unghie. « Ho un lavoro nelle PR, un'azienda mia, faccio sempre tardi e, prima, a cucinare pensava mio marito, il che era fantastico. Si occupava anche della spesa e a volte dava una pulita. Quindi fondamentalmente sto cercando qualcuno che si accolli tutte queste cose, ma senza brontolare come faceva lui. »

« Non brontolerò, glielo prometto. »

Lei ha riso. « Ti capiterà di lavorare fino a tardi, perché a qualunque ora io arrivi vorrò trovare la cena pronta, e a volte torno anche alle dieci. Ma, una volta fatta la spesa, pulita la casa e preparato da mangiare, avrai il resto della giornata per te. »

Non riuscivo a credere alla mia fortuna. « Davvero? Non dovrò fare altro? »

Carolyn ha sorriso. « Direi di no. Come ti chiami? »

« Amélie, Amélie Lamont. »

« Carino. È francese? »

« Sì, mio padre era francese. »

« Vogliamo parlare dello stipendio, prima di proseguire? »

Ho annuito, ripiegando la carta del muffin fino a formare un triangolino.

« Ti offro centocinquanta sterline alla settimana. Può andare? »

Sapevo che era troppo bello per essere vero. Ho fatto due conti, ma non potevo vivere per sempre in ostello e, visto che una stanza in una casa condivisa costava intorno alle centoventi sterline alla settimana, me ne sarebbero rimaste solo trenta per mangiare, spostarmi e comprare l'essenziale. Però non volevo rifiutare. Forse sarei riuscita a trovarmi un altro lavoretto con orari compatibili, oppure avrei pulito la casa di Carolyn così bene e le avrei cucinato delle cenette così gustose che presto mi avrebbe concesso un aumento. « Sì, va benissimo. Grazie. Non se ne pentirà, glielo assicuro. »

« Ottimo! Se ti va puoi venire via con me adesso, così ti faccio vedere la tua stanza. Preferisco che tu dia un'occhiata prima di trasferirti, perché magari non ti piace. »

L'ho fissata, sicura di aver capito male. « Abiterò da lei? »

« Sì. Spero che per te non sia un problema. »

« No, no, per niente! »

« Stabiliamo un periodo di prova di un mese? Quando vuoi cominciare? »

Avevo le lacrime agli occhi. « Subito », le ho risposto, sbattendo le palpebre. « Posso iniziare anche adesso. »

8

PRESENTE

Da quanto sono chiusa qui dentro? Ho perso il senso del tempo, non so nemmeno se sia giorno o notte. Trattengo il fiato per cogliere ogni minimo suono, ma c'è solo silenzio, e il timore di essere stata abbandonata qui mi fa battere forte il cuore.

Mi costringo a rimanere calma. Mi hanno portato del cibo, mi hanno messo a disposizione un bagno. Non si sarebbero dati tanto disturbo, se avessero intenzione di lasciarmi morire. Il pensiero del cibo mi fa sentire di nuovo il sapore del porridge che ho mangiato. Era una colazione?

Nel silenzio, mi passa nella mente un mosaico d'immagini. Mi vedo a sette anni nel cimitero di Parigi, a guardare la bara di mia madre che, privata di gigli e rose, veniva calata piano nella fossa; e poi a nove anni all'arrivo in Inghilterra col papà, nella casa con la porta di legno scuro a due strade di distanza da dove abitava la mia nonna inglese. Mi rivedo due anni dopo, al suo funerale, e tre anni fa a quello del papà. Altri ricordi reclamano la mia attenzione, ricordi di persone amate e perdute, ma li respingo prima di scoppiare a piangere. Sono troppo recenti e il dolore ancora troppo vivo. Se ci penso andrò in pezzi, però non posso permettermelo, non adesso, non qui.

Mi rigiro irrequieta sul materasso, voltandomi verso la parete. Qualcuno si sarà accorto che Ned è scomparso? Carl, forse, se non è coinvolto nel rapimento. Fa rapporto a Ned ogni mattina alle otto. Se non lo trova, capirà che qualcosa non va. Tuttavia, se è coinvolto nel rapimento, se è uno dei nostri carcerieri, ci vorranno ore prima che si accorgano della nostra scomparsa, forse addirittura giorni.

Il mio sospiro riempie l'oscurità. Non sono io l'obiettivo, ma Ned. Ned Hawthorpe, figlio del filantropo miliardario Jethro Hawthorpe, fondatore della Hawthorpe Foundation. Io non sono nessuno, anzi, non capisco perché non mi abbiano ucciso subito. Sarebbe servito a dimostrare che fanno sul serio: io morta, Ned rapito. Se è un sequestro e non un omicidio per vendetta, forse pensano di poter chiedere un riscatto più alto se siamo in due. Non sanno che Jethro Hawthorpe non pagherebbe un solo penny per me, e che non esiste nessun altro pronto a farlo.

Per la prima volta in vita mia, sono contenta che i miei genitori siano morti. Non sopporterei di saperli preoccupati per me, senza la minima idea di dove mi trovo. Mi viene un groppo in gola al pensiero del papà: se sapesse che sono prigioniera in una stanza buia! Tre settimane fa la mia vita era perfetta. Avevo un appartamento, un lavoro, degli amici. Gli amici! Sono quasi soffocata dal pianto, ma cerco di trattenerlo prendendo respiri tremanti e profondi. Se voglio sopravvivere qui dentro, non devo pensare a questi ultimi giorni. Mi sforzo di trovare qualcosa di positivo che mi aiuti a tenere duro, a non restare tutto il giorno sdraiata a piangere su questo materasso. Carolyn. Mi rimane Carolyn.

Alzo una mano per sfiorare il muro. Non ho ancora capito perché dopo l'intervista con la stampa non sia venuta a cercarmi a casa di Ned, perché non abbia chiesto di vedermi. Ero sicura che l'avrebbe fatto, sicura che avrebbe capito in quale posizione delicata mi trovavo. *Non ti credo!* aveva gridato, indicando il suo telefono. Ma forse aveva cambiato idea, o si era lasciata convincere dalle fandonie di Ned.

Ecco un altro motivo per cui devo uscire di qui, e infatti intendo fuggire. Devo spiegare a Carolyn perché ho fatto quelle cose. Che ho avuto solo un istante per decidere. Che se potessi tornare indietro nel tempo lo farei, e niente di tutto questo sarebbe successo.

Nel sentire la chiave che gira nella toppa, il mio cuore si mette di nuovo a galoppare. Resto immobile mentre il mio carceriere attraversa la stanza e posa qualcosa sul pavimento. Sento il rumore di un oggetto che gratta, poi lui se ne va senza una parola.

Mi metto seduta, cerco a tentoni e trovo un vassoio. Tastando, trovo un panino lungo e stretto e una mela. È un altro vassoio: quello con la scodella del porridge non c'è più. Dev'essere stato quel grattare che ho sentito, lui che lo raccoglieva per portarlo via. Sento odore di pomodoro. Mi piace, il pomodoro, ma non mi va di mangiare il panino senza sapere cosa contiene. Sto per smontarlo nel tentativo d'indovinare gli ingredienti quando mi rendo conto che, se porto il vassoio in bagno, potrò vedere cosa c'è sopra.

Scendo dal materasso e cammino carponi sul pavimento, spingendo il vassoio davanti a me. Apro la porta del bagno, ci faccio girare intorno il vassoio e lo spingo dentro, poi mi alzo ed entro a mia volta. Il minuscolo spazio piastrellato è appena sufficiente per il vassoio e i miei piedi. Chiudo la porta, faccio scorrere il chiavistello e la luce si accende. Mi accovaccio goffamente per prendere il panino, che è posato su un foglio di carta da cucina bianca. È integrale, ripieno di formaggio e pomodoro, e sembra appena fatto.

La mela è verde e c'è anche un bicchiere di plastica bianca. Lungo il bordo del vassoio trovo una piccola tavoletta di cioccolato.

La vista del cioccolato mi risolleva lo spirito. Sembra un gesto gentile, uno sforzo per offrirmi qualcosa di buono. Ma potrebbe essere una trappola, un modo per conquistarsi la mia fiducia. Rafforzo la mia determinazione. Mi hanno sequestrato, sono loro prigioniera. Il cioccolato non cambia niente.

9

PRESENTE

Mi portano un altro pasto; non so se è sempre lo stesso uomo o un altro, è difficile capirlo senza vederlo.

«Grazie.»

Non risponde.

Chissà se il pasto precedente – il panino con formaggio e pomodoro – era un pranzo o una cena. Avevo spinto di nuovo il vassoio nel mio angolo e divorato il cibo seduta sul materasso, perché preferivo mangiare al buio che seduta sul water. Poco dopo mi ero addormentata. Quando mi sono svegliata, mi sembrava passato molto tempo e ho pensato che forse avevo dormito tutta la notte.

Tiro il vassoio verso di me, toccando qua e là con la mano destra. C'è una scodella. Quando l'annuso, sembra porridge. Ci immergo un dito e assaggio: è porridge. Quindi, a meno che non intendano darcelo sia alla sera sia al mattino, questo è l'inizio del secondo giorno. Devo tenere il conto dei giorni. Ned e io siamo stati rapiti nelle prime ore di sabato 17 agosto, quindi oggi è domenica 18.

Mi chiedo se non sia il caso di spingere il vassoio fino al bagno per vedere cosa mi hanno portato. Ma il porridge è porridge. Di fianco trovo una banana. Forse c'era anche ieri mattina e me la sono persa? Tastando ancora trovo un incarto lungo quattro o cinque centimetri. Stringendolo, sento dei piccoli cristalli. Zucchero? Strappo il lato superiore, verso un po' del contenuto nel palmo, ci intingo un dito e me lo porto alla bocca. È zucchero, di canna a giudicare dai cristalli grandi e dal sapore. Ieri mi sono persa anche questo? Localizzo la scodella, ci verso lo zucchero, trovo il cucchiaio e mescolo.

Finito il porridge, porto il bicchiere in bagno e bevo un po' d'acqua. È bello poter andare in un posto che non sia la soffocante stanza buia in cui vivo. Mi tolgo il pigiama, prendo il sapone e mi lavo, inumidendo un angolo dell'asciugamano per sciacquarmi di dosso la schiuma e usando il resto per asciugarmi. Pulita e rinfrescata, rimetto il pigiama. Vorrei tanto poter lavare anche quello, visto che l'ho sporcato andando gattoni sul pavimento, ma non ho nient'altro da mettere. Mi pettino con le mani, contenta di aver tagliato i capelli all'altezza delle spalle. Lavo i denti, abbasso il coperchio del water e mi ci siedo sopra.

La mia mente vorrebbe tornare al passato, ma mi distraggo osservandomi le mani, studiando le dita mentre le fletto e le distendo. D'un tratto la stanza ripiomba nell'oscurità. Balzo in piedi, col cuore a mille, aspettandomi chissà quale pericolo, però non succede niente. Nessun rumore dell'altra porta che si apre, nessuno dietro quella chiusa del bagno.

Cerco con mani tremanti il chiavistello e lo apro. Non succede niente. Lo richiudo piano piano, e dopo qualche secondo la luce si riaccende.

Appoggio la fronte alla porta e faccio respiri profondi. Ci dev'essere un timer. È un altro modo per strapparmi qualunque forma di controllo m'illuda di avere.

Riapro la porta e torno nell'altra stanza. Il buio è sempre lo stesso, ma lo spazio no.

Rimango immobile per qualche istante, aspettando che il mio cuore riprenda a battere a un ritmo normale. Finora sono riuscita a mantenermi relativamente calma. Non mi hanno fatto del male, però potrebbero, e alla sola idea sento una stretta allo stomaco. Devo fuggire, però devo avere pazienza, aspettare il momento in cui commetteranno un errore. Perché quel momento arriverà e io mi farò trovare pronta. Non lascerò che mi prendano in trappola una seconda volta.

Raggiungo l'angolo del materasso, poi comincio a camminare con le mani appoggiate alla parete, contando i passi. Al dieci dovrei arrivare all'angolo. Tuttavia ho preso dimestichezza col buio, faccio passi più lunghi e al settimo vado a sbattere contro la parete. Proseguo lungo la parete successiva e supero la porta. Sette passi e arrivo all'angolo. Mi volto e continuo fino a toccare le tavole che chiudono la finestra. Al settimo passo sono all'angolo. Mi volto di nuovo, oltrepasso la porta del bagno e rieccomi nel mio angolo. Sette passi. La stanza è un quadrato perfetto. Mi metto a girare in cerchio, sfiorando i muri con la punta delle dita mentre conto i passi. A cinquecento mi fermo, con la testa che mi gira così tanto che devo mettermi carponi per tornare al materasso.

Sono a metà strada quando lo sento. È un suono quasi impercettibile, una voce. Trattengo il fiato in attesa di udirla ancora, ma non succede, così faccio dietro front e attraverso la stanza in direzione della porta. Mi ci inginocchio contro e premo l'orecchio sul legno verniciato, ma il corridoio fuori è silenzioso. Chiunque stesse parlando dev'essersene andato.

Sto tornando carponi verso il mio angolo quando la sento di nuovo. Sembra che arrivi da sotto, quindi mi sdraio sulla pancia e premo l'orecchio contro le assi del pavimento, cercando di cogliere nuovamente il suono. Sento una voce indistinta e chiudo gli occhi per concentrarmi meglio. Avanzo di qualche centimetro, ascolto, avanzo ancora in cerca del punto migliore. Sembra provenire dal lato sinistro della stanza, dove c'è il materasso. Sempre strisciando sulla pancia, lo raggiungo e lo spingo via. La voce adesso è più forte, arriva proprio da quell'angolo. Tastando intorno, trovo un forellino nel punto in cui convergono le pareti e vi premo il più possibile l'orecchio contro. La voce è quella di Ned, che discute in tono aggressivo.

All'inizio non distinguo le parole, non capisco nemmeno se stia parlando da solo o se ci sia qualcuno con lui. Poi un rumore secco – forse uno schiaffo? – e Ned riprende a parlare in un monologo ininterrotto. Colgo qualche parola: *nome, Ned Hawthorpe, prigioniero, negoziare, polizia, ucciso.* Lo immagino con in mano una copia del giornale di oggi mentre guarda la telecamera, con gli occhi enormi dalla paura. Ned non è proprio coraggioso.

Sento sbattere una porta al piano di sotto.

« Ehi, aspettate! » grida lui, ma gli risponde solo il silenzio.

Un'ondata di tristezza mi attraversa. Se fossimo due persone diverse, accosterei la bocca al minuscolo foro per chiamarlo a bassa voce, fargli sapere che sono vicina e dirgli che troveremo un modo di scappare insieme. Però siamo noi e quindi, quando fuggirò, sarà per sfuggire a lui, non solo ai nostri sequestratori.

10

PASSATO

« Amélie, ho una sorpresa per te! »

Ho sorriso. Ero contenta che Carolyn fosse tornata. Lavoravo per lei da sette mesi e non mi aveva mai fatto sentire come una domestica, anzi. Adesso le davo del tu e mi sentivo un'ospite viziata. Avevo una bella stanza con un bagno privato e, a patto che tenessi la casa pulita e in ordine e le facessi trovare qualcosa di pronto per cena quando tornava dal lavoro, potevo passare il tempo come più mi piaceva.

Le avevo confessato che, quando ci eravamo conosciute, non avevo diciotto anni, ma diciassette. Nel frattempo però il mio compleanno era passato, quindi ero ufficialmente un'adulta. Quando le avevo confessato anche di aver dormito per strada e che le dieci sterline che avevo in tasca erano tutti i miei risparmi, era rimasta di stucco.

« Non so cosa ne sarebbe stato di me se non mi avessi offerto questo lavoro », le avevo detto. « Mi hai salvato la vita. »

Lei mi aveva abbracciato. « Mi fa piacere. E sei stata tu a salvare la vita a me. Dopo che il mio ex mi ha lasciato ero così depressa che certe mattine non riuscivo ad alzarmi dal letto. Mi era impossibile concentrarmi su qualunque altra cosa, il lavoro ne risentiva ed ero tentata di mollare tutto. Ma, dopo averti visto per la prima volta in quel bar, non facevo che pensare a te. Eri così giovane, così affamata. Continuavo a chiedermi quale fosse la tua storia, perché mi avessi seguito fino a casa. Sei incredibile, Amélie, così resiliente. Se penso a tutto quello che hai passato... be', ti ammiro.»

Siamo diventate grandi amiche. Carolyn era la sorella che non avevo mai avuto e per lei avrei fatto qualunque cosa.

Mi sono pulita le mani dalla farina e sono andata in corridoio. «La cena è quasi pronta», ho annunciato, poi mi sono fermata, perché non era sola. Con lei nell'ingresso c'erano Lina Mielkutė, la bella lituana che avevo visto con lei nel bar quel primo giorno e che da allora avevo incontrato più volte, e un'altra donna, che mi dava le spalle. Sentendo la mia voce si sono girate e Lina è venuta a baciarmi su entrambe le guance.

«Amélie, lei è Justine Elland. Lavora con me a *Exclusives*.»

Non appena Justine mi ha sorriso, ho subito avvertito un forte senso di comunione. Le sono andata incontro. «Lina mi ha parlato di lei. È mezza francese, come me!»

Justine mi abbracciato. «Sì, mia madre è francese. *Et maintenant, nous allons pouvoir parler français ensemble.*»

«*Ça me manque de ne plus parler français.*» Dalla morte di mio padre non l'avevo più fatto.

«Sì, Lina me l'ha detto», ha risposto Justine in inglese. «Non ti preoccupare, se ne hai voglia possiamo vederci una volta alla settimana per parlarlo un po' insieme.»

« Così potrete parlarvi senza che Carolyn e io vi capiamo », ha scherzato Lina, dandomi una gomitata nel fianco.

Carolyn ha incrociato il mio sguardo mentre appendevano le giacche all'attaccapanni vicino alla porta. « Ho invitato Justine e Lina a cena, ma se non c'è abbastanza da mangiare possiamo ordinare qualcosa da fuori. »

« Ce n'è in abbondanza, ho preparato uno spezzatino di manzo. »

Justine ha battuto le mani. « Perfetto! Ho portato del vino. Ne vuoi un goccio, Amélie? È bordeaux, viene dalla mia regione. »

« Grazie, ma non bevo. » Mi sentivo una sempliciotta, ma la dipendenza del papà dal whisky mi aveva reso diffidente nei confronti dell'alcol.

Carolyn è sparita in cucina. « Ti prendo una bibita, e intanto do un'occhiata alla cena. Che profumino! »

« Io mi occupo di cavatappi e bicchieri », si è offerta Lina.

Ho seguito Justine in soggiorno e mi sono accomodata in una poltrona. Lina era stata molto gentile a presentarmela, e soprattutto a ricordarsi che sentivo la mancanza del francese. L'ho studiata per qualche secondo: con quei lunghi capelli neri, gli occhi scuri e la pelle vellutata, mi ricordava un po' me stessa.

Justine si è seduta nella poltrona di fronte. « Allora, Amélie, raccontami qualcosa di te. So da Lina e Carolyn che sei venuta a Londra dopo che è morto tuo padre, e che adesso lavori per Carolyn. Che altro? »

« Voglio andare al college e studiare Giurisprudenza. »

« Sei venuta a Londra per questo? Non potevi studiare a casa tua? »

« No. Quand'è morto mio padre, sono dovuta venire via. Eravamo in affitto, non potevo restare. E così ho deciso di trasferirmi a Londra. »

Lina è entrata in soggiorno con quattro bicchieri e un cavatappi, che ha posato sul tavolo prima di sedersi sul grande divano ad angolo. « Non potevi andare direttamente al college? »

Sono arrossita e ho guardato per terra. Per un attimo ho sentito nelle narici l'odore della nostra vecchia casa, un misto di whisky e tabacco. « Non avevo i soldi. Mio padre era malato... È stata dura per lui. »

« Anche per te », ha sussurrato Justine, sporgendosi per stringermi un momento la mano. « Cambiamo argomento. Adesso è il tuo turno di chiedere. »

« Come mai è venuta via dalla Francia? »

« Dammi pure del tu, cara. Sono venuta via perché ho parenti inglesi e volevo provare a vivere qui almeno per un annetto. Ma poi ho trovato lavoro alla rivista *Exclusives* e mi piace così tanto che non mi ci vedo proprio, a tornare in Francia. » Ha agitato una mano con fare teatrale. « Londra mi ha sedotto! »

Ho riso. « Anche lei... anche tu lavori nell'ufficio amministrazione, come Lina? »

Si sono scambiate un'occhiata, scoppiando a ridere.

« Scusa », ha detto Justine, « non ridevamo della domanda. Il fatto è che io fatico a fare due più due. L'anno scorso Lina e io abitavamo insieme e non ero capace nemmeno di dividere a metà le bollette. Sono caporedattore, il che significa che mi capita d'intervistare persone famose. Parte del divertimento sta proprio nel convincerle a farsi intervistare. »

« Dev'essere interessante. »

« Sì, mi piace molto. »

« Di sicuro è interessante lavorare per Ned Hawthorpe », è intervenuta Lina.

Siamo state interrotte da Carolyn, che è entrata nella stanza portando piatti e posate.

Mi sono subito alzata. « Lascia, faccio io. È il mio lavoro. »

« No, siediti tranquilla. Stasera sarò io a servire te. »

Quando ci siamo trasferite a tavola, Carolyn ha insistito per andare lei in cucina a prendere lo spezzatino.

« Ehi, Carolyn, a proposito di quello che dicevamo prima. Io e Amélie pensavamo di vederci una volta alla settimana per parlare francese, magari il giovedì dopo il lavoro », ha detto Justine.

« Non ti dispiace? » le ho chiesto.

Carolyn si è allontanata i capelli scuri dal viso. « Certo che no! La trovo un'ottima idea. »

Mentre Justine mi abbracciava, ho pensato che la mia vita non avrebbe potuto essere più perfetta.

11

PRESENTE

Apro gli occhi e sbatto più volte le palpebre. Al buio, ciò che vedo non cambia mai, un fatto al quale non riesco ad abituarmi. Poi sento girare la chiave nella serratura.

Mi volto verso l'uomo che entra. Il buio alle sue spalle è diverso, fitto ma non fittissimo, più grigio scuro che nero. Cerco una luce con lo sguardo, però non la trovo.

Da come si muove nella stanza e dal suo odore - erba tagliata, forse un tocco di agrumi - mi convinco che sia lo stesso di ieri.

Sentendogli posare un vassoio a terra vicino a me, mi alzo sui gomiti. « Posso avere una coperta, per favore? »

Non mi risponde. Sento solo il vassoio del pasto precedente che gratta sul pavimento mentre lui lo prende.

« Per favore. Ho freddo. »

L'unico suono che mi arriva è quello della porta che si richiude e della serratura che scatta.

Lascio cadere la testa sul materasso. Non capirà perché gli ho chiesto la coperta, visto che in questa stanza non fa freddo. Il freddo è dentro di me, e bramo il conforto di qualcosa in cui avvolgermi. Perché non mi parla, perché mi tengono al buio e nel silenzio più totale? Mi sento talmente frustrata che vorrei gridare e disperarmi.

« Stai calma », sussurro.

Allungo il braccio sinistro per prendere il vassoio. Trovo la scodella, c'intingo le dita, me le porto alla bocca. Porridge. È iniziato il terzo giorno, lunedì 19 agosto.

Da sotto mi arrivano dei rumori. Dopo aver tolto di mezzo il vassoio, scosto il materasso dal muro e appoggio la testa nell'angolo per ascoltare. Ned sta gridando qualcosa a proposito di un gabinetto. La risposta è arrabbiata, seguita da un urlo di Ned. Forse a differenza di me lui non ha un bagno, ma solo un secchio.

Quando si mette a borbottare, riaccosto il materasso all'angolo per non sentirlo. Comincio a mangiare come un automa, portandomi il cucchiaio alle labbra, poi ricordo la bustina di zucchero di ieri. La cerco sul vassoio, la trovo e verso lo zucchero nel porridge. C'è anche una banana.

Mentre torno al mio porridge, penso ai genitori di Ned. Chissà come si sentono sapendo che lui è scomparso, che è stato rapito. La sua sparizione farà notizia? Il suo viso bello e arrogante comparirà sugli schermi di tutte le televisioni del globo? Oppure Jethro Hawthorpe ha tenuto fuori la polizia, almeno per adesso?

Quando ho finito di mangiare, vado in bagno. Provo sempre un istante di panico tra quando chiudo il chiavistello e quando si accende la luce: è la paura che la luce non si accenda e la porta non si apra più, bloccandomi in questo spazio buio e angusto. Ma la luce si accende, dapprima tremolante poi fissa, e io mi posso rilassare.

Dopo aver usato il water mi tolgo il pigiama, mi lavo e me lo rimetto. Mentre strizzo il dentifricio sullo spazzolino mi viene un pensiero improvviso: che cosa finirà prima, il tubetto o la mia vita?

Esco dal bagno e mi metto a passeggiare per la stanza, cercando di cantare una ninnananna della mia infanzia, però le parole in francese mi ricordano tutto quello che ho perso, e così mi metto a contare. Sono a trecentosette passi quando sento la chiave muoversi nella serratura.

Cado in ginocchio, dirigendomi carponi e col cuore in gola verso il materasso. È la prima volta che vengono di giorno, tra un pasto e l'altro. C'è qualcosa di frettoloso nel rumore della porta che si apre e nello spostamento d'aria mentre l'uomo attraversa la stanza per venire verso di me. Sono sicura che è sempre lui, ha lo stesso odore di pulito, eppure capto anche qualcosa di diverso. Che cosa? Sentendolo incombere su di me, mi addosso istintivamente alla parete, il più lontano possibile da lui.

Non fa differenza. Mi prende le spalle per tirarmi in piedi, mi volta col viso verso la parete e con le braccia dietro la schiena e mi lega insieme i polsi con qualcosa di elastico. Mi cala un cappuccio sulla testa, chiudendomi in un buio diverso, soffocante.

Sta succedendo tutto troppo in fretta. Il panico s'intensifica, ma cerco di tenerlo a bada. Spinta fuori dalla stanza, tento di capire dove stiamo andando. Quando svoltiamo a sinistra nel corridoio intuisco che siamo diretti verso le scale che portano in cantina.

Mi fermano bruscamente, e mi fanno girare di lato prima di sospingermi di nuovo in avanti. Interpreto d'istinto il linguaggio non verbale, allungo una gamba, sento il vuoto, scendo col piede e trovo il primo gradino.

Dodici: ricordo che erano dodici gradini di pietra, metà di quelli in casa di Ned. Scendendo li conto e quando arrivo a dodici e il pavimento è piatto provo un barlume di soddisfazione. La sensazione di aria fresca sulle braccia nude mi fa venire voglia di strapparmi il cappuccio e inspirare a pieni polmoni. Una svolta a destra, qualche altro passo, non so quanti, ho perso la concentrazione.

Ci fermiamo, sento aprire una porta. È la stanza dove tengono Ned? In preda a un panico improvviso tento di arretrare, ma non funziona. Vengo spinta in avanti, e la porta si richiude subito dietro di me. Vengo afferrata da qualcun altro che mi preme le spalle verso il basso. Tocco con le gambe un sedile, mi siedo, sento del legno contro la schiena. Mi legano qualcosa intorno al petto, bloccandomi sulla sedia. Ho il cuore che galoppa. *Ci siamo? È arrivata la fine?*

Quando mi sfilano il cappuccio, una luce abbagliante mi acceca per un attimo prima che mi coprano in tutta fretta gli occhi con una benda. Una mano mi prende il collo da dietro, tenendolo fermo per costringermi a guardare avanti.

« Di' come ti chiami », ordina una voce maschile alle mie spalle. « Di' che sei tenuta prigioniera con tuo marito, Ned Hawthorpe, e che presto verranno contattati di nuovo. Se fanno come diciamo noi, verrete rilasciati senza che vi sia fatto nessun male. La polizia non dev'essere coinvolta. Se non assecondano le nostre richieste, vi uccideremo entrambi. » La stretta aumenta. « Parla! »

Prendo fiato. « Mi chiamo Amélie Lamont. »

« No. Il tuo cognome da sposata. »

« Mi chiamo Amélie Hawthorpe », ricomincio, con la voce che trema. « Sono tenuta prigioniera con mio marito, Ned Hawthorpe. Presto verrete contattati di nuovo. Fate come dicono e verremo rilasciati senza che ci sia fatto nessun male. Non coinvolgete la polizia. Se non assecondate le loro richieste, ci uccideranno entrambi. »

La benda mi viene strappata via, però prima che mi rimettano il cappuccio faccio in tempo a sentire un odore acido. La mia mente lavora a più non posso. Se questa è la stanza dove tengono Ned, lui dov'è? E poi, dietro di me, sento una singola parola, attutita ma piena di odio.

« Stronza. »

12

PRESENTE

Apro gli occhi. Buio. Per un attimo mi chiedo se sia mattina o notte fonda, poi mi dico che non ha importanza.

Rimango sdraiata a pensare alla registrazione che mi hanno costretto a fare. Jethro Hawthorpe si è rifiutato di collaborare? È per questo che i nostri rapitori hanno voluto registrare il messaggio? Nella stanza c'era anche Ned. Era anche lui legato a una sedia, con un coltello alla gola? L'idea mi fa quasi sorridere. Se lo sarebbe meritato. Dopo quello che ha fatto, si merita questo e altro.

La serratura si apre. Quando l'uomo posa il vassoio, non mi metto seduta e non apro bocca. Prima di andarsene, lui esita: vuole sapere se va tutto bene? Dopo che se n'è andato rimango immobile, rendendomi conto per la prima volta di quanto è silenzioso, non solo perché non parla, ma per come si muove. Deve camminare a piedi nudi, o in calzini.

Mi metto seduta. Ecco la differenza rispetto a ieri quando ha attraversato la stanza per trascinarmi in cantina: aveva le scarpe. Sorrido, soddisfatta di aver imparato qualcosa sul mio carceriere. Quando mi porta da mangiare viene a piedi nudi, se invece ha le scarpe vuol dire che dobbiamo scendere in cantina.

All'improvviso sono affamata. Cerco a tentoni il vassoio, però il mio braccio sfiora qualcosa di peloso. Grido, balzo in piedi e mi metto sulle punte, col cuore che martella. Resto immobile, ma non sento nessun rumore, nessun rosicchiare o raspare di zampe.

Mi faccio forza e allungo una gamba per spingere via il vassoio col piede, sperando di far spostare la creatura pelosa, ma quando le dita affondano in qualcosa di soffice scoppio in una risata liberatoria. Non è un topo o qualche altro animale: è una coperta.

La raccolgo e affondo il viso nella sua morbidezza. La immagino tigrata, sui toni del marrone, dell'arancione e del nero. Odora di nuovo... Che l'abbiano comprata apposta per me? Mi si spegne il sorriso.

Abbandono la coperta sul materasso e mi avvio a tentoni lungo la parete fino alla finestra, dove appoggio le mani sulla tavola di compensato. È calda. Vuol dire che fuori c'è il sole? Chiudo gli occhi e vedo un bel giardino con grandi prati, aiuole di rose, panchine sotto alberi carichi di fiori. Ma la realtà mi richiama all'ordine. Se questa è una casa disabitata, è difficile che il giardino sia curato. Adeguo quindi le mie aspettative, immaginando un groviglio di siepi troppo cresciute, rovi contorti come filo spinato, erba alta piena di ortiche e altre insidie. Apro di scatto gli occhi. Se mai riuscirò a fuggire dalla finestra, ecco cosa dovrò affrontare.

Faccio scorrere le mani lungo i lati della tavola, cercando tra essa e la cornice della finestra un interstizio dove infilare le dita per strappare via lo schermo. Un dolore improvviso mi fa ritrarre la mano: devo essermi ferita con un chiodo sporgente. Quando metto il dito in bocca, sento il sapore metallico del sangue.

Non voglio rinunciare a forzare la finestra, ma senza qualche tipo di strumento non riuscirò mai a svellere la tavola di compensato. Col porridge mi portano solo cucchiai di plastica, però mi viene un'idea: la coperta è arrivata... saranno disposti a portarmi qualcos'altro, se lo chiedo? Un oggetto in apparenza innocente, ma utilizzabile come strumento. Cosa?

Sto per andare in bagno quando mi viene in mente il vassoio, e annaspo fino al materasso. Il porridge è quasi freddo e non mi va di mangiarlo, ma se voglio fuggire devo mantenermi in forze.

Trovo la banana, la sbuccio, la spezzetto con le mani per aggiungerla al porridge, poi taglio alla cieca col bordo del cucchiaio per sminuzzarla.

Dopo che ho aggiunto anche lo zucchero, il sapore migliora.

Adesso che ho una coperta in cui avvolgermi, vado in bagno con l'intenzione di lavare il pigiama. Alla luce scopro che la coperta non è tigrata, bensì grigio chiaro. Strofino il sapone sul pigiama, che è di cotone blu scuro, e nella luce fioca vedo l'acqua diventare grigia quando lo sciacquo.

Dopo averlo strizzato meglio che posso appendo i pantaloni al lavandino, con le gambe penzoloni. L'acqua gocciola sul pavimento, più tardi dovrò asciugarla con la carta igienica. La giacca, la distendo sopra i rubinetti, allargandola bene sopra il lavabo smaltato.

Ritorno in camera avvolta nella coperta e mi metto a camminare con le mani appoggiate al muro. Quando tutto questo sarà finito, troveranno sul pavimento i segni lasciati dal mio continuo camminare in cerchio? Mi piace pensare di sì. È l'unica traccia che potrò lasciare, l'unica prova che ho abitato in questa stanza.

D'un tratto il pensiero che forse nessuno saprà mai della mia prigionia qui dentro mi toglie il fiato. Mi fermo, trovo la ferita sul dito e la schiaccio con l'unghia, accostandola alle labbra per assicurarmi di averla riaperta. Strizzo il dito, facendo uscire altro sangue e poi, allungando la mano il più in alto possibile, lascio una traccia del mio DNA sulla parete.

13

PASSATO

Ho accostato la chiave elettronica al lettore, ho aspettato il *clic*, ho aperto il portone e sono entrata nel grande atrio di marmo, pensando che non mi sarei mai abituata a vivere lì. Ho provato la stessa emozione digitando il codice per l'ascensore, premendo il pulsante del quinto piano e usando la chiave per entrare nell'appartamento.

Ho portato in cucina i sacchetti della spesa, dove li ho posati per terra chiedendo ad Alexa di accendere Radio London. Mentre cucinavo, canticchiavo con la musica.

Dopo aver apparecchiato, ho acceso la candela che avevo appena comprato e l'ho appoggiata al centro del tavolo. Quando si è aperta la porta, ho sorriso nel sentire Carolyn e Lina che ridevano nel togliersi le giacche in ingresso.

« Amélie, siamo arrivate! » ha gridato Lina.

« Ciao! La cena è pronta! » ho risposto.

« Per fortuna! Ho talmente fame che mangerei un cavallo », ha scherzato Carolyn.

« Ho fatto del pesce, spero che vada bene. »

« Perfetto. »

« Dov'è Justine? »

Non era con loro. Ormai mangiavamo tutt'e quattro insieme ogni due settimane, di solito il venerdì sera, a volte a casa di Lina, altre volte da Justine, ma perlopiù da Carolyn.

Lina ha fatto una smorfia. «Ned aveva bisogno che facesse non so cosa, ma secondo me è una scusa. Comunque ha detto di cominciare pure senza di lei.»

«Ned insiste sempre perché esca con lui?» Carolyn è entrata in cucina e ha annusato l'aria. «Mmm. Che buon profumo.»

Lina l'ha trascinata in salotto, e io le ho seguite. «Sì, e lei gli risponde sempre la stessa cosa, cioè che non mescola lavoro e piacere. È un consiglio che voglio dare anche a te, Amélie. Niente storie d'amore in ufficio.» Si è accomodata in una poltrona, sedendosi con le gambe incrociate.

«Hai ragione, guarda dove mi ha portato.» Carolyn si è avvicinata al tavolo e ha annusato la candela. «Che splendido aroma! Sei troppo gentile, Amélie.»

«Tu adesso almeno non hai nessuno che ti dice cosa devi fare», ha osservato Lina.

Carolyn è venuta a sedersi vicino a me. «Sì, senza il mio ex vivo molto meglio, ma all'inizio è stata dura. Non so dove sarei finita se non avessi incontrato Amélie. Mi hai salvato la vita.» Mi ha sorriso.

«No, è il contrario, tu hai salvato la mia. Se non fosse per te, sarei rimasta in mezzo alla strada.»

Lina ha alzato gli occhi fingendosi esasperata. «Sempre la stessa storia. Perché non vi mettete d'accordo e non dite che vi siete salvate a vicenda?»

«No, perché è stata Amélie a salvare me.»

«No, perché è stata Carolyn a salvare me.»

Ci siamo chinate per evitare il cuscino che ci aveva lanciato Lina.

Justine è arrivata mentre mangiavamo il dessert.

Lina l'ha guardata con sospetto. « Te la sei presa comoda. Cosa voleva Ned? »

Justine si è servita un bicchiere di vino. « Una festa. Mi ha chiesto d'invitare tutte le persone su cui abbiamo fatto un servizio per la rivista, e anche quelle su cui mi piacerebbe farlo. Devo aiutarlo a organizzare tutto. »

« Sembra interessante. Secondo te potremo venire anche noi? »

« Sì, sarà invitata anche la redazione e ciascuno potrà portare un ospite. » I suoi occhi si sono posati su di me, che le stavo seduta di fronte. « Non ho un fidanzato, posso portare Amélie. Ma non so tu, Lina. Sarebbe un peccato se non venisse anche Carolyn. »

Lina ha sospirato. « Sai benissimo che non sto con nessuno. Quindi sì, il mio ospite sarà Carolyn. » Però era arrossita. Forse Justine aveva ragione e Lina un fidanzato ce l'aveva.

« Quando sarebbe questa festa? » ho chiesto, con un brivido di eccitazione. Non ero mai stata a un evento elegante.

Justine si è presa la sua porzione di panna cotta. « Non prima di fine settembre. Ci serve tempo per organizzarla e vogliamo che la gente sia tornata dalle vacanze estive. Ned dice che ci sarà una raccolta fondi e il ricavato andrà alla Hawthorpe Foundation. Volevo dirgli che suo padre non acconsentirà, ma io al mio lavoro ci tengo e quindi sono stata zitta. »

« Perché suo padre non acconsentirà? »

« Perché Jethro Hawthorpe non approva lo stile di vita di Ned. » Lei e Lina si sono scambiate un'occhiata che non sono riuscita a decifrare. « Non sto dicendo ad Amélie niente che non possa scoprire su Internet. Il vecchio non vuole che Ned erediti la sua fortuna e per questo ha investito nella fondazione. »

Lina si è sporta verso di me. « Jethro aveva un altro figlio, che è morto di overdose. »

« Non c'era bisogno di dirglielo », l'ha rimproverata Carolyn.

Mi faceva piacere che Carolyn cercasse di proteggermi, ma ero molto incuriosita.

Più tardi, quando Lina e Justine se n'erano andate e Carolyn si era messa a letto, ho cercato Jethro Hawthorpe su Google e ho scoperto che, dopo la morte del figlio maggiore, aveva creato la Hawthorpe Foundation contro la dipendenza da droghe, riversandovi quasi tutto il suo patrimonio. Secondo gli articoli più salaci Ned, molto risentito per questo, si era rivolto al nonno, anche lui facoltoso, che aveva cambiato il testamento a suo favore scavalcando di fatto il figlio Jethro, per poi morire opportunamente quando il nipote aveva compiuto ventun anni, facendo di lui uno dei rampolli più ricchi di tutto il Regno Unito.

14

PRESENTE

Sono davanti alla finestra schermata, intenta a cercare un punto debole nella barriera di compensato.

Lungo il bordo superiore e quello inferiore ci sono ventiquattro chiodi, e diciotto su ciascun lato, a cinque centimetri circa l'uno dall'altro. Chiunque li abbia piantati ha fatto un lavoro molto meticoloso. Mi scosto i capelli dal viso e continuo a esplorare.

Lo trovo a metà del lato sinistro: è il chiodo che mi ha ferito, con la testa che sporge leggermente. Piena di adrenalina, lo prendo tra pollice e indice e provo a estrarlo, ma non riesco a fare abbastanza forza.

Dopo averci pensato un momento, mi afferro la giacca del pigiama. Prima, quando l'ho rimesso, i pantaloni erano asciutti, la giacca ancora un po' umida. Col tessuto tra le dita, prendo di nuovo la testa del chiodo e uso l'attrito per smuoverlo. Sento che cede, adesso ha un minimo di gioco.

« Coraggio. »

Poso la mano sinistra di piatto sulla tavola e do uno strattone al chiodo.

Mi resta in mano.

Lo stringo e sono attraversata da un fremito di eccitazione. Un oggetto così minuscolo, ma per me così importante. Vado in bagno: cinque passi in avanti, quattro a sinistra. Chiudo la porta ed esamino il chiodo nella poca luce. È piccolo, lungo sì e no tre centimetri, di metallo e non ancora arrugginito. Potrei estrarne un altro, e poi un altro ancora... Nella mia testa sto già scavalcando la finestra. Mi do una calmata. Un passo alla volta.

Il chiodo è anche la risposta a qualcosa che mi preoccupa, cioè come tenere il conto dei giorni. Finora il porridge mi è stato servito cinque volte. Se mi baso sulla teoria che la scodella di porridge sia la colazione, oggi è mercoledì 21 agosto, il quinto giorno di sequestro.

Mi guardo intorno in cerca del punto migliore dove dare inizio al mio calendario. Scelgo la striscia sottile di parete dietro la porta, tra lo stipite e l'angolo. Con la punta del chiodo traccio una linea orizzontale all'altezza dell'architrave, quindi una seconda due o tre centimetri più sotto, poi altre tre, tutte più o meno alla stessa distanza. Arretro un poco. La quinta linea non è distinta come le altre, quindi la ripasso scavando un po' di più. Ma il calendario non è completo, mi serve una data d'inizio. Così incido con mano tremante sopra la prima riga un *1* e un *7*, seguiti da una sbarra e poi da un *8*, la data in cui Ned e io siamo stati rapiti.

Stringo piano il chiodo. Dove posso tenerlo? Il telaio della porta è una cornicetta molto sottile, ma il movimento della porta che si apre potrebbe far cadere il chiodo e c'è il rischio che io non riesca più a trovarlo. Nell'armadietto, quindi. Prendo la bustina coi prodotti da toilette e ce lo lascio cadere dentro.

Torno alla finestra, pensando al punto debole in cui prima c'era il chiodo. Mi giro, attraverso con cautela la stanza, trovo il cucchiaio di plastica del porridge sul vassoio e vado di nuovo alla finestra, per incunearlo nello spazietto tra il compensato e lo stipite. Ma è troppo spesso e si piega, quindi è inutilizzabile. Lo lancio nel buio, frustrata, poi vado in bagno per sedermi un po' nella luce fioca. Vedermi le mani, i piedi e il corpo mi conferma che esisto ancora, e mi aiuta.

Quando la luce si spegne torno nell'altra stanza, raggiungo il mio angolo e cerco a tentoni il vassoio. Lo appoggio sul materasso perché non mi sia d'intralcio e inizio a fare i miei giri quotidiani. Non appoggio più le mani contro il muro per guidarmi: voglio abituarmi a camminare al buio, a sentirmi il più a mio agio possibile nel mio spazio, per cui lascio le braccia lungo i fianchi, conto sette passi, mi giro e percorro la parete successiva, ricordandomi ogni volta di girare intorno al materasso. A un certo punto decido di voltarmi dopo sei passi, poi cinque, poi quattro, in modo da descrivere cerchi sempre più stretti.

La vertigine comincia a rendermi difficile continuare. Poi urto qualcosa col piede: il cucchiaio di plastica che ho lanciato poco fa attraverso la stanza. Mi fermo a raccoglierlo, aspettando che smetta di girarmi la testa. È appiccicoso di porridge. Quando mi risollevo ho perso il senso dell'orientamento e non so più da che parte sono girata. Tendo le braccia e procedo a piccoli passi finché non trovo una parete, poi arranco lungo di essa fino al bagno. Lavo il cucchiaio e lo asciugo nell'asciugamano. Sto per tornare indietro e metterlo sul vassoio, quando ci ripenso. Se il sequestratore si accorge che manca, verrà a chiedermelo? Oppure lo sostituirà e basta?

L'idea di poterlo costringere a parlare mi riempie di emozione. E, se non parla, se sostituisce il cucchiaio senza dire niente, nasconderò anche quello nuovo, e il successivo, finché non potrà più trattenersi dal chiedermi cosa me ne faccio. Ma dove lo posso nascondere? Sotto il materasso è troppo ovvio: sarà il primo posto in cui andrà a guardare se perlustrerà la stanza. Se lo metto in bagno, potrebbe togliermi questo privilegio e chiudere la porta con un lucchetto. Voglio costringerlo a parlare, non farlo arrabbiare.

Dopo averci riflettuto un attimo, vado alla porta e piazzo il cucchiaio per terra dietro di essa.

15

PRESENTE

Aspetto che arrivi. *Lui*. Non è mai minaccioso, solo silenzioso e tranquillo. Mi tiro la coperta sulle spalle, mi appoggio al muro. Forse la gentilezza è anche la sua debolezza.

Chiudo gli occhi per pensare al papà, al sole che entrava dalla finestra del nostro cucinino e gli illuminava le mani e le braccia mentre facevo colazione. Sento il profumo del suo caffè, vedo il vecchio cucchiaio di metallo che usavo per mangiare i cereali, sento il sommesso *tic toc* dell'orologio appeso vicino alla porta di servizio.

«Sei una ragazzina intelligente, Amélie», dice mio padre.

Cerco di guardarlo in faccia, ma vedo solo ombra.

Mi riporta al presente il rumore della chiave che gira nella toppa. È arrivato. Mi chiederà del cucchiaio, si sarà accorto che mancava dal vassoio che ha portato via ieri sera? Lascio cadere la coperta e mi siedo più dritta.

«Che ore sono?» gli domando, cercando di assumere un tono amichevole e pacato.

Non mi risponde. Sento lo spostamento d'aria e il rumore di un vassoio appoggiato a terra e dell'altro che viene raccolto.

«Perché non mi parli? È stato Carl a proibirtelo?»

C'è una pausa, durante la quale trattengo il respiro.

Ha riconosciuto il nome di Carl? Quando mi alzo barcollando sento che arretra. Un attimo dopo la chiave gira di nuovo nella serratura. Se n'è andato.

Mi chino e tasto il pavimento in cerca del vassoio. Trovo la scodella, con vicino un cucchiaio. Non si è accorto che l'altro era sparito. Sorrido: non sa ancora che sta facendo il mio gioco. Finalmente ho il controllo su qualcosa.

16

PASSATO

Justine ha buttato indietro la testa e ha chiuso gli occhi. « Non è fantastico, questo tempo? »

« È perfetto. È tutto perfetto, e non voglio che finisca. »

Lei ha aperto un occhio per guardarmi. « Perché dovrebbe finire? »

Era un giovedì sera di fine agosto e ci eravamo appena spostate dal bar dove c'incontravamo per conversare in francese a una panchina di Hyde Park.

« Non potrò rimanere per sempre da Carolyn. Vivo da lei da più di un anno e mezzo, ormai, e a un certo punto Daniel vorrà trasferirsi. »

« È bello che abbia trovato qualcuno, ma è ancora presto per parlare di convivenza. Quando succederà, e tu avrai bisogno di trovarti un altro impiego, potrai venire a lavorare da *Exclusives* con me e Lina. »

Ho scosso la testa. « Voglio diventare avvocato, non dimenticarlo. »

Mi ha guardato incuriosita. « È stato tuo padre a farti decidere di studiare Giurisprudenza? »

Parlavo raramente di mio padre, forse perché il ricordo della sua morte era ancora troppo doloroso. « Non proprio. Quando la mamma è morta di parto, lui ha denunciato l'ospedale per negligenza, ma veniva rimbalzato da un avvocato all'altro e non è mai arrivato molto lontano. Credo che vivere in Inghilterra non abbia aiutato. » Ho fatto una piccola pausa. « E neppure il whisky. Era l'unico modo per alleviare i dolori della sua malattia. Non è stato mai un ubriacone molesto », mi affretto a precisare. « L'alcol lo faceva solo chiudere in se stesso. »

Justine ha posato per un attimo la mano sulla mia. « Non sei costretta a parlarne, se non ti va. »

Mi ero resa conto che mi era venuto naturale. « No, figurati. Vorrei solo che prima di morire avesse ottenuto giustizia per mia madre e il mio fratellino. Era tutto quello che gli stava a cuore, il riconoscimento da parte dell'ospedale che erano stati negligenti. Lo ha consumato almeno quanto il cancro. Per questo voglio diventare avvocato, per aiutare le persone come lui. »

Il suo telefono ha emesso il *bip* di un messaggio in arrivo. Justine lo ha pescato dalla borsetta e ha fatto una smorfia. « Ned. Ormai dovrebbe averlo capito che è un no. »

« In che senso? »

Lei ha messo via il telefono senza rispondere al messaggio. « Mi chiede continuamente di uscire a cena con lui e io gli rispondo sempre di no, che non esco con gli uomini con cui lavoro. E sai lui cosa dice? »

« Cosa? »

« Che io non lavoro *con* lui, ma *per* lui. Pensa di essere spiritoso. »

Io no. « Non dovrebbe metterti in questa posizione. »

« Infatti, non dovrebbe! E sai cos'ha detto quand'è venuto a sapere che cercavo casa perché stavo per lasciare quella di Lina? Che sarei dovuta andare a vivere con lui. Scherzava, però mi sono sentita a disagio.»

«Dev'essere stato divertente abitare con Lina.»

«Sì, è stato un periodo bellissimo. Doveva essere una soluzione temporanea mentre cercavo un appartamento, perché ero appena arrivata dalla Francia. Ma andavamo così d'accordo che mi ha invitato a restare finché volevo.»

«Allora come mai te ne sei andata?»

«Perché dopo un annetto lei ha cominciato a uscire spesso la sera e un paio di volte non è tornata fino alla mattina dopo. Mi è subito venuto il sospetto che avesse un ragazzo, però quando l'ho presa un po' in giro chiedendole se aveva intenzione di presentarmelo mi ha risposto che era stata fuori con le amiche. Non le ho mai creduto, anzi, temevo di essere diventata un intralcio per la sua vita privata, e così mi sono messa a cercare casa per conto mio.»

«Sei ancora convinta che abbia un ragazzo?»

Justine ha annuito. «Avrai notato come arrossisce quando faccio qualche allusione.»

«Chissà perché non te lo vuole presentare. E neppure a Carolyn.»

«Prima o poi lo farà. Presentare il tuo ragazzo alle amiche è un grande passo.»

«Immagino di sì. Quando mi cercherò casa, vorrei trovarla in questa zona. Tu, Carolyn e Lina ormai siete la mia famiglia. Mi sento così fortunata ad avervi incontrato.»

Justine ha riso. «Il privilegio è nostro. Ci mantieni

giovani, eppure sei così saggia per avere solo diciannove anni. Alla tua età non capivo niente. Se penso che sei venuta a Londra senza conoscere nessuno, sola al mondo quando eri poco più di una bambina... Be', sei davvero fantastica, Amélie Lamont. »

« Quand'è rimasta orfana, Lina era ancora più giovane di me. Nemmeno lei ha famiglia. » Ho sorriso. « Sono orfana come Lina, mezza francese come te, e Carolyn è diventata una sorella maggiore. Mi fate sentire parte di qualcosa, come se avessi una famiglia. Che cosa posso volere di più? »

« Non saprei. Un uomo, magari? »

Ho scosso la testa. « Sarebbe una distrazione troppo grande. Forse quando sarò diventata avvocato, ma non prima. »

Siamo state interrotte dallo squillo del suo telefono. « È di nuovo Ned. Oddio, speriamo che adesso non cominci a chiamarmi ogni due minuti. »

« Forse è per la festa. Mancano poche settimane, ormai. »

« Anche se fosse, non può aspettare domani? Sarà anche il mio capo, ma non deve pensare di potermi contattare fuori dagli orari di lavoro. Non vorrei che prendesse delle brutte abitudini. » Justine si è alzata, stiracchiando le braccia sopra la testa. « Cosa ne dici di una pizza? »

« Buona idea. Purché non incontriamo Ned », ho detto per scherzo, perché gli uffici erano appena dietro l'angolo.

« Non me lo vedo a mangiare una pizza. Da quel punto di vista dovremmo essere al sicuro. Invitiamo anche

Carolyn e Lina? Per una cenetta 'di famiglia' improvvisata? »

« Carolyn stasera è fuori con Daniel. »

« Allora chiamo Lina. »

Ma anche Lina aveva già un impegno.

« Anche se non mi ha detto con chi. » Justine ha inarcato in modo buffo le sopracciglia. Poi mi ha preso a braccetto. « A quanto pare saremo solo noi due. »

17

PRESENTE

Ho sognato il papà. Non so dove fossimo, se in questa stanza o da un'altra parte, ma lui era vicino a me.

Bene, Amélie. Quale delle due sceglieresti? mi chiedeva.

Io rispondevo di non aver ancora deciso.

Era da un po' che non sognavo il papà, quindi penso che il sogno abbia qualche significato. Poi mi ricordo di quando ero vicino alla sua poltrona e lui mi aveva posto quella stessa domanda.

«Bene, Amélie. Quale delle due sceglieresti?»

«Puoi ripetere, per favore?»

«Se ti offrissi un milione di sterline oggi, oppure una sterlina adesso, il doppio, cioè due, domani, poi quattro dopodomani, otto il giorno dopo ancora e così via, raddoppiando la cifra ogni giorno per un mese, tu quale delle due sceglieresti?»

Il mio cuore aveva saltato un battito. «Sono arrivati i soldi dall'ospedale?»

Ma lui aveva scosso la testa. «È solo una domanda ipotetica.»

Ci avevo pensato su. «Sarebbe un mese di trenta o di trentun giorni?»

«Farebbe qualche differenza?»

«Forse sì, perché se al trentesimo giorno il raddoppio

fosse arrivato a più di cinquecentomila sterline, al trentunesimo supererei il milione. »

Aveva sorriso. « In questo caso, diciamo che sarebbe un mese di trentun giorni. »

« Allora scelgo il raddoppio, purché mi prometti di non morire prima del trentunesimo giorno! »

Lui aveva riso e mi aveva dato dei colpetti sulla mano. « Sei una ragazza molto intelligente, Amélie. Te la caverai bene. »

Forse il sogno era un presagio. Forse il papà mi stava dicendo che uscirò di qui.

Vado in bagno a tracciare l'ottavo segno sulla parete. Oggi è sabato 24 agosto. Sono molto giù di corda: ormai siamo qui da una settimana. Non verrà a cercarci nessuno.

Dopo aver sciacquato il cucchiaio del porridge, faccio sei passi verso la porta principale e mi accuccio per depositarlo vicino agli altri tre. Ma non li trovo. Mi sposto di lato. Forse non sono vicino alla porta come pensavo. Allungo la mano in cerca dello stipite, scendo con le dita fino al pavimento. Niente. Eppure devono esserci, ci sono sempre. Sposto le dita più a destra. Niente. Appoggio la mano di piatto sul pavimento, muovendola in cerchio per cercare disperatamente i miei cucchiai, però non ci sono più.

Lo choc mi fa cadere seduta per terra. Ieri i cucchiai c'erano e adesso sono spariti. Che fine hanno fatto? Quand'è venuto a portarmi il porridge lui non li ha presi, ne sono sicura. L'ho sentito raccogliere il vassoio di ieri sera e uscire subito dalla stanza. Se si fosse fermato me ne sarei accorta, avrei sentito i cucchiai di plastica sbattere tra di loro mentre li appoggiava sul vassoio. Ma non ho sentito un bel niente, il che può significare solo una cosa: li ha tolti in un altro momento.

Spaventata dalle implicazioni, raggiungo tremante il materasso, il cucchiaio stretto al petto, e mi siedo. Credevo che questa stanza fosse *mia*, il mio universo, invece non lo è. I sequestratori possono entrare quando vogliono, mentre sono in bagno o durante la notte, possono portare via i cucchiai, guardarmi mentre dormo, origliare dall'altra parte della porta del bagno. È un pensiero devastante.

Il bisogno di fuggire si fa sempre più pressante. Mi alzo e cammino fino alla finestra toccando il muro. Trovo la tavola di compensato e ci faccio scorrere le mani fino al bordo sinistro, in cerca dello spazio lasciato vuoto dal chiodo mancante. Quando lo trovo, cerco la testa del chiodo successivo, che sporge anch'esso, e tento di prenderla tra il pollice e l'indice, ma non riesco a fare presa, neanche proteggendo le dita con la giacca del pigiama. Ci infilo sotto un'unghia nel tentativo di smuoverla, però è impossibile. Provo con gli altri chiodi e, quando ho fatto il giro di tutta la finestra, ho il fiato corto, le dita doloranti e le unghie spezzate. Mi soffio un po' d'aria in faccia. Non riuscirò mai a strappare via lo schermo senza uno strumento di qualunque tipo. Il che vuol dire che, per scappare, dovrò passare dalla porta.

E poi? Il corridoio all'esterno è buio: lo so perché, quando lui entra nella stanza, non vedo mai nemmeno un bagliore. Come farò a muovermi in uno spazio sconosciuto nella più totale oscurità? Come farò a uscire dalla casa? Girando a sinistra in corridoio sarò in grado di arrivare alla porta che conduce in cantina; ma se la tengono chiusa a chiave? Anche se la lasciassero aperta e scendessi i dodici gradini per poi percorrere il corridoio fino alla porta da cui siamo entrati otto giorni fa, quella sarà probabilmente chiusa.

La casa deve avere una porta principale qui al pian terreno, dove sono prigioniera io. Si potrebbe trovare sulla destra. Sarà chiusa anche quella, ma magari tengono la chiave lì vicino, oppure c'è una finestra che posso rompere. Mi basterebbe trovare la strada nel buio.

Non è possibile che tutta la casa sia al buio, però, così come quella della mia stanza non può essere l'unica porta del corridoio. Ce ne devono essere altre che danno su stanze con finestre non schermate che posso aprire o rompere. E una volta fuori scapperò, chiederò aiuto.

Mi metto a riflettere. Se riuscissi a immobilizzare l'uomo quando mi porta il vassoio, gli potrei rubare gli occhiali a infrarossi per farmi strada in corridoio. Ma non ho niente da usare come arma, solo la mia forza, e so di non averne abbastanza da sopraffarlo.

Cosa succede quando mi porta da mangiare? Chiudo gli occhi per ripercorrere ogni suo gesto nella mia testa. Apre la porta, entra, viene fino a dove sono seduta, appoggia il vassoio sul pavimento, preleva il vassoio del pasto precedente, torna alla porta, esce e gira la chiave nella serratura.

Apro di scatto gli occhi. Non l'ho mai sentito fermarsi un attimo mentre usciva, non gli ho mai sentito regolare la presa sul vassoio in modo da poterlo reggere con una sola mano per aprire la porta con l'altra. Quindi quando entra non si chiude dietro la porta, ma la lascia aperta.

Ho un moto di esultanza. Se la mia deduzione è esatta, posso scappare in corridoio.

18

PASSATO

« Allora, Amélie, cosa ne pensi? » mi ha chiesto Justine.

Eravamo arrivate alla festa e ci trovavamo nel vasto ingresso degli uffici di *Exclusives*. Ho guardato in su verso il soffitto, dal quale pendevano migliaia di minuscole luci. « È stupendo. È davvero di proprietà della rivista? Tutto il palazzo? »

« Sì. Be', è di Ned. Maestoso, vero? » Mi ha preso un braccio per portarmi verso il salone, dove donne in abiti da sogno e uomini in completi firmati s'intrattenevano a gruppetti, con un sottofondo di musica live. « Non mi fraintendere, come luogo di lavoro è magnifico, ma avere qualche uomo in giro aiuterebbe a diluire l'atmosfera di terrore. »

« In che senso? »

« Nel senso che confrontarsi con Ned è durissima. Ti può licenziare senza nessun motivo apparente. L'altro giorno è successo a Sam: l'ha messa alla porta così, senza preavviso. » Justine ha schioccato le dita. « Lei non ha detto una parola. Ha raccolto le sue cose e se n'è andata. »

« Ma può farlo? »

Justine ha scrollato le spalle. « Ned Hawthorpe può fare tutto quello che vuole. »

Era difficile decidere da che parte guardare. Sulla destra, da una porta laterale emergevano a intervalli regolari degli elegantissimi camerieri che poi circolavano tra gli ospiti con vassoi di champagne e tartine. Lungo la parete di fondo erano state allestite delle postazioni di cucina.

« È pazzesco », ho commentato. « Davvero hai organizzato tutto tu? »

« Con un po' di aiuto. »

Siamo passate davanti a dei piatti con sopra pile di caviale.

« Quanto cibo! » ho esclamato.

« Ci sono tutte le cucine possibili e immaginabili: italiana, francese, thailandese, malese, americana... Dinne una, e probabilmente ha la sua postazione. »

« Dov'è Lina? E Carolyn? Non hanno detto che andavano a prendere qualcosa da mangiare? »

« Sono laggiù, credo. » Quando Justine mi si è avvicinata, ho sentito il suo solito profumo a base di rosa. « Guarda, c'è il capo. »

Seguendo la direzione del suo dito, ho visto un uomo dai capelli neri che si faceva largo tra la gente accompagnato da altri due uomini, uno dei quali in completo nero. Più basso di una testa rispetto ai suoi amici, Ned Hawthorpe si muoveva con la disinvoltura di qualcuno che sa il fatto suo. Li ho guardati dirigersi a un tavolo lungo una parete. Ned e uno degli altri due si sono seduti, mentre il terzo è rimasto in piedi vicino a loro.

« Chi è il tipo con Ned? » ho chiesto.

« Matt Algerson, il suo migliore amico, erede con la sorella della fortuna di famiglia. Che bella camicia. S'intona al mio vestito. »

« Intendevo l'altro, quello in nero. »

« Oh, quello è Hunter, il suo gorilla. »

« Ha un gorilla? »

Justine ha riso. « Noi lo chiamiamo così. Gli fa da autista e da guardia del corpo. »

L'ho studiato per qualche secondo. Pur non essendo bello alla maniera di Matt Algerson o di Ned Hawthorpe, aveva qualcosa che me lo rendeva incredibilmente attraente. « È carino. »

« Molto. Vieni, ti presento Ned. » Justine mi ha preso per mano.

Mi sono allarmata. « No, non lo possiamo disturbare. »

« Sì che possiamo, invece. » Mi ha trascinato fino al suo tavolo, dove ci hanno raggiunte Lina e Carolyn, e ha presentato Carolyn e me a Ned e a Matt Algerson.

Dopo aver ordinato champagne per tutti, Ned si è messo a parlare con Lina e Justine di questioni di lavoro, lasciando Carolyn e me in disparte. Quand'è arrivato lo champagne, ho declinato con un gesto. In quel momento il mio sguardo ha incrociato quello della guardia del corpo.

Poi Justine si è alzata. « Andiamo a prenderci qualcosa da mangiare! » Sembrava così felice in quel momento, col suo vestito di paillettes argento e con qualche ciocca di capelli che sfuggiva già all'acconciatura mentre rideva. « Vieni, Amélie! »

Ma io le ho sorriso e ho scosso la testa. Ero contenta di restare dov'ero a guardare gli altri che si divertivano. Come ci si doveva sentire a potersi permettere di pagare centinaia di sterline, forse anche di più, per il privilegio di partecipare a una serata simile?

Ho avvertito alle mie spalle la presenza della guardia del corpo di Ned e mi sono girata. « Non vuole qualcosa da mangiare? »

Lui ha sorriso, divertito. « Non mentre sono in servizio. »

Sono arrossita. « Sì, certo. Mi scusi. »

Quando i nostri occhi si sono incontrati, il mondo ha smesso di girare. In mezzo al tavolo c'erano delle bottiglie d'acqua frizzante e ne ho presa una per nascondere la mia confusione. Mentre riempivo il bicchiere ho azzardato un'occhiata, e ho visto che lui mi stava ancora osservando. Ancora più agitata, mi sono messa a guardare Justine che parlava con Matt Algerson, ciascuno con un piattino di delizie in mano. In quel momento li ha raggiunti Ned, che ha interrotto la loro conversazione e si è piazzato di fronte a Justine, scalzando l'amico. Sul viso di Justine è passata un'ombra di fastidio, ma si è subito girata verso Matt per continuare a parlare con lui. Ho sorriso. Non sono riuscita a capire se l'avesse fatto perché Matt Algerson le piaceva o solo per contrariare Ned.

In ogni caso, quest'ultimo ha deciso di lasciar perdere ed è tornato al tavolo, prendendo posto sulla sedia accanto alla mia. « Tu non lavori per me, vero? »

Gli ho sorriso. « No, lavoro per Carolyn, l'amica di Lina e Justine. »

« In che ambito? »

« Sono solo una sorta di governante. Ma nel frattempo studio. »

« Cosa vorresti fare in futuro? »

« L'avvocato. »

Ha annuito. « Abbiamo bisogno tutti di un avvocato, prima o poi. E ti piace fare la governante? »

« Sì, molto. Lavorare per Carolyn è fantastico, è sempre molto gentile con me. Però dopo Natale il suo fidanzato verrà a vivere da lei, per cui sto cercando un nuovo lavoro. »

« Perché? Ti è antipatico? »

Ho riso. « Non si tratta di questo, anzi, è una delle persone più gentili che abbia mai conosciuto. Hanno detto che posso restare, ma non hanno bisogno di un terzo incomodo. »

Lui ha preso un biglietto da visita dal taschino della giacca. « All'inizio dell'anno nuovo avrò bisogno di un'altra assistente. Si tratta di rispondere al telefono e alle email e di programmare la mia agenda. Se credi che ti potrebbe piacere, dammi un colpo di telefono e ti combino un colloquio con le risorse umane. Ti farò conoscere anche Vicky, la mia assistente personale, perché lavorerai sotto di lei. » Ha fatto una pausa. « Cosa ne pensi? Ti piacerebbe lavorare a *Exclusives*? »

Ho pensato a Lina e Justine, e anche alla sua guardia del corpo, che stava sicuramente sentendo tutto.

« Sì, mi piacerebbe molto. »

Si avvicinò al tavolo una donna, vestita in maniera molto meno formale delle altre presenti. « Mr Hawthorpe? »

Ned ha alzato gli occhi. « Sì? »

« Sono Sally Webster del *Mail*. »

Ho visto la sua espressione indurirsi. « Questa è una serata privata. »

Lei ha fatto finta di niente. « Posso farle qualche domanda sulla Hawthorpe Foundation? È vero che suo padre non vuole che lei ci abbia niente a che vedere? Mi può confermare che vi rivolgete a malapena la parola? »

Prima ancora che avesse finito di parlare, la guardia del corpo di Ned la stava già sospingendo verso la porta.

19

PRESENTE

Ieri sera, quand'è entrato col vassoio, avrei voluto chiedergli quando aveva portato via i cucchiai. Ma ammettere che erano scomparsi gli avrebbe rivelato qualcosa di me: avrebbe capito quanto mi aveva destabilizzato non trovarli più, mentre preferivo fargli credere che non me ne importava niente. Invece me ne importa al punto che mi sono dimenticata di tendere l'orecchio per capire se aveva lasciato o no la chiave nella serratura. Stamattina devo ascoltare con più attenzione.

Finalmente arriva. Dopo essermi avvolta nella coperta, appoggio la testa al muro e chiudo gli occhi. Deve pensare che sono intontita dal sonno, mentre in realtà ho tutti i sensi all'erta. Trattengo il fiato nel disperato tentativo di captare un rumore. Ma è difficile capire se prima di entrare ha sfilato la chiave dalla serratura o se l'ha lasciata dentro.

Posa il nuovo vassoio e prende quello vecchio.

«Grazie. Buona giornata.» Perché ho parlato? Sono troppo nervosa, devo smetterla.

Ecco che va verso la porta... Avevo ragione, esce senza fermarsi. La porta si chiude, subito seguita dal rumore della chiave che gira nella serratura. Alzo un pugno in aria. È come speravo: quando entra, lascia la chiave nella toppa.

Oggi mangiare il porridge è più difficile, perché comincio a non poterne più. Ma ho capito le loro intenzioni. Se mi servissero un cibo diverso ogni giorno, vivrei nell'aspettativa. Nutrirei delle speranze, e la speranza non è qualcosa che i sequestratori vogliono instillare nei loro prigionieri.

Non so se siano le mie orecchie ormai allenate a percepire il minimo rumore o Ned che parla più forte del solito, ma stando seduta sul materasso lo sento. Non distinguo le parole, però il suo tono acceso sì. Spingo via il vassoio, sposto il materasso dall'angolo, mi sdraio sulla pancia e sporgo la testa dall'orlo del materasso per ascoltare.

« Non ho intenzione di mangiare ogni giorno la stessa merda! »

« Allora crepa di fame », risponde secca una voce.

Mi spingo un po' più avanti.

« O meglio ancora, prega che tuo padre cacci la grana, altrimenti resterai qui ancora per un bel pezzo. »

Chiudo gli occhi. Jethro Hawthorpe non ha ancora pagato il riscatto.

« E dovresti piantarla di lamentarti », continua la voce.

« Cosa dovrei fare, secondo te? Mi tenete qui come un animale in gabbia, portandomi sempre le stesse due cose da mangiare, giorno dopo giorno. »

« Cosa ti aspettavi, un hotel a cinque stelle? »

« Non mi aspettavo niente, meno che mai di essere rapito. Non la farete franca, sai. Voi non avete idea di chi sono io, delle persone che conosco. »

« Sappiamo benissimo chi sei, non ti preoccupare. »

L'uomo ha abbassato la voce. Segue uno schianto che mi fa sobbalzare.

Quando Ned lancia un urlo, mi raggomitolo su me stessa con la testa sulle ginocchia. Non vorrei sentire più niente, ma sono costretta: potrebbe avere un impatto sul mio piano di fuga.

« E tu si può sapere chi cazzo sei? » strepita Ned, cercando di fare il duro. Nonostante la sua spacconaggine, so che ha paura.

« Chiudi il becco e ascoltami bene. È passata una settimana da quando abbiamo contattato tuo padre per la prima volta, e stiamo cominciando a perdere la pazienza. Quindi lo chiameremo di nuovo e ti conviene spiegargli chiaro e tondo che questa è la sua ultima possibilità. Digli che, se si rifiuta di collaborare, riceverà qualcosa con la posta. Qualcosa di tuo. » Pausa. « O di tua moglie. »

« A lei potete fare quello che vi pare, non me ne frega niente. Ammazzatela e speditegli il cadavere, se volete. »

Mi sento come se mi avesse schiaffeggiato. La mia mente vola a Justine e Lina, ma mi sforzo di non pensarci, non adesso. Devo concentrarmi su come uscire di qui.

Ned sta ancora parlando. « Per favore, papà, fa' come dicono, altrimenti per me ci saranno conseguenze orribili. Davvero, papà, qui fanno sul serio. Mi tengono come una bestia, sono quasi sempre incappucciato. Non ho un bagno, non mi danno da mangiare... »

Si ferma bruscamente e sento risuonare una risata amara, che non è la sua.

« Meglio non dire troppo. Tuo padre potrebbe pensare che soffrire di stenti ti possa fare bene e decidere di lasciarti qui un po' più a lungo. Diciamocelo in faccia: non ha molta fretta di riaverti indietro. »

« Stai zitto! » La voce di Ned è stridula.

Un altro rumore secco, un altro grido, seguito da suoni soffocati. Il rumore di una sedia trascinata sul pavimento, poi una porta che sbatte.

Resto immobile, il viso contro le assi del pavimento. Quindi non è Carl quello con Ned. Ned avrebbe riconosciuto la sua voce, non gli avrebbe chiesto chi era. Mi sento venire meno. Non è un bene che il nostro sequestratore sia un estraneo, anzi, per me è peggio. Avrà visto quello che vedevano tutti, dando per scontato che Ned e io fossimo innamorati. Per questo mi hanno preso, perché credevano che avessi un valore. Adesso, dopo che Ned gli ha detto che possono anche uccidermi, avrà capito come stanno davvero le cose.

Prima scappo, meglio è.

20

PASSATO

Lasciando il palazzo di *Exclusives* mi sono guardata intorno con aria indifferente, ma in realtà cercavo l'auto di Ned parcheggiata fuori, come ogni sera. Quando la vedevo salutavo con la mano Hunter, seduto al volante, e lui mi rispondeva sempre con un sorriso. Non scendeva mai dall'auto per parlarmi. Ogni tanto pensavo che avrei dovuto smettere di salutarlo, però non volevo che mi prendesse per una maleducata.

Fuori c'erano dei paparazzi che aspettavano Daphne Danaher, entrata qualche ora prima per un'intervista. O forse si erano appostati lì per Ned. I media lo prendevano spesso di mira. Il pubblico era affascinato dalla famiglia Hawthorpe e la stampa paragonava spesso padre e figlio. Quest'ultimo non ne usciva mai bene. Jethro veniva dipinto come un uomo onesto che lavorava instancabilmente per la fondazione, Ned come un playboy che passava il tempo a corteggiare calciatori e rock star per convincerli ad apparire sulle pagine patinate della sua rivista. Mi dispiaceva per Ned. Mi stava simpatico: lo trovavo divertente e generoso.

Non vedendo l'auto parcheggiata al solito posto mi sono fermata, fingendo di cercare il telefono in borsetta, ma in realtà sbirciando in fondo alla via per vedere se non fosse ferma lì. Il mio bisogno d'incontrare Hunter ogni giorno stava diventando ridicolo, me ne rendevo conto. Poi ho intravisto con la coda dell'occhio qualcosa che sfrecciava lungo il marciapiede. Ho alzato lo sguardo, però prima che potessi spostarmi mi è venuto addosso uno scooter, che mi ha buttata per terra.

Si è subito radunata una piccola folla.

« Tutto bene? »

« Maledetti scooter, dovrebbero proibirgli di circolare. Per poco l'altro giorno non sono stato investito anch'io. »

« Ce la fa a rimettersi in piedi? Vuole che l'aiuti? »

« Va tutto bene, me ne occupo io. Riesce ad alzarsi, Amélie? »

Guardando in su, ho visto Hunter chino su di me. « Sì, credo di farcela. »

« L'aiuto io. » Mi ha preso per un braccio e mi ha sollevato.

Quando ho appoggiato il peso sul piede destro, ho sobbalzato.

« Fa molto male? »

« Speriamo che sia solo una storta. »

Mi ha raccolto la borsa, che era caduta con me. « Perché non viene a sedersi un momento in macchina e riprende fiato? »

« Sì, è una buona idea. »

Mi ha aperto la portiera del posto del passeggero. « Le conviene farsi controllare la caviglia. »

« Non mi sono fatta niente, mi creda. Però vorrei togliermi la scarpa. » Mi sono chinata a slacciarla, cercando di non digrignare i denti per il dolore.

« Aspetti, lasci fare a me. »

Si è accucciato, e ho guardato le sue dita slacciare con delicatezza le stringhe per sfilare la scarpa da ginnastica. Poi ho distolto lo sguardo, cercando di non arrossire quando mi ha sfiorato la pelle nel togliere la calza.

Mi ha tastato la caviglia. « Fa male? »

« Non molto », ho mentito.

« Non è rotta, ma ha preso una brutta storta. Ci vuole del ghiaccio. Dove abita? »

« A Camden. »

Hunter ha tirato fuori il telefono. « Mi dia un momento, l'accompagno a casa in macchina. »

« Non è... » ho cominciato, però lui stava già parlando con Ned.

Durante il tragitto avrei voluto parlargli, scoprire qualcosa di più su di lui, ma era concentrato sul traffico e non sapevo cosa chiedergli. Justine mi aveva detto che aveva poco più di trent'anni, nient'altro. L'unica altra cosa che sapevo era che lavorava per Ned da nove mesi. Stando a Justine, Ned lo aveva assunto perché lo proteggesse dai giornalisti ed era per questo che in redazione lo avevano soprannominato in gran segreto « il gorilla ».

Quando mi sono girata a guardarlo, i nostri occhi si sono incontrati per una frazione di secondo prima che lui tornasse a concentrarsi sulla strada.

« È da molto che lavora per Ned? » gli ho chiesto, anche se conoscevo già la risposta.

« Nove mesi circa. »

« Ha sempre voluto essere una guardia del corpo? »

«Sì, ho sempre desiderato di essere al servizio di qualcuno», ha risposto con voce seria.

Ho sorriso. «E come ha fatto a trovare questo posto?»

«È stato il caso.»

«Cosa faceva prima?»

Mi ha guardato di nuovo coi suoi occhi scuri, quasi neri. «Certo che lei ne fa parecchie, di domande.»

Preoccupata di aver oltrepassato qualche tipo di confine, sono arrossita. «Mi scusi.»

«Non è un problema, ma è una lunga storia.»

Volevo dirgli che l'avrei ascoltata volentieri, però lui ha lasciato calare il silenzio e non ho osato romperlo per prima. Non abbiamo più parlato finché non ci siamo fermati davanti al palazzo dove mi ero trasferita.

«Grazie», gli ho detto.

«Aspetti un momento.» È sceso dalla macchina per entrare nel supermercato lì vicino. Era andato a farsi la spesa?

Mi sono messa comoda, pensando a quanto ero stata fortunata a trovare un monolocale nella stessa via in cui abitava Carolyn.

Hunter è tornato con un sacchetto da freezer e ha aperto la portiera. «Ghiaccio.»

«Grazie.» Ero piena di riconoscenza. Ho cercato il portafogli in borsetta. «Posso...»

«Assolutamente no.» Dopo avermi aiutato a scendere, ha insistito per salire con me in ascensore. «Che piano?»

«Terzo.»

La sua statura e l'odore di muschio del suo dopobarba hanno riempito lo spazio angusto della cabina. Arrivare al terzo piano è stato quasi un sollievo.

Ha aspettato che aprissi la porta. « Abbia cura della sua caviglia », mi ha detto mentre entravo zoppicando in casa.

« Lo farò. Grazie ancora. » Ho chiuso la porta e sono andata a prendere uno strofinaccio pulito nel cassetto del piccolo angolo cottura. Poi ho arrancato fino al divano e mi ci sono distesa, pensando che era valsa la pena di farmi quasi travolgere da uno scooter per passare un po' di tempo con Hunter.

21

PRESENTE

È il momento, almeno credo. Dovrebbe arrivare a breve.

Oggi tenterò la fuga. Ieri sera, quand'è entrato col vassoio, ho finto di dormire e mi sono avvolta per bene sotto la coperta, perché, se voglio che il mio piano funzioni, mi doveva vedere così almeno una volta.

Ora sto disponendo la coperta ad arte sul materasso, facendo del mio meglio per rimpolparla. È difficile capire se sono riuscita a imitare in modo realistico una sagoma umana, al buio, ma deve credere che io sia qui sotto solo per poco, mentre attraversa la stanza, perché, quando – o se – si renderà conto che sotto la coperta non c'è nessuno, io sarò già scappata.

Vado alla porta e mi ci metto dietro. Cerco i cardini con le mani. Devo essere alla giusta distanza, perché se quando lui entra sono troppo vicina la porta mi rimbalzerà addosso, però se sono troppo lontana lui riuscirà a vedermi. Scelgo la posizione, mi appiattisco contro il muro e ripenso alla nona linea che ho tracciato ieri sulla parete del bagno. Spero tanto di non doverne tracciare una anche oggi.

L'attesa è insopportabile. Anche se riuscirò a sgattaiolare fuori dalla stanza, dipende tutto dall'uomo che pensavo fosse Carl: si accorgerà che qualcosa non va? E, in questo caso, avrò avuto il tempo di scappare? Se è in cantina con Ned, sentirà il mio carceriere gridare per chiamare aiuto e sarà in cima alle scale in un baleno. Ma è troppo tardi per preoccuparmi. La chiave sta girando nella toppa, lui è arrivato.

L'aria intorno a me si muove. Alzo la mano e la porta, aprendosi, ci si ferma contro. Sento il mio carceriere entrare e andare verso il materasso. *Adesso!*

Trovo con le dita il bordo della porta, me lo tiro dietro e cerco la chiave... È nella toppa. Invasa dal sollievo, comincio a tremare. Chiudo la porta, giro la chiave, sento lo scatto e mi preparo a udire un ruggito di rabbia... che però non arriva, e per un attimo il silenzio mi stordisce. Come mai non protesta? Ormai avrà capito che l'ho chiuso dentro. Lottando contro la paura, mi costringo a muovermi.

Avanzo centimetro dopo centimetro nel corridoio nero come la pece. Respiro a sbuffi nervosi e premo le dita contro il muro. Sento il rumore di una maniglia che viene scossa. M'irrigidisco in attesa delle grida, ma c'è silenzio.

Accelero un poco lungo la parete, trovando quasi subito il telaio di una porta. Mi giro verso di esso, esplorando la superficie con le mani. È una porta a due battenti, che potrebbe portare a una stanza più grande: un soggiorno, per esempio. Ci sono due maniglie accostate. Le provo entrambe, ma trovandole chiuse proseguo senza perdere tempo. Poi, poco più in là lungo il corridoio, vedo una sottile lama di luce a livello del pavimento e il mio cuore dà un balzo: la luce deve filtrare da sotto una porta, e dietro quella porta c'è di sicuro una stanza, una stanza piena di luce, con una finestra.

Facendomi guidare dalla luce arrivo alla porta. Questa volta la maniglia si abbassa, ma quando la porta si apre vengo accecata da una luce bianca, brillante, artificiale. Chino la testa e strizzo gli occhi. Sto perdendo tempo prezioso, però non oso riaprirli: il bruciore è troppo forte.

Porto le mani al viso per usarle come schermi. Socchiudo appena gli occhi, divaricando un poco le dita, e vedo davanti a me un tavolo con dietro un frigorifero. Sono in una cucina. Allargo ancora un po' le dita. A destra del frigorifero c'è una vetrata scorrevole, verso la quale mi precipito sempre con le mani davanti al viso. Urto una sedia, ci giro intorno e... *Uop!*

Sulla mia testa cala qualcosa, non un cappuccio: una coperta. Non la mia, che è morbida, ma un'altra, ruvida. Vengo immobilizzata da un braccio che mi avviluppa insieme con la coperta, soffocando le mie proteste. Ho le mani intrappolate davanti agli occhi, non c'è spazio per muoverle. Mi sento inclinare a sinistra, sollevare da terra. Stretta contro il suo corpo, seguo il ritmo dei suoi passi mentre s'incammina. Mi metto a scalciare, urtando col piede qualcosa di duro. La mia mente annaspa nel tentativo di capire dove mi sta portando, se di nuovo in corridoio verso la stanza dove mi tenevano prigioniera o verso la porta della cantina dov'è prigioniero Ned. *Ti prego, fa' che mi riportino nella mia stanza, non voglio che mi rinchiudano con Ned!* In preda al terrore, cerco di lottare sotto la coperta. Non fa nessuna differenza.

L'uomo si ferma, schiacciandomi contro di sé. Apre una porta e i miei piedi, che penzolano inutili, urtano di nuovo qualcosa di duro. Mi sento inclinare in avanti mentre la coperta si srotola, liberandomi. Un attimo dopo finisco faccia a terra sul pavimento.

La caduta mi lascia senza respiro. Apro la bocca in cerca d'aria. La porta si richiude.

22

PASSATO

Quando mi è squillato il telefono, ho socchiuso gli occhi per guardare l'ora. Strano, erano solo le 7.10. Chi mi chiamava così presto di sabato?

Sul display non c'era nessun nome, solo un numero. Ho risposto lo stesso. « Pronto? »

« Amélie, sono Ned. Scusa se ti disturbo a quest'ora. »

Mi sono seduta. Adesso ero del tutto sveglia, ma anche piena di domande. Mi chiamava per licenziarmi? Durante il fine settimana? Come aveva avuto il mio numero? « No, nessun problema, si figuri. »

« Sei mai stata a Las Vegas? »

Pensando che volesse qualche informazione sulla città, ho preso il computer. « No, mai. A dire il vero non sono mai stata da nessuna parte. Non ho mai preso l'aereo. » Mi sono subito detta di tacere. Ned Hawthorpe non aveva telefonato per sentire la triste storia della mia vita.

« Davvero? »

« Già. »

« Be', sono in partenza proprio stamattina. Paul Martin ha accettato di rilasciarci un'intervista... be', ha *quasi* accettato. »

« Wow! » ho esclamato, lusingata che avesse usato il « noi ». « È fantastico. »

« Come dicevo, non è ancora sicuro. Ma voglio tentare di convincerlo. »

« Buona fortuna, allora! »

« Ti piacerebbe accompagnarmi? »

Ho spalancato gli occhi. « A Las Vegas? »

« Sì. »

« Veramente? »

Ha riso. « Veramente. Potrei aver bisogno di aiuto per convincere Paul Martin. Potresti spiegargli che splendida rivista è *Exclusives.* »

« Non sarebbe meglio se venisse Justine? »

« Non può. Oggi va a Parigi a intervistare Ophélie Tessier per il numero di marzo. »

« Ottimo. Alla fine ha accettato, quindi. »

« Sì, il suo agente ci ha chiamato ieri sera. Ma torniamo a Las Vegas. Il volo è previsto alle dieci, pensi di poter essere pronta per le otto? »

« Ehm... direi di sì. »

« Bene. Passerà a prenderti Hunter. Ce l'hai il passaporto, vero? »

« Sì, ce l'ho. Quanti giorni staremo via? »

« Tre o quattro. »

Eccitata come non mai, mi sono messa subito a scegliere i vestiti. Prima che Hunter suonasse il citofono, ho avuto appena il tempo di fare la doccia, vestirmi e buttare qualcosa in valigia.

« Scendo subito! » ho risposto, trascinando la valigia sul pianerottolo.

Dal giorno in cui ero stata quasi travolta dallo scooter un mese prima, mi era capitato più volte di chiacchierare con Hunter. Insomma, non avevamo proprio chiacchierato: diciamo che avevamo scambiato qualche battuta. Era più amichevole di prima, ma non volevo illudermi troppo.

« Arriveremo a Farnborough con ampio anticipo », ha detto, facendomi salire sul sedile posteriore. « Passeremo a prendere Mr Hawthorpe lungo il tragitto. »

« Farnborough? Che cos'è? »

« Un aeroporto. Lì c'è il jet privato che vi porterà a Las Vegas. »

« Un jet privato? »

Hunter mi ha sorriso nello specchietto retrovisore. « Cosa si aspettava, che Mr Hawthorpe viaggiasse nel carro bestiame? »

Rincuorata dal suo buonumore, ho riso. « Lui no, ma io sì. Pensavo che lui avrebbe viaggiato in business o addirittura in prima. Lei non lo accompagna mai nelle trasferte per portarlo in giro quando arriva a destinazione? »

« No, di solito prende un autista locale. »

« Allora avrà un paio di giorni liberi. »

« Esatto. »

« Ha qualcosa in programma? » Mi sono morsa la lingua. Le mie domande stavano diventando troppo personali.

« A dire il vero no. Se avessi saputo in anticipo che Mr Hawthorpe partiva forse ce l'avrei avuto, ma così... mi riposerò e basta. »

In quel momento ho quasi rimpianto di essere in partenza per Las Vegas, però mi sono subito rimproverata per quelle stupide fantasie. Anche se non fossi partita con Ned, le probabilità che Hunter mi proponesse di « riposarci » insieme erano pressoché nulle.

« Be', se quando sarò tornata vorrà sapere tutto su Las Vegas, non ha che da dirmelo », ho cinguettato senza pensarci. Mi sono preparata a ricevere la solita risposta evasiva.

« Perché no », ha detto invece Hunter, voltandosi a guardarmi. « Potremmo bere qualcosa insieme. »

Il mio cuore ha fatto una capriola. « Potremmo. »

Siamo passati a prendere Ned nella sua casa di Wentworth, una villa imponente, bianca, con colonne e una balconata dietro un impenetrabile cancello di ferro nero. Si è seduto dietro con me, e la mia conversazione con Hunter è finita lì.

23

PRESENTE

Quando apro gli occhi, per un momento credo di essere in camera mia a casa di Carolyn. Quando continuo a vedere solo buio ricordo tutto.

Da quando mi hanno riportato in questa stanza nera come la notte, ho sempre freddo. Quanto tempo è passato? Difficile a dirsi, visto che non mi hanno più portato da mangiare. Continuo a ripetermi che alla fine riprenderanno a farlo perché, se mi volessero morta, mi avrebbero ucciso per aver tentato la fuga.

La mia coperta è sparita. L'ho cercata ovunque, ma non l'ho trovata. Devono essersela portata via per punirmi.

Come hanno fatto a trovarmi così in fretta? Quando l'ho chiuso a chiave, il mio carceriere non ha gridato, però l'altro sequestratore, quello che mi ha catturato in cucina, non si è imbattuto in me per caso, anzi, è arrivato preparato, perché aveva con sé una coperta. Deve aver saputo della mia fuga nel giro di pochi secondi, il che significa che è stato avvisato. Ma certo: avranno dei cellulari o delle radioline, un particolare che stupidamente non ho preso in considerazione.

Allontano l'onda di depressione che minaccia di sommergermi. Sono viva. La mia impresa non si è conclusa con un successo, però sono comunque riuscita a evadere da questa stanza. E conosco un po' di più la casa dove sono tenuta prigioniera: dopo la mia stanza c'è una porta a due battenti, seguita da una cucina.

La cucina è ampia, con al centro un tavolo e delle sedie. Di fronte c'è una vetrata scorrevole che dà sull'esterno. Se solo fossi riuscita a raggiungerla! Accecata dalla luce, ho perso tempo prezioso aspettando che i miei occhi ci si abituassero. La prossima volta, prometto a me stessa. Perché ci sarà una prossima volta.

Anche se non vorrei, traccio un'altra linea sul muro. Decimo giorno, lunedì 26 agosto, il giorno della mia fuga sventata.

Esco dal bagno per tornare a buttarmi sul materasso. In quel momento mi rendo conto che sono di nuovo qui, al punto di partenza, e in preda alla frustrazione do un calcio al muro.

24

PASSATO

Nervosa, emozionata e ancora incredula di essere in partenza per Las Vegas, ho allacciato la cintura di sicurezza con dita maldestre. Ho sorriso all'assistente di volo quando mi ha portato dello champagne. « No, grazie. »

Ned ha preso i due bicchieri dal vassoio e me ne ha porto uno. « Prendi. Devi festeggiare il tuo primo volo. Se preferisci ci sono anche delle bibite. »

« Va bene questo. »

Lui ha accostato il bicchiere al mio. « Al primo di tantissimi voli. »

« Grazie. » Ho bevuto un sorso. La sensazione delle bollicine che esplodevano sulla lingua ha aumentato l'emozione. Che cosa surreale, essere su un jet privato a bere champagne. Se mi avesse visto Carolyn! Non sapeva nemmeno che ero in viaggio per Las Vegas. Volevo chiamarla, ma nel trambusto della partenza non ne avevo avuto il tempo.

Ho preso il telefono dalla borsetta e l'ho porto a Ned. « Le dispiace farmi una foto? Vorrei mandarla a Carolyn. »

Ha posato il suo cellulare sul tavolino. « Certo. Conosco Carolyn? »

Ho alzato il bicchiere sorridendo all'obiettivo. « L'ha

conosciuta alla festa di *Exclusives*. È l'amica di Lina e Justine. »

« Ah, sì, ora ricordo. »

Ho inviato la foto con scritto sotto: *Indovina dove sono? Niente di meno che a bordo di un jet privato in partenza per Las Vegas!*

Sul display del telefonino di Ned è balenato un messaggio. Con la coda dell'occhio ho visto l'emoji del pollice alzato, inviata da un certo Amos Kerrigan.

Dopo avere visto il messaggio, Ned ha vuotato il bicchiere e ha spento il telefono. « Devi mettere il cellulare in modalità aereo. Tra poco decolliamo. »

Ho spento anche il mio, pensando a quanto sarebbe stata sorpresa Carolyn nel ricevere la mia foto.

Ned ha appoggiato la testa al sedile con uno sbadiglio. « Faccio un sonnellino. Sentiti libera di dormire anche tu. »

Ma non potevo, ero troppo su di giri.

Quando siamo arrivati a Las Vegas, credevo di sognare. Ned aveva prenotato per noi in un mega-hotel con casinò. Se avessi dovuto passare la giornata chiusa in camera, non mi sarei annoiata: era enorme, con una finestra scorrevole che portava su un balcone grande quasi quanto il mio monolocale.

« Che ne pensi? » mi ha chiesto Ned dalla porta, mentre mi sporgevo dal balcone sull'enorme piscina sottostante.

Mi sono girata verso di lui. « È fantastico. Grazie per avermi invitato, è stato davvero gentile da parte sua. Non se ne pentirà, glielo prometto. »

Lui ha sorriso. « Ne sono sicuro. So già che mi sarai di enorme aiuto. Perché non disfi la valigia, così poi andiamo a pranzo? Ci vediamo nell'atrio fra mezz'ora. »

Dopo aver messo i vestiti nell'armadio, mi sono seduta per inviare un messaggio a Carolyn. D'un tratto mi sentivo in colpa per essere venuta fino a Las Vegas senza avvertirla. Mi ero dovuta preparare in fretta e furia, è vero, ma forse non l'avevo chiamata perché temevo che mi avrebbe dissuaso dall'accettare? Non so nemmeno perché avrebbe dovuto provarci, visto che Ned lei quasi non lo conosceva, però avevo questa sensazione e sapevo che solo parlandole mi sarei sentita meglio.

Nella borsa però il mio telefono non c'era. Mi sono sentita mancare. Dopo averlo messo in modalità aereo, l'avevo infilato nella tasca del sedile. Dovevo averlo dimenticato lì.

Sapendo che Ned mi stava aspettando, ho preso l'ascensore e sono scesa nell'atrio. I ristoranti tra cui scegliere erano così tanti che sono stata contenta di lasciar decidere a lui. « Credo di aver dimenticato il telefono sull'aereo », ho confessato dopo che ci eravamo seduti.

« Non ti preoccupare, quando l'aereo atterrerà a Londra te lo farò subito rispedire tramite corriere. »

Mi sono fermata col bicchiere a mezz'aria. « Non può farlo, le costerebbe troppo! È colpa mia che l'ho dimenticato a bordo. »

Ned ha sorriso. « Non ti preoccupare. Ma potrebbero volerci due o tre giorni per farlo tornare qui, e a quel punto potremmo essere già sulla via del ritorno. »

« Allora lasciamo perdere. Se avrò bisogno di contattare qualcuno, posso usare il laptop. »

Ma più tardi, mentre ero sola in camera e ho acceso il computer per scrivere una email a Carolyn, lo schermo non si è attivato. Ho provato a tenere premuto il tasto dell'accensione, inutilmente. Senza pensarci due volte, ho preso il telefono dell'albergo e ho chiamato la stanza di Ned, che mi ha risposto dopo tre soli squilli.

« Pronto? »

« Ned, sono Amélie. Mi scusi se la chiamo a quest'ora, ma non riesco a far funzionare il mio laptop... » Mi sono interrotta, dicendomi che probabilmente non avrebbe saputo come aiutarmi.

« Ti è caduto? Ha sbattuto contro qualcosa? »

Mi sono ricordata che in effetti sì, quando ero andata in bagno in aeroporto mi era caduta la borsa. « Non mi pare », ho mentito arrossendo, perché non volevo passare per un impiastro dopo aver già dimenticato il telefono sull'aereo.

« Fammi fare qualche telefonata. Vediamo se riusciamo a farlo aggiustare, altrimenti te ne prendo uno nuovo. » E, dopo un attimo di silenzio: « Non è il caso che ti preoccupi così. Non è un problema ».

« Senza computer non potrò lavorare. »

« Rilassati, è un fine settimana. A essere sincero non penso che avrai molto da fare prima dell'incontro con Paul Martin, e quello è previsto per lunedì. Ti chiedo solo di restare all'interno dell'albergo nel caso abbia bisogno di te. Fino a quel momento, sentiti libera di goderti la vacanza. »

« Davvero? »

« Certo. Approfitta della piscina, vai nella spa, fatti fare un paio di trattamenti. Dai pure il mio nome, così me li metteranno sul conto. Se avrò bisogno di te, ti manderò a cercare. »

La mattina seguente, dopo colazione, Ned è sparito nel business lounge. Volevo andare in piscina, ma siccome non avevo pensato a portare un costume sono entrata in uno dei negozi dell'albergo per comprare un due pezzi. Mi sono presa anche un paio di occhiali scuri a goccia e ho passato il resto della mattinata a nuotare avanti e indietro, asciugandomi sotto il sole caldo del deserto. All'ora di pranzo è arrivato un impiegato dell'albergo con un messaggio di Ned, che mi chiedeva di raggiungerlo in uno dei ristoranti.

Ned quel giorno sembrava diverso. Non si era rasato e aveva le occhiaie. Spingeva l'insalata nel piatto e aveva addosso una cattiveria che non gli avevo più visto da quando quella giornalista aveva tentato di strappargli informazioni alla festa. « Paul Martin adesso dice che non può incontrarci prima di martedì o mercoledì. Sa benissimo che sono venuto fin qui apposta per lui. Ho detto al suo agente che non potrà essere più tardi di mercoledì, perché giovedì devo tornare in ufficio. »

« Giovedì è il mio compleanno. Compio vent'anni. »

Ned ha alzato il bicchiere. « Venti? Prima di partire, dobbiamo festeggiare. »

Nonostante il suo umore cupo, stare con Ned mi piaceva. Era affascinante e divertente, e quando mi ha chiesto di parlargli di me ho finito per confidargli che entrambi i miei genitori erano morti.

Non riusciva a credere che fossi sola al mondo. « Devi avere dei parenti da qualche parte in Francia. »

« Non credo. Mio padre era figlio unico e i miei nonni francesi sono mancati prima che io nascessi. » Ho messo giù il vino per bere un sorso d'acqua. Ned mi aveva convinto a provare il vino che aveva ordinato, ma non ero sicura che mi piacesse. « La mia nonna inglese è morta qualche anno fa. La mamma aveva un cugino scozzese, mi pare, ma non credo che si siano mai visti. Anche se avessi dei parenti, non saprei da che parte cominciare a cercarli. »

Ned mi ha sorriso con tenerezza. « Sono anch'io figlio unico, adesso. Anche se mio padre un altro figlio ce l'ha: la Hawthorpe Foundation. »

« Dev'essere orgoglioso della fondazione, e anche di suo padre. »

Lui ha giocherellato con lo stelo del bicchiere. « Sì, ma a essere sincero la fondazione per me si è rivelata un po' una delusione, almeno a livello personale. »

« Come mai? »

« Mio padre e io dovevamo lavorarci insieme, però quando stavo per lanciarla ho avuto qualche piccolo problema... una rissa, un'auto finita contro un albero, cosette così. Naturalmente, visto chi sono – anzi, visto chi è mio padre –, sono finito sui giornali e abbiamo dovuto sospendere le operazioni perché alcuni potenziali benefattori si sono spaventati, dicevano che la fondazione avrebbe risentito delle mie 'intemperanze'. Mio padre si è infuriato e dieci anni dopo, quando finalmente ha lanciato la Hawthorpe Foundation, si è rifiutato di prendermi a bordo.» Ned ha vuotato il bicchiere, ma ne ha subito ordinato un altro a un cameriere di passaggio. «Quando gli ho detto di conoscere persone che sarebbero state felici di fare donazioni corpose, ha dubitato che i miei contatti fossero gente che voleva vedere associata alla fondazione. La raccolta fondi di settembre è stata un esempio emblematico. Abbiamo ricevuto milioni di sterline, ma lui non li ha voluti, così li abbiamo donati a un altro ente benefico.» Ha aspettato che il cameriere versasse il vino. «La verità è che mio padre tiene più alla fondazione che a me.»

«Sono sicura che non è vero.» Ero dispiaciuta per lui.

Ned non è riuscito a nascondere l'amarezza. «Lo è, invece. Ora però basta parlare di me, cambiamo argomento. Che progetti hai per i tuoi studi?»

«Ho ricevuto un'offerta dal King's College, ma ho chiesto di tenerla in sospeso per un anno.»

«Come mai?»

«Non ho ancora messo da parte abbastanza soldi.»

«Vuoi diventare avvocato, giusto?»

«Sì. La mamma è morta di parto in un ospedale parigino, per negligenza. Mio padre ha passato anni a battersi per avere giustizia, però non l'ha mai ottenuta. Non avevamo mai abbastanza soldi, o i contatti giusti. Così ho deciso che non solo voglio essere un buon avvocato, ma voglio anche rappresentare chi non può permettersi una difesa decente.»

« È molto nobile da parte tua, però non ti renderà ricca. »

Ho riso. « Non m'interessa diventare ricca, mi basta non essere povera. Lo sono stata, ed era orribile. È per questo che non voglio chiedere un prestito troppo grande per le spese universitarie. Metta che non riesco a restituirlo... Ma forse ci sarò costretta. »

« Mi ricordo cos'è successo quando mio padre ha deciso d'investire quasi tutto il nostro patrimonio nella fondazione », ha detto Ned, improvvisamente cupo. « Se non fosse intervenuto il nonno, avrei avuto una vita molto diversa da quella che ho adesso. »

Comunque agiata, però, e privilegiata, avrei voluto dirgli. Ho taciuto, perché era il mio capo e perché di sicuro non aveva idea di come fosse vivere diversamente.

25

PRESENTE

I crampi allo stomaco sono fortissimi. Smetto di camminare per tentare di alleviarli con un massaggio. Dalla sera prima della tentata fuga, quando mi hanno portato pane e formaggio, non ho mangiato più niente, e mi sembrano passati secoli. Se riuscissi a dormire mi dimenticherei della fame, ma i crampi e il freddo me lo rendono impossibile.

Vado in bagno a riempire lo stomaco di acqua, così tanta che finisco per vomitarla. Senza riuscire a smettere di tremare traccio un'altra linea sul muro, perché ormai dev'essere passato un altro giorno. Sono undici, quindi. Come mai non sono ancora venuti a liberarci?

Torno in camera e riesco ad appisolarmi. Un rumore mi sveglia e alzo la testa, guardando speranzosa verso la porta, ma nessuno attraversa il buio per venire verso di me. D'un tratto sono furiosa, furiosa perché cosa pensano, di farmi morire di fame?

Mi alzo da terra e arranco fino all'uscio.

« Ho fame! Ho bisogno di mangiare! Mi sentite? Ho fame! » Scuoto con frenesia la maniglia e batto i pugni sul legno, poi accosto l'orecchio, sperando di sentire qualcuno che si avvicina, ma c'è solo silenzio. Batto di nuovo sulla porta. « Mi sentite? Ho bisogno di mangiare! »

« Sta' zitta! »

Il grido acuto trascende i miei colpi forsennati. Mi blocco coi pugni a mezz'aria, paralizzata dalla sua violenza. Per un attimo penso che sia l'uomo che mi ha sorpreso mentre tentavo la fuga e lo immagino lì fuori in corridoio che mi strilla di smettere, poi mi rendo conto che l'urlo arriva da sotto. Ned. Mi ha sentito tempestare di pugni la porta.

Mi accascio a terra, con gli occhi pieni di lacrime di frustrazione salate e brucianti, ma il mio ginocchio urta qualcosa. Allungo la mano: è un vassoio. Sono inondata dal sollievo. Devono avermelo portato mentre dormivo. Tastando alla cieca trovo un panino e comincio subito a divorarlo, cercando la barretta di cioccolato con la mano libera. Ma non c'è altro, nemmeno un frutto.

Finito il panino mi siedo con la schiena contro la parete, pensando al vassoio che mi hanno appena lasciato. Niente più cioccolato, niente più frutta, niente più contatto umano. Questa sarà la cosa più dura da sopportare. E Ned? Adesso sa dove sono, sa che mi tengono rinchiusa nella stanza sopra di lui, il che vuol dire che potrà invadere il mio spazio quando gli pare.

Mi conviene stare zitta e buona.

26

PASSATO

Giovedì, il nostro ultimo giorno a Las Vegas, Ned si è preso il pomeriggio libero. A pranzo ha ordinato altro champagne, per festeggiare sia il mio compleanno sia la decisione di Paul Martin di rilasciarci l'intervista per *Exclusives*. Per assicurarcela ci eravamo dovuti fermare più del previsto e venerdì, giorno della partenza, sarebbe stato il nostro sesto giorno fuori.

«Justine sarà elettrizzata. L'hai già informata?» ho commentato, quando Ned mi ha detto dell'intervista. Ormai avevo imparato anch'io a dargli del tu.

«No. Voglio vedere la sua faccia quando glielo dirò. Quindi acqua in bocca, mi raccomando.»

«Sarò muta come un pesce. Scommetto che non vedi l'ora di tornare.»

Lui ha vuotato il bicchiere. «A dire il vero no, mi piacerebbe restare qui per sempre.»

«Come mai?»

Ha giocherellato come d'abitudine con lo stelo del bicchiere, facendolo ruotare tra pollice e indice. «I miei mi stanno facendo pressione perché sposi una ragazza che io non voglio sposare. L'hanno invitata a casa nostra coi suoi genitori il prossimo fine settimana, aspettandosi che io le faccia la proposta. È carina, simpatica, la conosco da anni, ma non ho nessuna intenzione di sposarla, nemmeno per il bene della Hawthorpe Foundation.»

Ho corrugato la fronte. «Cosa c'entra la fondazione?»

Lui ha fatto segno al cameriere, che ci ha servito il vino lasciato decantare in una caraffa su richiesta di Ned.

«È Isobel Algerson, la figlia di Steve Algerson», mi ha spiegato, mentre il cameriere gli versava un goccio di vino nel bicchiere. «Lui e mio padre sono grandi amici e Steve ha donato milioni alla fondazione. Anche mia madre e Priscilla Algerson sono migliori amiche e quindi, calcolando che Matt Algerson, il fratello di Isobel, è a sua volta il *mio* migliore amico, il nostro matrimonio farebbe comodo e piacere a tutti.» Ha preso il bicchiere e, dopo aver inalato l'aroma del vino, ha annuito al cameriere, che ci ha riempito i bicchieri. «A tutti tranne che a me.»

Ho ringraziato con un sorriso. «Isobel prova qualcosa per te? Perché, se nemmeno lei ti vuole sposare, tutto si sistemerà da sé.»

«Purtroppo hanno cominciato a inculcarle fin da piccola che io sono il suo destino.» Ned ha sollevato il bicchiere verso di me. «Al mio matrimonio.»

Abbiamo fatto tintinnare i bicchieri.

«Nessuno può costringerti a sposarla», ho obiettato.

Lui ha fatto una risata amara. «Hai conosciuto mio padre? Per lui sono già un'immensa delusione a causa della rivista, e anche mia madre è irritata perché a trentatré anni non ho ancora messo su famiglia.»

«Non ti va di farlo?»

«Sì che mi va, ma non con Isobel Algerson. Non è il mio tipo.»

« E quale sarebbe il tuo tipo? »

« Una che i miei disapproverebbero, solo per fargli dispetto e togliermeli di dosso. Per questo mio padre è così contrario alla rivista. Ha paura che finisca per sposare una pop star o un'attrice, il che non sarebbe in linea con l'immagine della sua preziosa fondazione. È convinto che le persone che frequento facciano tutte uso di droghe e mi ha detto che la mia futura moglie non potrà avere alle spalle una storia di dipendenza. » Ned ha fatto un'altra risata priva di allegria. « Questo fa di Isobel la sposa ideale. Non solo non ha mai toccato nessun tipo di stupefacente, ma lavora come volontaria in una onlus che si occupa di dipendenze e salute mentale. » Mi ha fissato. « Tu ti sei mai drogata? »

Ho scosso la testa. « No. »

« Non hai mai fumato nemmeno uno spinello? »

« Mai. E tu? »

« Credici o no, ma sono pulito anch'io. Quand'è morto mio fratello, ho giurato di stare lontano da certe cose. » Ha alzato di nuovo il bicchiere. « Il mio unico vizio è questo. »

« Io in realtà non bevo nemmeno. Anzi, mi sa che durante questo pranzo ho bevuto più che in tutto il resto della mia vita. »

Quand'è sceso il silenzio, non sapevo se non mi avesse ascoltato o se stesse pensando a quello che gli avevo appena detto. Ho bevuto un sorso di vino, così morbido e vellutato che ne ho mandato giù un altro.

« È uno Château Margaux. »

Mi sono resa conto che mi stava osservando. Ho riso. « Non ho idea di cosa voglia dire. »

Anche lui ha sorriso. « Che è un ottimo vino. »

« Allora cercherò di ricordarmi il nome. »

« A dirti la verità, Amélie, se ti ho parlato del mio matrimonio è perché avrei una proposta per te. Una proposta d'affari. » Ha calcato la parola « affari ».

« E cioè? »

« Da quanto mi hai detto, da un paio d'anni lavori per pagarti il college. »

« Proprio così. »

« Quanto costa al giorno d'oggi andare al college? »

« Senza una borsa di studio? Tra retta e alloggio più o meno ventimila sterline l'anno, forse qualcosa in più. Poi ci sono il vitto e il vestiario, e i libri. Diciamo tra venticinquemila e trentamila. »

« E per quanti anni pensi di frequentare il college? »

« Un corso di laurea in Giurisprudenza ne dura come minimo tre, poi spero di spuntare un contratto di praticante con uno studio legale importante. »

« Quindi stiamo parlando di una spesa di circa centomila sterline nell'arco di tre anni. »

Dentro di me ho avuto un sussulto all'idea di una cifra simile. « Più o meno. Ma spero di ottenere una borsa di studio, e mi troverò un lavoretto part-time per coprire la differenza. »

« Bene, eccoti la mia proposta. Se mi sposi adesso qui a Las Vegas, ti darò le centomila sterline che ti occorrono per andare al college. »

L'ho guardato incredula. « Dovrei sposarti? »

«Solo sulla carta», ha detto con fermezza, «e per il più breve tempo possibile. Come ti ho detto è una proposta d'affari, non di matrimonio. Riflettici, Amélie. Noi ci sposiamo, io ti do le centomila sterline. I miei saranno furiosi, ma del tutto impotenti. Io mi libererò per sempre di Isobel Algerson, tu potrai andare al college senza preoccuparti dei soldi. Dopo qualche settimana diremo di esserci lasciati trasportare dall'atmosfera di Las Vegas, di esserci resi conto che il nostro matrimonio è stato uno stupido errore e di volerci separare. E faremo richiesta di divorzio.»

Non riuscivo a credere che stesse parlando sul serio. «Non possiamo. Non funzionerà mai.»

«Perché no?»

«Perché non ci cascherà nessuno. Per quale motivo ci dovremmo sposare? Lavoro per te, sei il mio capo. Non è che usciamo insieme da mesi.»

«Possiamo sempre dire di esserci frequentati di nascosto.»

Ho riso. «Pensi davvero che qualcuno ci crederebbe?»

«Perché no?»

«Perché non ha senso che tu mi voglia sposare, visto chi sei tu e chi sono io.»

Ha scrollato le spalle. «Di matrimoni strampalati è pieno il mondo. Splendide modelle che sposano dei vecchi, uomini giovani che sposano donne anziane, ricche signore che sposano dei barboni. Matrimoni di convenienza.» Ha sospirato. «Nessuna condizione, te lo prometto. Non mi aspetto niente, solo che fingi di essere felicemente sposata con me per qualche settimana finché non annunciamo di voler divorziare. »

Ho scosso la testa, come per cercare di sgombrarla dall'assurdità della proposta di Ned. Ma dentro di me ho cominciato ad avvertire una certa emozione all'idea di poter prendere in mano la mia vita, di poter esaudire con tanta facilità il mio sogno di andare al college. Ho cercato d'immaginare come sarebbe stato non dover lavorare part-time per integrare la borsa di studio - se fossi riuscita a ottenerla - e potermi dedicare solo ai miei corsi. Sarebbe stato un lusso totale. Ma...

« Non posso. »

« Perché? »

« Perché non sarebbe giusto. Sarebbe un imbroglio. »

« E chi ti preoccupi d'imbrogliare? Hai detto di non avere nemmeno un parente. »

« Be', mi dispiacerebbe imbrogliare Carolyn, per esempio. Non potrei mai mentirle, le dovrei dire la verità. »

Lui ha sospirato, si è tirato un po' indietro. « In questo caso, lasciamo perdere. »

L'ho guardato dispiaciuta.

« Scusami, Amélie, ma se vogliamo che funzioni devi accettare di non dire a nessuno che si tratta solo di una transazione d'affari, e vale anche per dopo che ci saremo separati. Se senti di dover essere sincera con Carolyn, però, lo rispetto. » Ha esitato. « Anche se... Insomma, se ti preoccupa il giudizio di Carolyn, non sarebbe più comprensiva se pensasse che hai commesso uno sbaglio ingenuo? Cosa penserebbe di te sapendo che hai preso una decisione calcolata? »

In effetti aveva ragione. Quanto sarei scaduta agli occhi della mia amica se avessi ammesso di aver sposato Ned solo in cambio di centomila sterline? « Si domanderebbe da dove arrivano i soldi. »

« Ho già pensato a una spiegazione possibile. Vuoi che te la dica? »

« D'accordo. Ma continuo a pensare che sia una follia. »

« Diciamo che usciti di qui andiamo a sposarci. Ci serve una licenza, che ho già. »

Mi sono allarmata. « Come mai? »

« Perché ieri ho avuto una telefonata particolarmente tesa con mio padre. Era seccato che fossi venuto qui senza avvertirlo e mi ha accusato di voler evitare il fine settimana con gli Algerson. È stato allora che mi è venuta l'idea. Mi sono informato, ho scoperto che bisogna procurarsi una licenza ventiquattr'ore prima dell'evento e me la sono procurata, nel caso avessi deciso di avanzarti la mia proposta. Perché, come hai appena detto tu, è davvero una follia. Una follia che potrebbe rivelarsi vantaggiosa per tutti e due, però. » Ned ha ripreso fiato. « Una volta sposati, lo comunicherò alla stampa. Domani, quando arriveremo in Inghilterra, andremo a casa mia a Wentworth, dove avrai le tue stanze. A un certo punto la stampa vorrà un'intervista, durante la quale reciteremo la parte della coppietta felice. Qualche settimana dopo annunceremo di esserci resi conto che sposarci non è stata una buona idea e quindi intendiamo separarci. Faremo domanda di divorzio, io ti pagherò le centomila sterline, che così passeranno per un accordo postmatrimoniale, e tu tornerai a casa tua. In questo modo nessuno potrà mai dire che mi hai sposato per soldi.»

«Sono contenta che tu abbia previsto questa difficoltà. Non vorrei che la gente pensasse troppo male di me.»

«Guarda che se vuoi sono disposto a pagarti anche di più.»

Ho scosso la testa con veemenza. «No.»

«Vuol dire che accetti?»

«Ci devo pensare.»

Lui ha scostato il polsino per guardare l'orologio. «Hai quarantacinque minuti. Se decidi di procedere, la cerimonia è prenotata per le quattro.»

«Accipicchia! Nessuna pressione, eh?» ho esclamato, col cuore che batteva forte.

«A dire il vero, no, nessuna pressione. Dipende solo da te.» Ha indicato qualcosa alle mie spalle. «La vedi quella cappella? La cerimonia si svolgerà lì. Perché non vai a farti due passi, così ci rifletti con calma? Se decidi che per te può andare, ci vediamo lì fuori alle quattro meno cinque. Mettiti qualcosa di carino, così scatteremo qualche foto per i giornali. Se non vieni, ci vediamo dopo in albergo.»

27

PASSATO

Non appena mi sono svegliata nella mia stanza d'albergo a Las Vegas, il ricordo degli eventi del giorno prima mi ha travolto. L'avevo fatto davvero? Ho alzato la mano, ho visto la vera d'oro che Ned mi aveva infilato al dito e sono stata assalita da un dubbio tremendo.

Tranquilla, è un accordo d'affari, tutto qui. Ci hai riflettuto bene e hai deciso che la possibilità di andare al college senza doverti preoccupare dei soldi valeva il rischio.

In quel momento, nella luce fredda del giorno, ho ripensato a quel rischio, che alla fin fine non mi sembrava poi così grande. Ned mi avrebbe pagato di sicuro: centomila sterline per lui erano spiccioli. Non temevo neppure che volesse fare sesso con me sebbene il nostro fosse un accordo d'affari, perché durante tutta la nostra permanenza a Las Vegas non mi aveva mai messo a disagio e non aveva mai detto una sola frase fuori posto. Qualcuno poteva giudicarmi una stupida per essermi sposata sull'onda dell'entusiasmo con un uomo che conoscevo appena, ma la versione ufficiale che Ned e io avevamo stabilito – e cioè che ci frequentavamo in segreto da mesi e lui mi aveva portato a Las Vegas proprio con l'intenzione di chiedermi di sposarlo – avrebbe reso tutto più comprensibile.

Se non fosse stato per Carolyn non avrei avuto dubbi,

però a lei sarebbe dispiaciuto sapere che le avevo tenuta nascosta una presunta relazione con Ned. Mi seccava un po' non poterle dire la verità, però se l'avessi fatto si sarebbe infuriata perché mi ero sposata per soldi. Peccato che non fosse proprio così, visto che in cambio avevo dato qualcosa, e cioè una via d'uscita a quella che Ned considerava una situazione inaccettabile. A essere sincera non capivo perché non si opponesse a suo padre e basta, ma forse nelle famiglie ricche come la sua c'erano cose che si era obbligati a fare per puro dovere.

Mi sono appoggiata ai cuscini e ho contemplato l'anello. Una volta spiegato a Carolyn che il matrimonio era stato uno stupido errore, tutto si sarebbe sistemato. Non sarebbe rimasta arrabbiata con me a lungo. Avrei potuto dirglielo dopo un mese, perché Ned e io ci eravamo sposati il primo agosto e avevamo concordato di annunciare la separazione il primo settembre. Subito dopo sarei tornata a vivere nel mio monolocale per riprendere la mia solita vita. Avrei dovuto lasciare il lavoro a *Exclusives,* perché dopo la separazione nessuno si sarebbe aspettato che continuassi a lavorare lì, ma mi sarei trovata un altro posto per un anno, quando finalmente sarei potuta entrare al college.

Il giorno prima in realtà era stato tutto molto divertente. Quando ero arrivata alla cappella, avevo trovato ad aspettarmi Ned con un mazzo di fiori e due testimoni. La cerimonia era durata un quarto d'ora. Fuori avevamo posato per una foto e Ned aveva scherzato dicendo che per i suoi genitori sarebbe stato lo choc più grande della loro vita. Eravamo tornati in albergo a piedi, avevamo festeggiato con una bella cena annaffiata da altro champagne, dopodiché ciascuno era tornato nella sua stanza.

Mi sono stiracchiata. Non volevo lasciare quel letto enorme e quello splendido albergo, però mi sono alzata, perché alle dieci sarebbe arrivato un taxi per portarci in aeroporto.

Quand'è squillato il telefono sul comodino ho sorriso: Ned si stava accertando che fossi pronta, proprio come avrebbe fatto un marito.

« Amélie? »

Il cuore mi è balzato in gola. Non era Ned, ma Carolyn. Se mi telefonava, e in albergo poi – come faceva a sapere che ero lì? – voleva dire che era successo qualcosa. « Carolyn! Tutto bene? »

« Amélie, grazie a Dio. Perché non rispondi al telefono? » Sembrava prossima alle lacrime, e questo ha aumentato la mia paura.

« L'ho dimenticato in aereo. Lo ritroverò oggi quando atterriamo. Partiamo stamattina. Che cos'è successo? Stai bene? Daniel? »

« Sì, sì, ma tu? Come stai? »

« Benissimo. » Ero confusa dall'urgenza nella sua voce.

« Non sapevo dove fossi finita. Ho cominciato a cercarti. Ho chiamato *Exclusives* per parlare con l'assistente di Ned, però non voleva dirmi in che albergo alloggiavate. Ha detto che Ned aveva lasciato istruzioni di non essere disturbato e non ha voluto sentire ragioni. Amélie, devo proprio chiedertelo: com'è stato Ned con te? Non ha cercato di costringerti a fare niente, spero. »

Il cuore ha iniziato a battermi forte. Era già al corrente del nostro matrimonio? « Cosa intendi dire? »

« È solo che, sai... ha aggredito Justine. »

« Aggredito? Ned? » Mi sono messa a sedere sul letto, le gambe improvvisamente deboli. « Non capisco. Non è possibile. »

« Sì. Una sera tardi si è presentato a casa sua con la scusa di volerle parlare del suo contratto. Lei non voleva farlo entrare, ma lui le ha assicurato che si sarebbe fermato pochissimo, perché di sotto c'era Hunter che lo aspettava in macchina. Ha chiesto se poteva avere un caffè e mentre lei era in cucina l'ha spinta in un angolo e ha cominciato a metterle le mani addosso, dicendo che lo provocava da anni, che era una stronza ingrata ed era in debito verso di lui che le aveva dato un lavoro. »

Mi girava la testa. Faticavo a elaborare le parole di Carolyn. « Ma... quand'è successo? In questi ultimi giorni Ned era qui con me. »

« Venerdì scorso. »

Ho smesso di respirare. Il giorno prima della nostra partenza.

« È stato terribile, Amélie. È riuscita a fermarlo solo prendendo un coltello e minacciandolo. »

Ho portato una mano alla bocca. « Come sta lei, come sta Justine? »

« Era molto scossa, ovviamente, ma soprattutto era furiosa. Mi ha telefonato appena se n'è andato Ned, e sono corsa da lei. È bene che tu lo sappia, Amélie: Justine lo ha denunciato per tentato stupro. All'inizio non voleva, temeva che la polizia non le avrebbe creduto e che le avrebbero chiesto come mai lo aveva lasciato entrare in casa per discutere il contratto invece di chiedergli di aspettare il lunedì in ufficio... cosa che lei ha fatto, ma Ned ha insistito. Sarebbe stata la sua parola contro quella di Ned, ha detto, poi si è resa conto della gravità dell'episodio. Se non avesse avuto quel coltello a portata di mano, sarebbe finita con uno stupro. Così siamo andate alla centrale di polizia per la denuncia.»

«Sono contenta che lo abbia denunciato», ho detto con ardore. «Non deve farla franca.»

«Non ti sto a dire quanto mi sono preoccupata quando ho ricevuto il messaggio in cui mi dicevi di essere in partenza per Las Vegas, perché ho capito subito che eri con lui. Con te non ci ha provato, vero? Non ti ha messo a disagio?»

Ho deglutito. *A disagio*. Le parole mi sono riecheggiate nella testa. Non potevo dire a Carolyn del matrimonio, non in quel momento, non così. «No, per niente. Mi dispiace che tu ti sia preoccupata. Te lo avrei detto, che partivo con lui, ma è stata una decisione dell'ultimo minuto. Ned ha detto che doveva venire a Las Vegas per una questione urgente e mi ha chiesto di accompagnarlo. Se avessi saputo di Justine, non avrei mai accettato.»

«Vicky aveva promesso di avvisare Ned che stavo cercando di contattarti, e da quel momento non ho fatto che aspettare la tua telefonata. Non sono riuscita a rintracciare neppure Lina, e da quando l'ho riaccompagnata a casa Justine non risponde più al telefono. Che casino, Amélie!» Quando le si è spezzata la voce, mi sono sentita invadere dalla vergogna. «Dovevo trovarti, essere sicura che stessi bene, e così ho iniziato a chiamare tutti gli hotel di Las Vegas. »

« Mi dispiace tanto, Carolyn. Non sapevo che mi stessi cercando, Ned non me l'ha detto. Forse Vicky non l'ha avvisato. »

« Anche se l'ha fatto, Ned probabilmente non ti ha riferito il messaggio per paura che ti parlassi della sua aggressione a Justine. » Carolyn era disgustata.

« È terribile. » Tremavo così forte che faticavo a reggere la cornetta. « Non so cosa fare, non ho più nessuna voglia di vederlo, adesso. »

« Pensa solo a tornare a casa. Non dirgli che sai tutto, per ora è meglio che tu stia zitta. Io intanto continuerò a cercare Justine. A casa sua non c'è, sono andata a vedere. »

« Sarà da Lina. Magari l'ha portata via per qualche giorno, sai com'è, per cambiare aria. »

« È quello che continuo a ripetermi. Ma perché hanno smesso tutt'e due di rispondere al telefono? »

Il mio sguardo è andato all'orologio sul comodino. « Devo scappare, Carolyn. Tra dieci minuti ho appuntamento con Ned nella hall. Quando parli con Justine, per favore, dille che mi dispiace e che le voglio tanto bene. »

28

PRESENTE

Mi sveglia il rumore della porta che si chiude. Quando mi metto seduta, qualcosa mi scivola dalle spalle. È la mia coperta: me l'hanno restituita.

Allungo la mano e trovo il vassoio. Gli ultimi quattro me li hanno lasciati appena dentro la porta. Vuol dire che non sono più in punizione? Il mio morale si risolleva un po'. Peccato che non fossi sveglia quando hanno portato il vassoio. Mi sono persa il mio carceriere, mi sono persa la sua presenza.

Forse perché la mia punizione pare terminata e quindi non ho più bisogno di preoccuparmi per la mancanza di cibo e contatto umano, ricomincio a pensare al passato. Sono terrorizzata all'idea di capitolare, d'impazzire di dolore, e finora sono riuscita a seppellire nel profondo l'orrore assoluto dei giorni precedenti il rapimento mio e di Ned, ma adesso le loro facce - Justine, Lina, Hunter - incombono su di me nell'oscurità. *Non ora, vi prego. Non fatemi crollare.*

Faccio tutto il possibile per bloccare la loro immagine. Nel tentativo di concentrarmi su qualcosa che non siano quei ricordi, mi metto a camminare su e giù contando i passi e, quando non funziona, mi sdraio sotto la coperta con gli occhi chiusi e le dita nelle orecchie, perché non voglio vedere, non voglio sentire. Ma è tutto inutile: sono già scossa dai singhiozzi. Sapendo che Ned potrebbe sentirmi, mi mordo le nocche perché dalla mia bocca non sfugga nessun suono.

Quando il mio carceriere porta il vassoio della sera, la solitudine e la disperazione si sono tramutate in un bruciante risentimento.

« Ma tu mi vedi? » lo aggredisco. « Voglio dire, vedi *me*, Amélie, o solo una povera stupida, un povero stupido danno collaterale? Perché io non lo sono, e voglio che tu lo sappia. Adesso che te l'ho detto, te ne puoi anche andare. Tornatene alla tua vita senza valore, a lavorare per gente violenta che cerca di estorcere denaro tenendo prigioniera una donna. Riesci a guardarti allo specchio? »

Se ne sta già andando, e non sopporto che le mie parole non lo abbiano neppure scalfito. Prendo il vassoio, lo inclino facendo cadere tutto quello che c'è sopra e lo lancio alla cieca contro la sua schiena che si allontana. Sento un tonfo, poi un verso contrariato.

« Preso! »

Quando sbatte la porta, scoppio di nuovo in lacrime.

29

PASSATO

Mi sono vestita in fretta e furia nella mia stanza d'albergo, sforzandomi di elaborare la rivelazione di Carolyn. Non riuscivo a credere che l'uomo con cui avevo appena trascorso sei giorni, l'uomo che avevo appena sposato, avesse commesso un atto così spregevole. Ma Justine non poteva esserselo inventato.

Le mani mi tremavano così tanto che ho faticato a chiudere la cerniera del vestito. Cos'avrebbe pensato Carolyn quando fosse venuta a sapere che Ned e io ci eravamo sposati? Dovevo dirglielo di persona e, nonostante la promessa che mi aveva strappato Ned, dovevo dirle la verità. Non potevo fingere di aver avuto una relazione segreta da mesi con lui, né tantomeno di esserne così innamorata da aver accettato la sua proposta di matrimonio. Il nostro accordo era saltato. Non volevo più i suoi soldi. Il solo pensiero di prenderli mi dava la nausea.

Avrei dato qualunque cosa per poter dire che non ero lucida, il giorno prima, che il vino e lo champagne avevano offuscato il mio giudizio. Ma non potevo mentire, né a me stessa né agli altri. Avevo accettato con piena consapevolezza, ebbra dell'idea di vivere nel lusso per un intero mese. Mi sono vergognata. Come avevo potuto essere così sciocca?

E poi c'era Justine, per la quale ero molto preoccupata.

Justine che non rispondeva al telefono. D'un tratto mi sono ricordata cos'aveva detto Ned, e cioè che era andata a Parigi per intervistare Ophélie Tessier. Forse per questo non rispondeva alle chiamate di Carolyn. Oppure dopo l'aggressione di Ned aveva rinunciato ad andarci? Perché avrebbe dovuto continuare a lavorare per lui dopo avere sporto denuncia? D'altra parte, perché avrebbe dovuto rinunciare a un lavoro che le piaceva, o nascondersi, visto che non aveva fatto niente di male? E Ned? Sapeva della denuncia?

Quando hanno bussato, ho fatto un salto. Doveva essere il fattorino venuto a prendere la valigia, ancora aperta sul letto. Sono andata ad aprire.

Era Ned. « Buongiorno! » Poi mi ha guardato meglio. « Va tutto bene? Sembra che tu abbia appena visto un fantasma. »

Mi sono dovuta trattenere dal fare un passo indietro. « Pensavo... pensavo che ci saremmo visti nella hall », ho balbettato, col cuore in gola.

« Non starebbe bene se arrivassimo giù separati », ha risposto lui, divertito. « Ora siamo una coppia sposata. »

Non riuscivo a guardarlo. Sono andata fino al letto, dove ho chiuso la cerniera della valigia. Avrei voluto urlargli addosso che sapevo tutto di Justine, ma Carolyn si era raccomandata di tenere la bocca chiusa e così mi sono morsa la lingua, se non altro per non peggiorare la situazione di Justine.

Ned si è avvicinato per prendere la valigia. « Dobbiamo andare. Il taxi ci sta aspettando. »

L'ho seguito in corridoio come un automa. Abbiamo

preso l'ascensore e, mentre scendevamo nella hall, ho guardato il nostro riflesso nello specchio. Ho riconosciuto Ned, ma non la ragazza che gli stava vicino. Mi assomigliava, però non ero io.

30

PASSATO

Sul volo verso casa, la hostess ci ha fatto le congratulazioni. « Gradisce un bicchiere di champagne, Mrs Hawthorpe? »

Ho avuto un sussulto. Non ero Mrs Hawthorpe. Poi mi sono resa conto che, agli occhi del mondo, lo ero. « No, grazie. »

Durante il volo ho finto di dormire, in modo da non dover chiacchierare. Quando abbiamo toccato terra a Farnborough, abbiamo trovato ad aspettarci Hunter.

« Congratulazioni per il suo matrimonio, Mrs Hawthorpe. » La sua voce non tradiva nessuna emozione.

La sua freddezza mi ha confuso, poi sono stata investita dall'enormità di quanto avevo fatto. Come mi ero potuta dimenticare di Hunter, dell'aperitivo che dovevamo bere insieme? Ho sentito un vuoto allo stomaco. Avrei voluto prendergli la mano, spiegargli che il mio matrimonio con Ned non era vero, era solo un accordo d'affari. Ma Ned mi ha posato una mano sulla schiena per spingermi verso la portiera aperta.

Mentre entravo in auto, ho cercato lo sguardo di Hunter. Lui però ha passato a Ned un giornale aperto a una certa pagina, evitando con cura di guardarmi. Dopo avergli dato un'occhiata, Ned lo ha mostrato anche a me: c'era la fotografia di noi due fuori dalla cappella, con la didascalia *Le nozze segrete dell'erede degli Hawthorpe.*

Lui ha sorriso. « Perfetto », ha commentato, mentre Hunter chiudeva la mia portiera, e si è seduto con me sul sedile posteriore. « Dritti a casa, grazie. »

Il mio cuore ha saltato un battito. Ero sicura che prima saremmo passati dal monolocale a prendere i miei vestiti. Avevo pianificato di chiudermi dentro a chiave e rifiutarmi di uscire. « Possiamo passare prima da me a prendere le mie cose? »

« Le ha già prese Hunter, ti aspettano a casa mia. »

Mi si è chiuso lo stomaco. Ho cercato di nuovo d'incrociare gli occhi di Hunter, questa volta nello specchietto retrovisore, ma lui aveva lo sguardo fisso sulla strada. « Come ha fatto ad aprire? Non aveva la chiave. »

Mi hanno ignorato entrambi.

Quand'è squillato il cellulare, Ned ha imprecato sottovoce e ha aspettato che smettesse. Ha ricominciato immediatamente. Sul display c'era scritto *Papà*. Dopo aver imprecato di nuovo, ha risposto.

La voce di Jethro Hawthorpe era così forte e rabbiosa che sentivo ogni singola parola. Ned se n'è reso conto e si è girato dall'altra parte, però non faceva molta differenza.

« *Cosa cazzo credi di fare?* »

« Sono in macchina. Ti richiamo quando arrivo a casa. » Il tono di Ned era brusco.

« *Vengo lì.* »

« No, non venire, ti ho detto che... »

Jethro Hawthorpe aveva già riattaccato.

Il cellulare di Ned ha squillato di nuovo, e poi ancora, e ancora, e ancora. Alla fine lui ha risposto. « Smettila di telefonarmi, okay? » ha detto con astio.

Sono rimasta sorpresa che parlasse così a suo padre.

« Dico sul serio, Lina », ha aggiunto, prima di chiudere la chiamata.

Un tuffo al cuore. Se avessi saputo che era Lina, gli avrei strappato il cellulare per chiederle come stava Justine. Ma dovevo fingere di non sapere cosa le aveva fatto Ned. Ho guardato Hunter: lui ne era al corrente? Era sicuramente per questo che Lina aveva chiamato, e che Ned non aveva voglia di risponderle.

Mezz'ora dopo siamo arrivati a casa sua a Wentworth. Dopo averci lasciato davanti alla porta, Hunter è andato a parcheggiare. Ho salito i tre ampi gradini fino all'ingresso, Ned ha inserito un codice in un pannello sulla destra e il pesante portone nero si è aperto.

L'ho seguito in un atrio di marmo. Davanti a me c'era uno scalone con ai lati due corridoi.

« La tua stanza è in cima alle scale a sinistra. Hunter ti porterà su i bagagli. Noi ci vediamo più tardi. » Ned si è incamminato lungo il corridoio di destra.

Quand'è sparito, mi sono girata e sono tornata alla porta. Ma non c'era nessuna maniglia, solo un pannello sulla parete. Per aprire il portone serviva il codice. Ho cercato di non andare nel panico. Ned non poteva trattenermi lì contro la mia volontà. Avrei telefonato a Carolyn, lei avrebbe saputo cosa fare. Un attimo dopo mi sono resa conto che in aeroporto non eravamo passati a ritirare il mio cellulare.

Mi sono guardata intorno. Da qualche parte doveva esserci un telefono, e non trovandolo nell'atrio ho imboccato il corridoio di sinistra, decisa a cercare ovunque finché non ne avessi trovato uno.

C'erano tre porte. Le prime due davano su un enorme soggiorno e una sala da pranzo altrettanto enorme, collegati da porte interne in modo da poter diventare un unico, vasto salone da ricevimento. Dopo aver cercato tra lussuosi divani e tavolini bassi mi sono spostata nella sala da pranzo, controllando su ogni superficie piana, ma non c'era nessun telefono.

La terza stanza era una cucina con portefinestre affacciate su una terrazza arredata, dotata di ogni gadget possibile e immaginabile tranne un telefono. Alla fine del corridoio una quarta porta immetteva nel giardino di fianco alla casa. C'era un'ultima porta, però aprendola ho visto solo delle scale che portavano in cantina.

Tornata nell'atrio ho esitato, domandandomi se fosse meglio andare in cerca di Ned per chiedergli dove potevo trovare un telefono o arrangiarmi da sola. Ho salito lo scalone di marmo contando i gradini. Lo facevo da sempre: nella casa dove avevo abitato con mio padre erano undici, qui erano ventiquattro. Sono arrivata su un ampio pianerottolo col pavimento di legno lucido, coperto in parte da una passatoia decorata a motivi rossi e verdi.

Ricordando che Ned mi aveva assegnato la camera da letto sulla sinistra, sono andata a vedere. Come tutte le altre stanze, anche questa era enorme. Hunter doveva essere salito mentre ero in perlustrazione al piano di sotto, perché la valigia che avevo portato con me a Las Vegas era già lì. Scoraggiata, mi sono seduta sul grande letto matrimoniale. Avevo perso l'occasione per spiegargli il motivo del mio matrimonio con Ned.

A poco a poco mi sono accorta che tutti gli oggetti nella stanza - una scatola di legno, un paio di ciotole cinesi, i libri, una foto dei miei genitori - appartenevano a me. Era troppo, troppo importuno e manipolatorio. Quando mi sono alzata per andare a vedere in bagno, ci ho trovato tutti i miei articoli da toilette. C'era anche una cabina armadio coi miei vestiti già ordinatamente appesi e, nei cassetti, le mie magliette e la mia biancheria. L'idea di Hunter che maneggiava mutandine e reggiseni mi ha fatto arrossire, ma di rabbia. Nessuno aveva il diritto di entrare in casa mia e toccare le mie cose. Dovevo trovare un telefono, e subito.

Pensavo che la stanza da letto vicino alla mia fosse quella di Ned, ma dalle sfumature di giallo alle pareti e dal vestito appeso allo schienale di una poltroncina, con sotto un paio di scarpe coordinate, ho capito che ci dormiva una donna. Forse la governante? Sul comodino non c'era nessun telefono e, quando ho continuato a esplorare, ho trovato le due porte dall'altra parte del pianerottolo chiuse a chiave.

Sempre più furiosa, sono corsa giù per le scale in cerca di Ned. Il corridoio di destra era identico a quello di sinistra, con tre porte e in fondo una quarta che conduceva fuori. Da dietro la porta di mezzo mi è arrivata la voce di Ned. Era al telefono, e dal tono irritato ho intuito che stesse discutendo con qualcuno.

Mi sono fermata a origliare, ma non sono riuscita a distinguere le parole e ho proseguito lungo il corridoio. La porta successiva si apriva su una bellissima biblioteca con pannelli di legno alle pareti e gli scaffali carichi di centinaia, forse migliaia di libri. C'erano due scale di legno su rotelle per arrivare agli scaffali più irraggiungibili e, nell'angolo, due belle poltrone con lo schienale alto, collocate di fronte alle grandi finestre che davano sul davanti della casa. Lungo la parete di sinistra, una porta doppia dava sulla stanza dove c'era Ned. Da lì la sua voce mi arrivava molto più nitida.

«Senti, ho chiarito tutto. È stato un malinteso. Le ho detto che le annullavo il contratto e lei si è voluta vendicare.»

Le sue parole mi hanno lasciato di sasso. Di chi stava parlando? Mi sono avvicinata in punta di piedi alla porta.

«Non so chi l'abbia spifferato alla stampa, ma me ne sono già occupato. Non presenterà nessuna denuncia.» Ned aveva alzato la voce e il suo tono si era fatto duro. «Be', Dio non voglia che ci vada di mezzo la tua preziosa fondazione... No, non c'è niente di vero, te l'ho già detto, e no, non ci saranno ripercussioni... Papà? Papà?» Silenzio, poi un'imprecazione.

Dietro la porta, sono stata presa da un incombente senso di minaccia.

Qualcosa non andava.

31

PRESENTE

«Scusa», gli ho detto quand'è arrivato. «Scusa se ti ho lanciato il vassoio e per quello che ti ho detto. So che non è colpa tua, che ti stanno forzando la mano e probabilmente detesti quello che stai facendo. So che se potessi mi aiuteresti. Sei anche tu una vittima, come me. Se mai riuscirò a uscire di qui...»

La porta si chiude e intorno a me ripiomba il silenzio.

Seduta nell'oscurità, strizzo gli occhi così forte da vedere i contorni di costellazioni siderali. Mi pizzico un braccio. Per i miei sequestratori esisto a malapena. Ma sono ancora qui, sono ancora viva.

Vado a tracciare un'altra riga sulla parete del bagno. Due settimane. Sono qui da due settimane. Perché non succede niente?

Sono a metà del primo circuito della stanza quando lo sento camminare in corridoio. Se fa rumore è perché indossa le scarpe, e se indossa le scarpe è perché sta venendo a prendermi.

Torno a precipizio nel mio angolo, dove mi rannicchio sotto la coperta e cerco di fare dei respiri pesanti e regolari, ma so già che fingere di dormire non servirà a niente.

Non mi sbagliavo. Scosta la coperta e mi tira in piedi.

Invece di opporre resistenza, lo lascio fare. Deve credere che sto collaborando. In cambio m'infila il cappuccio con più delicatezza e mi lega le mani meno strette dietro la schiena. Le sue sono quasi leggere, mentre mi guida fuori dalla stanza.

In corridoio c'è un odore diverso, lo sento anche attraverso il cappuccio: è più denso, sembra carico di sole. Quando scendiamo i dodici scalini della cantina per andare nella stanza dov'è rinchiuso Ned, l'aria fresca mi fa venire la pelle d'oca. Sento la porta sbattere e mi lascio portare fino alla sedia, alla quale mi legano subito.

Come la volta precedente, mi tolgono il cappuccio e prima che mi mettano la benda i miei occhi vengono feriti per un istante dalla luce. In quei pochissimi secondi non faccio in tempo a vedere niente, solo un lampo, poi di nuovo il buio. Una mano dura e rude mi prende la nuca, tenendomi rivolta in avanti. È l'altro uomo. È sempre l'altro a immobilizzarmi.

In quel momento mi raggiunge il solito odore acido, questa volta più forte. Ned. È qui vicino a me. Ci hanno messi a sedere l'una di fianco all'altro.

« Di' come ti chiami e che hai un messaggio per Jethro Hawthorpe. Il messaggio è che, se non paga, suo figlio morirà. » Una pausa. « Parla. »

« No. »

La voce diventa minacciosa. « Di' come ti chiami... »

« No. »

« Parla, cazzo, altrimenti ci ammazzano », ringhia Ned.

« Non m'importa di morire. »

« A me sì, quindi parla, cazzo. »

La mano mi stringe più forte. « Parla! »

Sentendo i muscoli del collo contrarsi ho un istante di paura. Cerco di non farmi prendere dal panico. « Mi chiamo Amélie Hawthorpe, e questo è un messaggio per Jethro Hawthorpe. Se non paghi, tuo figlio morirà. » Prendo fiato. « Quindi non pagare, perché merita di morire. È solo un... »

L'aria si sposta per il movimento improvviso di Ned, che mi si butta addosso. La mia sedia s'inclina e l'uomo impreca quando la mia nuca gli sfugge di mano. Urto il pavimento e nella mia testa esplodono miriadi di stelle.

Quando riapro gli occhi, sono nella mia stanza. Li richiudo subito con un gemito ma, nonostante il dolore alla testa, sorrido. I suoi privilegi e le sue ricchezze, così potenti nel mondo esterno, qui non contano nulla. Qui siamo alla pari. Ma io sono più forte.

Mi metto seduta con una smorfia. Ho il viso caldo e una vena che pulsa, e quando accosto le dita alla guancia trovo il gonfiore di un livido che mi copre la parte sinistra del viso. Più sopra, sulla tempia, c'è un bernoccolo, il risultato dello spintone di Ned. Fa male, ma ne è valsa la pena. L'unico rimpianto che ho è che quel video non verrà mai inoltrato.

Prendo la coperta, grata di trovarla ancora lì. Dopo la mia performance, potevano decidere di togliermela. Me l'avvolgo intorno alle spalle e mi alzo, però la testa mi gira tantissimo e sono costretta ad accovacciarmi e a raggiungere il bagno carponi. Seduta sul bordo del water, bagno l'asciugamano, ci sfrego sopra un po' di sapone e mi lavo la faccia, sussultando quando la spugna ruvida sfrega sulla pelle escoriata. È solo adesso, nella luce tenue, che me ne rendo conto: la caduta mi ha offuscato la vista e vedo tutto come attraverso un velo di garza. Ho una commozione cerebrale.

Vorrei mettermi a piangere, perché il mio gesto di sfida ha rimandato di diversi giorni il prossimo tentativo di fuga. Mi rendo conto anche di un'altra cosa: mi sarò anche tolta una soddisfazione in cantina, ma è stata una follia.

Quando il mio solito carceriere arriva col vassoio, mi metto a supplicare. « Promettimi solo una cosa. Quando Jethro Hawthorpe pagherà il riscatto, non liberatemi con Ned. Portatelo dove sarete d'accordo di portarlo, però lasciate me da un'altra parte. Se ci rilasciate insieme, lui mi ucciderà. » Allungo la mano, ma riesco solo a sfiorargli un braccio prima di toccare di nuovo il vuoto.

La chiave gira nella serratura. Se n'è andato.

32

PASSATO

Ho aspettato in silenzio in biblioteca, dando a Ned il tempo di calmarsi. Intanto ho pensato alle sue parole. Se si riferiva a Justine, come faceva a essere sicuro che lei non avrebbe sporto denuncia? Justine aveva cambiato idea? Ned aveva detto di aver chiarito tutto. L'aveva costretta a ritirare la denuncia minacciando di licenziarla?

Uscita dalla biblioteca, ho imboccato il corridoio e ho bussato alla prima porta.

« Sì? »

Sono entrata. La stanza era immensa, con le stesse grandi finestre della biblioteca e due porte doppie, una a sinistra e una a destra. Quest'ultima portava nella stanza nella quale mi trovavo fino a un momento prima. Ned era seduto dietro una scrivania grande quanto un tavolo da ping-pong, su una poltrona di pelle nera.

« Ci siamo dimenticati di passare a ritirare il mio telefono all'aeroporto di Farnborough. C'è un altro apparecchio che posso usare? Vorrei avvisare Carolyn che sono tornata. »

Sulla scrivania c'era il suo cellulare, che mi ha subito porto. « Certo. Prego. »

Ho esitato. Volevo riferire a Carolyn la conversazione che avevo appena sentito tra Ned e suo padre, ma se fossi uscita dallo studio col suo telefono lui si sarebbe insospettito e avrebbe potuto intuire che sapevo della sua aggressione a Justine. Ho preso comunque il telefono. « Grazie. »

Ho digitato il numero di Carolyn, contenta che, quando me l'aveva dato la prima volta, avere il numero di qualcuno per me fosse stato così importante da impararlo subito a memoria. Ho aspettato che rispondesse, pensando di chiederle con noncuranza se di recente avesse visto Lina e Justine, magari per un caffè. Non ci sarebbe stato niente di sospetto in questo e almeno avrei saputo che stavano bene senza bisogno di porre la domanda diretta a Carolyn.

Ma non ha risposto.

« Niente? » ha domandato Ned, e mi sono resa conto che mi stava fissando.

« No. Le manderò un messaggio. » Ho aggiunto Carolyn come contatto nel cellulare di Ned, ho aperto WhatsApp e ho digitato:

Ciao, Carolyn, sono Amélie dal telefono di Ned. Volevo solo farti sapere che sono tornata sana e salva da LV.

Avrei voluto aggiungere che, se aveva saputo del matrimonio, le avrei spiegato tutto non appena ci fossimo riviste, ma non potevo, perché cosa sarebbe successo se Ned avesse guardato la conversazione? Dopo averci riflettuto un momento ho aggiunto:

Non vedo l'ora di raccontarti, anzi, ti andrebbe di venirmi a trovare a casa di Ned?

Ho aggiunto due bacetti, poi gli ho restituito il telefono, ma non mi sono mossa.

« C'è altro? »

« Sì. Si tratta del mio appartamento. »

« Sì? »

« Tutto quello che c'era dentro è qui. Non è che mi hai disdetto l'affitto, vero? »

« Certo che no. »

« Quindi dopo la separazione potrò tornare ad abitarci, giusto? »

« Sì. È tutto? Perché avrei da lavorare. »

« No, non è tutto. »

Ha alzato gli occhi, sorpreso dal mio tono.

« Il mio lavoro. »

« Lavori per me, no? »

« Sì. »

« Allora fino al giorno della separazione continuerai a lavorare per me da qui. »

« Non ho più il mio laptop. Si è rotto, ricordi? »

« Ci penso io. »

« Posso andare a recuperare il mio telefono? Magari potrebbe accompagnarmi Hunter. »

Lui ha riportato l'attenzione sullo schermo del computer. « Temo di no, ho bisogno che mi faccia qualche commissione. »

Il suo tono noncurante mi ha mortificato, e la parola « commissione » mi ha stupito. « Vorrei uscire lo stesso. »

« Mi sa che non è possibile, non oggi. I giornalisti si sono già accampati fuori dal cancello. Se esci, ti piomberanno addosso come avvoltoi. Abbiamo concordato d'incontrare la stampa insieme ed è quello che faremo, ma non oggi. Adesso riposati, fai una nuotata e tutto quello che serve per superare il jet lag. È una bella casa, questa, ci sono una piscina e una palestra. Fa' finta di essere ancora in vacanza. Ci vediamo più tardi, a cena. La mia governante è tornata per qualche settimana in Ungheria dalla sua famiglia, ma forse puoi cucinare qualcosa tu? Oppure ordiniamo fuori. Alle sette e mezzo in sala da pranzo, nell'ala sinistra.» Ha alzato la testa, rivolgendomi uno sguardo d'acciaio. «E per favore, Amélie, non venire più qui. Il resto della casa e il giardino sono a tua disposizione, però le stanze dell'ala destra sono mie private. Sono sicuro che capirai.»

33

PRESENTE

Quando sento delle voci in cantina, sposto il materasso e mi sdraio sulla pancia per ascoltare.

« Non è stata una mossa furba da parte tua. »

« Se l'è meritato. Stupida stronza. » Questa è la voce di Ned.

« Questo ci ritarderà di parecchi giorni. Avevamo bisogno di quella registrazione. » Una pausa. « Cosa vogliamo fare, Ned? Tuo padre non ha intenzione di pagare e tua moglie non ci supplicherà di tenerti in vita. A quanto pare non importa a nessuno se vivi o muori. »

« Fatela fuori. »

« Tua moglie? »

« Sì. Fatela fuori e consegnate il cadavere a mio padre. Vedrete che pagherà. »

« Non ne sarei così sicuro. Dopotutto chi è lei per Jethro Hawthorpe? È meglio mandargli qualcosa di tuo, un orecchio o un dito. »

« Io dico che sarebbe uno sbaglio. »

« Ma certo che lo dici. » La voce del rapitore è ironica, divertita. « Ci vediamo, Ned e, chissà, magari la prossima volta porto un coltello. »

Sono furibonda. Come ha osato Ned suggerirgli di farmi fuori?

Mi alzo e comincio a picchiare sul pavimento sopra la

sua cella. Voglio renderlo isterico, voglio che impazzisca di rabbia, voglio che sappia cosa significa essere alla mercé di qualcun altro, non poter impedire che accadano brutte cose.

Sembra che anche lui sia allo stremo, perché reagisce ai miei colpi subito e con violenza. « Piantala! »

Ma non smetto. La sua isteria mi incita, mi alimenta, e quando ho le braccia stanche e i pugni escoriati uso il corpo, lanciandomi a ripetizione contro la parete, una volta con una spalla, una volta con l'altra. Non mi fermo finché non collasso esausta sul materasso e poi, quando mi sembra di aver aspettato abbastanza da indurre in lui un falso senso di sicurezza, m'invento un altro tipo di tortura e da sdraiata comincio a dare calci contro il muro a intervalli regolari, usando a turno i talloni: *tump-tump, tump-tump, tump-tump*. Mi sento benissimo.

Quando arriva il carceriere col vassoio, sto ancora battendo i talloni contro il muro e Ned, arrochito dal troppo gridare, piange senza riuscire a controllarsi. Non mi fermo nemmeno quando lui attraversa la stanza per posare a terra il vassoio e, quando se ne va senza dare segni di aver assistito a qualcosa fuori del normale, mi vendico aumentando forsennatamente il ritmo, a dimostrazione che i colpi non erano solo per Ned. Durante quelle ore mi aspettavo che uno dei carcerieri irrompesse nella stanza costringendomi a smetterla con quel rumore incessante, ma non è venuto nessuno. O stavano in un'altra parte della casa, dove il baccano non arrivava, oppure gli stava bene che continuassi a tormentare Ned.

Abbasso i piedi, odiando la mia invisibilità e la mia

incapacità di provocare in loro, in lui, una reazione. Ho i talloni dolenti, li immagino rossi e pieni di vesciche come quando cammino troppo a lungo coi tacchi alti. Alla mia mente s'affaccia l'immagine di un paio di scarpe rosse coi tacchi a spillo, che scivolano invano su un pavimento di marmo. Mi affretto a respingerla, però non vuole saperne e sulla mia guancia scende una lacrima solitaria.

34

PASSATO

Ned mi ha chiamato. I giornalisti ci aspettavano al cancello. Erano passati cinque giorni dal nostro ritorno da Las Vegas, durante i quali non ero mai uscita di casa. Ned trovava sempre una scusa per impedirmelo. Durante il giorno non lo vedevo mai, solo la sera a cena. Preparargliela non mi pesava: cucinare mi era sempre piaciuto e almeno avevo qualcosa da fare.

Mentre scendevo lo scalone di marmo lui mi ha esaminato con occhio critico dall'atrio dove mi aspettava. Indossavo un abitino rosa senza maniche e avevo i capelli sciolti sulle spalle. Dopo aver annuito in segno di approvazione, ha tolto di tasca un anello di fidanzamento. « Tieni. » Mi ha preso la mano per infilarmelo al dito vicino alla fede, che mettevo solo per scendere a cena. All'inizio nemmeno quello, perché non sopportavo di vedermela al dito, ma la prima sera, quando mi aveva visto senza, Ned mi aveva fatto tornare di sopra a prenderla.

Il suo tocco mi ha fatto rabbrividire, perché ho pensato automaticamente a Justine. Ormai doveva sapere che avevo sposato Ned e lo considerava di certo il peggiore dei tradimenti. Se solo avessi potuto incontrare lei e Carolyn, spiegare loro com'era andata. Speravo che Carolyn mi richiamasse sul cellulare di Ned, ma finora non l'aveva fatto e temevo che non volesse più parlarmi.

Molte volte ero stata sul punto di chiedere a Ned di Justine, di domandargli come fosse andata l'intervista con Ophélie Tessier, però una vocetta interiore - la stessa che mi suggeriva di stare molto, molto attenta, perché non conoscevo la vera natura dell'uomo cui mi ero legata - mi diceva di non farlo.

« Non è vero, immagino », ho detto, fissando il diamante più grosso che avessi mai visto, e lui ha riso.

Mentre andavamo alla porta, ho sfilato in fretta la mano dalla sua. Ned mi ha dato le spalle per digitare il codice nel pannello. Ho cercato di sporgermi per vedere i numeri, ma lui ha intravisto il mio movimento e si è avvicinato ancora di più al tastierino, bloccandomi la visuale. La porta si è aperta e ho subito sentito le voci di fuori. Ned mi ha preso la mano di nuovo, e ho cercato di sfilarla.

« Dobbiamo mantenere le apparenze », mi ha ricordato lui, stringendola più forte.

È comparso Hunter. Era dal giorno in cui era venuto a prenderci all'aeroporto che non lo vedevo e ho sentito i suoi occhi sulla schiena mentre ci seguiva sul lungo viale di ghiaia. Quando siamo arrivati vicino al cancello, quello si è aperto e si è subito fatta avanti una ventina di giornalisti, armati di macchine fotografiche e microfoni. Hunter si è messo tra noi e loro con le braccia larghe per tenerli lontani.

Sono iniziate le domande.

« Mr Hawthorpe, cosa può dirci di sua moglie? »

« A parte che è perfetta? Come potete vedere anche voi », ha aggiunto, girandosi verso di me con un sorriso.

« Amélie, lei lavorava per Mr Hawthorpe? »

« Lavoro ancora per lui. Non è cambiato niente », ho risposto.

« È stata sorpresa quando le ha chiesto di sposarlo? »

Ho sbattuto gli occhi davanti ai flash, improvvisamente sopraffatta.

« Sì, è rimasta molto sorpresa », ha risposto Ned al posto mio.

« Sembra che siate stati vittime di un colpo di fulmine. Vi conoscete solo da quattro mesi, non è così, Amélie? »

È intervenuto di nuovo Ned. « Ci siamo conosciuti quasi un anno fa a una festa, e ho capito subito che in lei c'era qualcosa di speciale. Quando ha iniziato a lavorare a *Exclusives*, non volevo credere alla mia fortuna. Mi è sembrato un dono del destino. »

« Può raccontarci del viaggio a Las Vegas? Aveva già intenzione di chiederle di sposarla o è stata una decisione presa sul momento? »

Ned ha scosso la testa. « L'avevo pianificato da settimane. Ma, non volendo che Amélie indovinasse cosa stavo per fare, ho finto di dover partire all'improvviso per un viaggio di lavoro e le ho detto che avevo bisogno di lei perché partecipasse alle riunioni. Ha continuato a non sospettare niente anche quando non l'ho portata a nessuna riunione. Perché non ce ne sono state, naturalmente. Ho approfittato di quei giorni per scegliere gli anelli, ottenere la licenza matrimoniale, trovare i testimoni e via dicendo. »

Mentiva con una tale naturalezza.

« Possiamo vedere l'anello, Amélie? »

Ned mi ha preso la mano. Il diamante brillava sotto il sole. Mentre i reporter scattavano una foto dopo l'altra, e io fissavo inespressiva chiunque mi chiamasse per nome chiedendomi di sorridere, mi ha circondato la vita con un braccio. Poi con la coda dell'occhio ho visto Carolyn.

Non appena i nostri sguardi si sono incrociati, sono stata travolta dal sollievo. Ho fatto per andare da lei, ma Ned mi ha stretto ancora di più, pizzicandomi quando ho tentato di allontanarmi.

Carolyn mi ha mostrato il suo telefono, indicandolo con l'altra mano. « Non ti credo! » ha gridato sopra il vociare dei reporter.

« Mr Hawthorpe, è vero che di recente è stato denunciato per tentato stupro? » ha gridato un'altra voce, sovrastando quella di Carolyn.

In un improvviso silenzio, si sono girati tutti verso la giornalista che aveva posto la domanda. Alcuni suoi colleghi si sono spostati per consentirle di vedere in faccia Ned e io ho subito riconosciuto la donna che lo aveva avvicinato alla festa di *Exclusives*. Ho sentito Ned irrigidirsi accanto a me.

« Glielo chiedo di nuovo, Mr Hawthorpe. Conferma che di recente qualcuno ha sporto denuncia contro di lei per tentato stupro? » ha ripetuto la donna.

È scoppiato il caos. I reporter hanno cominciato a incalzarlo con la stessa domanda, sporgendo i microfoni verso di lui, finché Hunter non si è di nuovo piazzato tra noi e loro per proteggerlo.

Mentre il cancello iniziava a richiudersi, ho sentito di nuovo la voce di Carolyn. « Si chiama Justine Elland! La donna aggredita da Mr Hawthorpe è Justine Elland! » Carolyn ha cercato di crearsi un varco nella calca. « Dov'è finita, Mr Hawthorpe? Dov'è Justine? »

Mentre Ned mi sospingeva verso casa, la mia mente era in subbuglio. Justine era ancora irrintracciabile. E cosa intendeva Carolyn quando aveva detto di non credermi? Indicava il telefono, ma nell'unico messaggio che le avevo mandato da quando ero rientrata, dal telefono di Ned, le dicevo di essere tornata sana e salva e le proponevo di venire a trovarmi a casa perché potessi raccontarle del viaggio. Non c'era niente in cui non potesse credere. A meno che lui non le avesse mandato un altro messaggio spacciandosi per me.

« Scopri chi è quella giornalista », ha ordinato Ned a Hunter. « Quella che ha chiesto della denuncia. È già la seconda volta che m'importuna: non ce ne sarà una terza. »

Non appena mi ha lasciato andare, sono corsa su per le scale. Ho cercato di entrare nelle due stanze che davano sul davanti della casa per poter gridare a Carolyn che io non c'entravo, ma erano ancora chiuse a chiave. Mi sono precipitata ad aprire la finestra di camera mia, perché se avessi gridato abbastanza forte forse sarebbe riuscita a sentirmi lo stesso, ma, quando ho provato a girare la maniglia, non si è mossa. Avevo il cuore in tumulto. Cosa ci facevo lì? Ho tentato di calmarmi con un respiro profondo. Carolyn aveva capito che qualcosa non andava e presto sarebbe venuta a salvarmi.

35

PRESENTE

Oggi il silenzio intorno a me è soffocante, la solitudine più gravosa che mai.

Pizzicando la coperta con le dita, trovo del cibo rinsecchito, forse porridge. Quando uscirò di qui? Perché Jethro Hawthorpe non ha ancora pagato il riscatto? Per quanto sia arrabbiato con Ned, è possibile che abbia deciso di abbandonarlo al suo destino? Ha già perso un figlio e l'esistenza stessa della fondazione indica che tiene alle persone. Sa che ci sono qui anch'io? Per forza. Per un attimo immagino come mi sentirei se venissero a salvarmi, se la polizia facesse irruzione, sentire le grida, essere accecata dalle torce. È tutto così reale che strizzo gli occhi nell'oscurità.

Vado verso la finestra. Mi ricorda che c'è un mondo, là fuori, e questo mi fa sentire ancora più in trappola. Ho bisogno di vedere la luce del giorno e così faccio scorrere le dita lungo il bordo sinistro della tavola di compensato. Ripenso a quando ho cercato d'incuneare il cucchiaio di plastica tra quella e il telaio della finestra per allargare lo spazio. Se solo avessi avuto uno strumento migliore.

Dopo aver riflettuto un momento, vado in bagno, strappo il coperchio di cartone dalla scatola dei tamponi e lo rompo ancora in due, poi in quattro. Torno alla finestra coi quattro pezzi di cartone, chiedendomi se non esista un modo per tenere la luce accesa anche quando la porta è aperta, in modo da poter vedere quello che sto facendo.

Individuato il punto dove sono riuscita a svellere il chiodo, ci infilo uno dei pezzetti di cartone. Visto che entra facilmente ne infilo un secondo, poi mi piego per accostare un occhio all'apertura. Niente, nemmeno il minimo bagliore di luce. Inserisco un altro pezzo di cartone e, quando controllo di nuovo, il mio cuore sobbalza: è una luce lontana quella che vedo, o è la mia immaginazione? Prendo il quarto pezzo di cartone, lo piego a metà e lo infilo sopra gli altri, decisa ad allargare la fessura. Strizzo di nuovo gli occhi: è luce naturale, ne sono sicura.

Tolgo il cartone, afferro il bordo della tavola, insinuo la punta delle dita nello spazietto e tiro più forte che posso. Non mi sembra che faccia la minima differenza finché non guardo di nuovo: sì, è proprio la luce del giorno.

L'euforia è folle. So che non riuscirò mai a scardinare lo schermo dalla finestra, a questo mi sono rassegnata, ma vedere coi miei occhi che il tempo non è immobile, poter tracciare il passaggio dal giorno alla notte attraverso quello spiraglio mi sembra un'impresa eccezionale.

Do un'altra occhiata, godendomi la lama di luce. Poi, preoccupata che il mio carceriere possa sorprendermi, riporto in bagno i pezzetti di cartone e li nascondo nell'armadietto.

36

PASSATO

Sentendo del trambusto al piano di sotto, sono saltata giù dal letto per correre sul pianerottolo e affacciarmi alla balaustra. Era appena entrato un uomo che ho riconosciuto come Jethro Hawthorpe, elegantissimo in completo scuro e cravatta, con una camicia bianca immacolata sotto la giacca. Ned aveva le braccia tese e cercava d'impedirgli di venire avanti.

« Cosa ci fai qui, papà? »

« Cosa diavolo è successo? » ha tuonato Jethro Hawthorpe, superando il figlio per andare a mettersi in mezzo all'atrio. « Quel disastro con la stampa. La notizia è apparsa ovunque. Non mi avevi detto che la denuncia era stata ritirata? »

« Infatti è così. »

« Allora come hanno fatto i giornalisti a saperlo? »

« Possiamo parlarne nel mio studio? »

Ho aspettato che sparissero in corridoio, poi sono scesa in punta di piedi per andare a origliare dietro la porta della biblioteca.

« È un rischio del mestiere, papà », ha detto Ned. « Quando annullo un contratto, la gente si arrabbia. »

« Fammi capire: questa ha deciso di accusarti di tentato stupro solo ed esclusivamente per vendetta? »

« Esatto. »

« E secondo te i giornalisti se la berranno? »

« Perché non dovrebbero? La polizia mi ha creduto. »

« Per adesso. E se quella cambiasse idea e sporgesse denuncia? »

« Non lo farà. L'ho pagata bene e se n'è tornata in Francia, a casa sua. Là nessuno si prenderà il disturbo di contattarla. »

« L'hai pagata bene. » Ho sentito la perplessità di Jethro.

« Esatto. »

« Ma non hai detto che era un'accusa infondata? »

« Lo era. Lo è! Però cos'altro dovevo fare, lasciare che il caso finisse in tribunale? Pensa alle ripercussioni sulla tua preziosa fondazione. »

« Il fetore di un tentato stupro non se ne andrà facilmente. Hai visto l'articolo sul *Mail* mentre eri via a sposarti? 'Ned Hawthorpe: bravo ragazzo o molestatore?' Non lasceranno perdere. Per non parlare del tuo ridicolo matrimonio. Non insultarmi dicendomi che ti sei sposato per amore. »

« Non sono affari tuoi, papà. »

« Spero che tu abbia avuto il buonsenso di farle firmare un accordo prematrimoniale. »

Silenzio.

Jethro è esploso: « Sei impazzito? Hai idea di quanto le spetterebbe se divorziate? »

« Abbiamo un accordo. In caso di divorzio prenderà cinquantamila sterline, non una di più. »

Ho fatto un passo indietro. *Cinquantamila?*

« Ha firmato un pezzo di carta, spero. »

« No, ma chiederò a Carr di prepararmi un contratto. »

« E ti aspetti che lei lo firmi? »

« Sì. »

Jethro Hawthorpe ha sbuffato. « Allora sei più stupido di quello che pensavo. » Ho sentito una sedia grattare il pavimento. « Devo andare. Ricordatelo bene, Ned: la minima zaffata di qualcosa che possa danneggiare la fondazione e ti disconosco pubblicamente. »

37

PRESENTE

Risvegliata da un sonno profondo, ho a malapena il tempo di accorgermi della presa sulle mie spalle, del cappuccio che mi copre la testa e delle mani legate dietro la schiena prima di essere trascinata fuori dalla stanza.

La necessità di concentrarmi per scendere le scale che portano in cantina mi catapulta nella realtà di quanto sta accadendo. Non siamo in piena notte? Perché è venuto a prendermi a quest'ora? Col cuore in tumulto ricordo la porta che Ned e io abbiamo varcato tre settimane fa, quella che dall'esterno conduce in cantina. È lì che stiamo andando? Fuori? Hanno perso del tutto la pazienza? La mia mente corre avanti e mi vedo già mentre mi costringono a inginocchiarmi e poi mi sparano. Barcollo, inciampo, per poco non cado dalle scale. Sono le sue mani a impedirmelo e la presa decisa ma delicata delle sue dita sulle spalle mi sembra stranamente rassicurante.

Sento aprirsi una porta e, quando mi spingono dentro, provo un enorme sollievo, perché segue subito la solita routine: mi legano alla sedia, mi tolgono il cappuccio e mi calano la benda sugli occhi.

«Secondo Ned ti dovremmo uccidere», dice la voce dell'altro uomo. Questa volta non è alle mie spalle, ma proprio di fronte a me.

«Se pensate che Jethro Hawthorpe pagherà solo perché gli recapitate il mio cadavere, vi sbagliate.» Il mio tono è determinato, però mi tremano le mani.

«Perché non dovrebbe pagare?»

«Perché non sono nessuno per lui. Meglio tagliare qualcosa a Ned e mandarglielo per posta. Visto che nessuno sembra ansioso di averlo indietro, però, forse anche quella è una perdita di tempo.»

Sento dei suoni soffocati alla mia destra. C'è anche Ned. Devono averlo imbavagliato.

Poi uno strappo. Sembra nastro adesivo.

«Cos'hai da dire in proposito, Ned?»

«Ammazzatela.» Il ringhio è soffocato, ma l'odio traspare con chiarezza. Dev'essere incappucciato. Sento il suo odore, però più debole. Stavolta me lo hanno messo lontano.

«Sapete perché vuole che mi uccidiate? Per risparmiargli la fatica di doverlo fare lui stesso. So una certa cosa su di lui, qualcosa che ha fatto e che lo farebbe marcire in galera per un bel pezzo. Se mi lasciate andare ve la dirò.» Mi sigillano la bocca con un pezzo di scotch, zittendomi. Giro la testa per sottrarmi, ma non serve.

«Secondo me ha ragione, Ned. Perché mai tuo padre dovrebbe pagare se gli mandiamo il suo cadavere?»

«Capirebbe che il prossimo potrei essere io e avrebbe paura.»

«Però lei ha ragione nel dire che la tua famiglia non sembra ansiosa di riaverti. Sono passate tre settimane. Tuo padre sta giocando a un gioco pericoloso. Sa qual è la posta, sa che, più aspetta, più gli costerà. Eppure non ha nessuna fretta di pagare, nessuna fretta di vederti libero.» Una pausa. «Sai cos'ha fatto ieri tua madre, Ned? È andata a giocare a tennis. Non solo: ha anche vinto la partita. Ho delle fotografie che lo provano. Ti sembra il comportamento di qualcuno il cui figlio è in mano a dei sequestratori? O tuo padre non le ha detto che sei stato rapito, oppure non è minimamente turbata. Quale delle due, secondo te?»

Sono quasi dispiaciuta per Ned.

Non risponde, e così l'uomo riprende a parlare. «Te lo devo proprio chiedere. Hai fatto qualcosa che la tua famiglia considera imperdonabile? È per questo che ti ha abbandonato?»

«I miei non credono che facciate sul serio, tutto qui. Che la uccidereste davvero. Dovete dimostrargli che siete spietati.»

«Forse hai ragione.»

«Certo che ho ragione.»

«Quindi per te va bene se la uccidiamo?»

Una risata stridula. «Accomodatevi pure.»

«D'accordo.»

Con mio grande orrore, sento un fucile che viene armato e vengo invasa dal panico. Non voglio morire così, non posso morire così, legata a una sedia. Lotto contro la corda che mi avvolge, tento di urlare da dietro il nastro adesivo, ma mi tengono ferma. Poi uno sparo potentissimo, le orecchie che fischiano, e per finire un silenzio così mortale che mi convinco di essere stata colpita. Aspetto di avvertire il dolore, ma non arriva. C'è solo una mano che mi copre la bocca zittendomi ancora di più, che mi piega la testa all'indietro contro un corpo, in modo da immobilizzarmi del tutto. Hanno sparato a Ned?

« Merda. L'avete fatto davvero? » dice Ned.

« Sei stato tu a darci il permesso. »

« È morta? »

« Direi proprio di sì. Di solito un proiettile in fronte è fatale. » Una pausa. « Portatela fuori prima che imbratti tutto di sangue e scaricatela davanti alla porta di Jethro Hawthorpe. Se non riuscite ad avvicinarvi, buttate il corpo contro la recinzione, dove possano trovarlo. »

La corda che mi tiene legata alla sedia viene recisa. Lo choc mi ha tolto ogni forza e il mio corpo molle viene trascinato fuori dalla stanza come se fossi davvero un cadavere: due braccia mi s'infilano sotto le ascelle e i miei piedi strisciano sul pavimento finché non mi ritrovo in corridoio, e la porta dietro di noi si chiude. Mi sento sollevare e, mentre mi trasporta senza sforzo su per le scale, il mio carceriere mi ripiega contro di sé, in modo che i miei piedi non striscino contro le pareti.

Arrivati nella mia stanza, mi deposita sul materasso e mi strappa il nastro adesivo dalla bocca. Ancora sotto choc, comincio a iperventilare. Mi rannicchio su me stessa, cercando di placare il dolore al petto, ma lui mi costringe a sedermi con la schiena contro il muro. Con le lacrime che sgorgano abbondanti, faccio respiri corti, faticosi e disperati, ma non serve a niente. La mia mente è un vortice. Sto per morire.

Poi qualcosa penetra il mio terrore: è il suo respiro calmo e profondo, così vicino all'orecchio che sento il calore dell'alito. Mi ci aggrappo, tentando di accompagnarlo un'inspirazione dopo l'altra, espirando con lentezza. Mi ci vuole un po', però ci riesco. Il respiro rallenta, il dolore al petto diminuisce. Sono attraversata da tremiti e sento il vomito salire in gola, ma lo deglutisco e continuo a respirare piano, con calma. «Grazie», bisbiglio, quando riesco di nuovo a parlare.

Mi mette un dito davanti alla bocca per indicarmi di non fare rumore. Sento calarmi qualcosa intorno alle spalle: è la mia coperta. Poi lui se ne va.

38

PASSATO

Ero seduta sotto l'ombra di una quercia, la schiena contro il tronco, esausta per il calore soffocante e la disperazione. Avevo cercato per tutta la mattina di passeggiare disinvolta in giardino, quando in realtà stavo cercando un modo per evadere dalla proprietà di Ned. Ma era circondata su ogni lato da un muro alto quattro metri e l'unica via d'uscita era il cancello, che funzionava elettronicamente come la porta di casa. Era difficile accettarlo, però per il momento ero prigioniera e cominciavo a essere davvero spaventata.

La sera prima, a cena, quando gli avevo chiesto di nuovo di poter uscire, Ned si era molto seccato. « Quei giornalisti sono ancora appostati fuori. Se esci, ti piomberanno addosso. Io sono abituato ad averci a che fare, so cosa dire, quanto concedere, ma non so se ce la faresti ad affrontarli da sola. » Aveva esitato. « Ti sto solo proteggendo, Amélie. Non voglio che tu dica cose che è meglio tacere. » O meglio non voleva che smentissi la sua versione dei fatti.

« Ho tanta voglia di vedere le mie amiche. »

« Presto potrai. Devi solo aspettare tre settimane. »

« Ti è arrivato sul cellulare qualche messaggio di Carolyn? »

Lui si era pulito la bocca con un tovagliolo. « Se fosse

arrivato, te lo avrei detto. Senti, ti sto solo chiedendo di non uscire di casa finché non avremo annunciato la separazione. Allora sarai libera di andartene, di tornare nel tuo appartamento e di dire al mondo che abbiamo sbagliato. »

« E il mio computer? È arrivato? Due giorni fa hai detto di avermene ordinato uno. »

« Dirò a Hunter di andarlo a sollecitare. » Poi Ned mi aveva guardato con durezza. « Spero che non ci sia bisogno di ricordartelo, Amélie, ma hai accettato l'accordo con piena consapevolezza. »

Aveva ragione, era così. Il pensiero dei soldi mi aveva fatto arrossire di vergogna. Li avrei presi e donati a una onlus che non avesse niente a che fare con la famiglia Hawthorpe.

Ho iniziato a farmi vento col cappello che indossavo fino a un attimo prima. Non tirava un filo d'aria, quel giorno. Persino gli uccelli erano muti, svuotati di ogni energia dall'intensità del sole. Ero piacevolmente distratta dal suono gorgogliante dell'acqua che usciva da una delle molte vasche e fontanelle del giardino. Se non fosse stato per l'aggressione a Justine da parte di Ned, sarei stata felice di aspettare un mese in quella bella casa. Invece adesso, a parte l'orrore del tentato stupro, mi ero anche resa conto che quel matrimonio, nel quale ero entrata così a cuor leggero, mi avrebbe accompagnato per tutta la vita. Era un particolare che non avevo considerato: nel mio passato sarebbe rimasto sempre il fatto che a vent'anni ero già divorziata.

Mi vergognavo di non aver detto ancora niente a Ned

sull'aggressione a Justine. Mi sentivo una complice. Ma non mi fidavo di lui, perché raccontava troppe bugie. Non era vero che Justine era andata a Parigi a intervistare Ophélie Tessier: lei era in Francia, però ci era andata solo perché lui l'aveva pagata profumatamente per ritirare la denuncia. Se era così, era comprensibile che Justine non rispondesse alle telefonate di Carolyn: ammettere di aver permesso a Ned di comprare il suo silenzio doveva essere imbarazzante.

Ho cambiato posizione sull'erba dura come paglia. Non spettava certo a me giudicare Justine per essersi lasciata corrompere. Chissà se aveva ricevuto anche lei l'offerta di centomila sterline. Ho ripensato alla conversazione di Ned con suo padre, a quando gli aveva detto che il nostro accordo prevedeva il pagamento di cinquantamila sterline. *Buona fortuna a te, Ned,* ho pensato, perché se avesse cercato di negarmi anche solo un centesimo delle centomila sterline che mi aveva promesso... be', grazie a mio padre, avevo un piano.

39

PRESENTE

Verso lacrime di sbalordimento e spossatezza. Provo a dare un senso a quanto è successo in cantina, ma è inutile.

Ci ho ripensato così tante volte che lo sparo non smette di rimbombarmi nelle orecchie. E continuo a non capire. Perché hanno finto di uccidermi? Perché vogliono che Ned mi creda morta?

Quando ripenso alla sua indifferenza davanti al mio presunto decesso, piango ancora più forte. Non gli dispiaceva affatto che avessero sparato alla donna che aveva sposato poche settimane prima, la moglie che si è preso solo per contenere i danni, perché per lui non ho altra utilità. Non ci sono state recriminazioni, solo una domanda: *È morta?*

Dopo c'è stata una discussione. Ho sentito delle grida provenire da un'altra stanza, forse la cucina. Una delle voci era quella dell'altro sequestratore, la seconda era più bassa e profonda. Apparteneva all'uomo che viene ogni giorno nella mia stanza? Quello che mi aveva posato un dito sulle labbra perché rimanessi zitta? Chiudo gli occhi e mi addormento.

Quando mi sveglio, nella stanza c'è lui.

« Non capisco. Mi puoi spiegare che cos'è successo giù di sotto? Perché avete finto di uccidermi? » sussurro.

Come sempre non risponde. Se potessi gridare, lo farei. Mentre esce, mi prudono le dita dalla voglia di tirargli dietro il vassoio.

In quell'attimo mi rendo conto che quell'arma io l'ho sempre avuta a disposizione. Come mai non ci ho pensato prima? Faccio le prove nella mia testa. Quando lui si china per posare il vassoio sul pavimento, io lo capovolgo e gli rovescio addosso il porridge. E mentre lui cerca di capire cosa succede afferro il vassoio e glielo schianto in testa. Poi si apre lo stesso scenario della volta precedente: esco dalla stanza, lo chiudo dentro a chiave, ma questa volta quando sono in corridoio non avanzo più a tentoni; corro. Conosco la strada, so che non inciamperò in niente e che, dopo la porta doppia, vedrò la luce sotto la porta della cucina. So che non sarà chiusa a chiave, ho ben presente dov'è la finestra e so che in cucina ci sono oggetti che potrò usare per romperla in caso di necessità. Ci saranno anche dei coltelli, coi quali mi potrò difendere.

Il mio carceriere è stato gentile con me, però gli farò del male se sarà necessario. Sono arrabbiata con lui, perché anche se mi ha salvato la vita niente è cambiato per me: mi tiene sempre chiusa al buio in questa stanza. E se Jethro Hawthorpe paga, e i sequestratori non fanno come li ho supplicati di fare e mi rilasciano con Ned, non sarò mai più al sicuro: lui mi darà la caccia e, quando mi troverà, mi ucciderà.

40

PASSATO

Sentivo su di me gli occhi di Ned, seduto dall'altra parte del tavolo.

«Qualcosa non va?» mi ha chiesto.

«Mi domandavo come sarà andata l'intervista di Justine a Ophélie Tessier. Il giorno in cui siamo partiti per Las Vegas mi hai detto che era andata a Parigi per quello.»

Ha fatto il suo solito gesto di prendere il tovagliolo e pulirsi la bocca per guadagnare tempo. Avrebbe continuato a mentirmi o mi avrebbe detto la verità? «Non sono stato del tutto sincero con te, ma ti ho mentito a fin di bene. Sapendo quanto ti stia simpatica Justine, non ti volevo sconvolgere dicendoti che ho dovuto rinunciare a lei», ha ammesso.

«Rinunciare a lei? Intendi dire che l'hai licenziata?»

«Temo di sì.»

«Perché?»

«Sono venuto a sapere cose sgradevoli sul suo conto, cose che avrebbero potuto macchiare la reputazione della rivista.»

Dovevo stare al gioco. Teneva lui in pugno la chiave della mia libertà. «Sgradevoli? Tipo? Te lo chiedo perché, conoscendo Justine, non riesco a immaginare che possa fare niente di dannoso per la rivista. Non è una che si ubriaca, che si fa o...»

Negli occhi di Ned si è accesa una luce. « Hai centrato il punto. Ho scoperto che si fa, eccome, e come sai la politica della rivista è molto severa al riguardo, per via di quanto è successo a mio fratello. Non ho avuto scelta: ho dovuto rinunciare a lei. »

Mi sono sentita male. Nella conversazione che aveva avuto con suo padre, Ned non aveva detto perché avesse annullato il contratto di Justine, e Jethro Hawthorpe non glielo aveva chiesto. Non so cosa si sarebbe inventato Ned se si fosse trovato in difficoltà, ma gli avevo appena fornito la scusa ideale per licenziarla.

« Non ci credo. Conosco Justine, non è tipo da drogarsi. »

Ned ha spinto indietro la sedia. « Allora impara la lezione, Amélie, perché non sempre conosciamo le persone quanto ci piace credere. »

« Non ti preoccupare, è una lezione che ho già imparato », ho sibilato mentre usciva dalla sala da pranzo.

41

PRESENTE

Vado alla finestra coi pezzetti di cartone per infilarli nella fessura tra il telaio e lo schermo di compensato. Quando mi chino per guardare fuori, però, non c'è nessuna luce. Mi raddrizzo confusa. Non è da molto che mi hanno portato il porridge, quindi dovrebbe essere giorno. Insinuo un dito nell'apertura per allargarla un poco, come ho già fatto altre volte, ma vedo sempre nero. Me la sono immaginata, la luce del sole attraverso la fessura?

Dal piano di sotto mi giungono delle voci e torno subito nel mio angolo, dove scosto il materasso dal muro.

« Ho delle novità, Ned. Sembra che abbandonare il cadavere di tua moglie sulla porta di casa di tuo padre abbia avuto l'effetto desiderato. Ora è disposto a trattare », dice il suo carceriere.

« Dovevate ammazzarla prima. »

« Forse, però in quel caso non avremmo ricevuto un riscatto così generoso. »

« Cioè? »

« Sai quanto avevamo chiesto inizialmente? »

« No. »

« Prova a indovinare. »

« Non saprei... un milione? »

« Una sterlina, Ned. Una sterlina per restituirti. E sai

cosa? Tuo padre non ha voluto darcela. Non so se mi spiego.»

Sono perplessa. Perché chiedere solo una sterlina?

È la stessa domanda che si pone anche Ned. «Vi aspettate che ci caschi? Dovrei credere che avete chiesto una sterlina e mio padre si è rifiutato di pagarla?»

«È la verità. Quando gli abbiamo detto che, se non avesse pagato, il giorno dopo avremmo raddoppiato a due sterline e saremmo andati avanti a raddoppiare di giorno in giorno, sai cos'ha fatto? Ha riso.»

Mi si ferma il cuore.

Ned alza la voce, facendomi sobbalzare. «Ma che cazzo! Si può sapere chi siete? E cosa vi ha detto quello stronzo?»

La mia mente lavora a tutto spiano, facendo eco alla domanda di Ned. Chi sono queste persone?

Il carceriere ignora l'esplosione di collera di Ned. «Sai, all'inizio non ci aveva preso molto sul serio, ma, considerato che sei qui da ventitré giorni, averci sottovalutato finirà per costargli un mucchio di soldi.»

«Pensate che mio padre non possa permettersi qualche migliaio di sterline?» li ha sfidati spavaldo Ned.

«Fai due conti. Ventitré giorni. Vedrai che è molto più di qualche migliaio di sterline.»

Il rumore della porta che sbatte, seguito da una parolaccia di Ned. Rimango dove sono, troppo allibita per muovermi. Com'è possibile? Non possono sapere dell'accordo postmatrimoniale, dev'essere una coincidenza.

42

PASSATO

Ned mi ha convocato nel suo studio. Con lui c'era un uomo in giacca e cravatta, con scarpe lucide, occhiali dalla montatura nera e una borsa portadocumenti anch'essa nera sul pavimento vicino ai suoi piedi. Era seduto di fronte a Ned, col laptop in bilico sul bordo della scrivania, come se temesse di occupare troppo spazio.

« Tesoro, ti presento Paul Carr, l'avvocato di mio padre. Ha portato un documento che dovresti firmare. »

Quel « tesoro » – un ammonimento a recitare la parte – mi ha fatto digrignare i denti. « Che documento? »

« Un accordo postmatrimoniale. Casomai un giorno decidessimo di divorziare. »

Mi sono seduta nella poltroncina vicino a quella di Paul Carr e ho preso il documento che Ned mi stava porgendo. C'era scritto che ci eravamo sposati il primo agosto 2019 a Las Vegas, e i termini erano molto semplici: se avessimo divorziato, mi sarebbero spettate cinquantamila sterline.

Cinquantamila. Ho tenuto la testa china sul foglio, perché Ned non vedesse la mia collera. Come osava? Però mi ero preparata e sapevo esattamente come controbattere. Ho alzato gli occhi. « Mi dispiace, amore, ma non posso firmare. »

« Che storia è questa? »

« Cinquantamila non mi sembrano una cifra equa. »

Lui è parso subito infastidito. « Quanto vuoi? »

« Un milione. »

È rimasto a bocca aperta. « Un milione? Stai scherzando, vero? »

Ho fatto una risatina. « Ma certo. Anche se ci separassimo, non vorrei niente da te. »

Mi ha guardato storto. « Devi accettare qualcosa. »

Mi aspettavo questa risposta: se necessario, doveva poter provare che avevo accettato di sposarlo per soldi e quindi non era stato lui a costringermi. « Perché? » gli ho chiesto con aria innocente.

« Dobbiamo avere un accordo. A Las Vegas avevo promesso di farti preparare un documento da firmare al nostro ritorno, con la cifra che ti spettava in caso di separazione. »

L'ho guardato dritto negli occhi. « Non mi sembra che fossero cinquantamila sterline, però. »

« È la somma che abbiamo concordato », ha replicato, sfidandomi a contraddirlo.

Ho lasciato che mi fissasse ancora per qualche secondo, poi ho abbassato gli occhi, sconfitta. « E va bene. Se devo accettare per forza qualcosa, voglio una sterlina. »

Ho visto la sua sorpresa. « Una sterlina? »

« Sì. Una sterlina che raddoppierà ogni giorno del nostro matrimonio, fino alla separazione. »

« Raddoppierà? Non ti seguo. »

« È semplice. Una sterlina il primo giorno, due il secondo, quattro il terzo, otto il quarto, sedici il quinto, trentadue il sesto... »

« So contare. È davvero quello che vuoi? » Mi ha guardato divertito.

« Sì. »

Di fianco a me, Paul Carr si è agitato. « Se rimarrete sposati a lungo, la cifra potrebbe lievitare fino a... »

« Un mese », sono intervenuta prontamente. « Varrà solo per il primo mese di matrimonio. »

Ned ha annuito. Un mese era quanto avevamo stabilito di restare sposati prima di divorziare.

Paul Carr però non era convinto. « Un mese? Fermiamo l'orologio a trenta giorni, se così si può dire. È questo che intende? »

Ho pensato a mio padre, dal quale avevo preso ispirazione. Non sapevo a quanto saremmo arrivati raddoppiando di giorno in giorno, ma ricordavo che aveva riso quando avevo chiesto un giorno in più, dicendomi che era stata una mossa intelligente. Forse la chiave era questa.

Ho guardato Ned. « Trentuno. Dopotutto ci sono mesi di trentun giorni. »

Lui ha annuito di nuovo. Agosto ne aveva trentuno e noi ci eravamo sposati il primo. « Affare fatto. Se è quello che vuoi. »

« Lo è. »

Paul Carr era a disagio. « Sarebbe prudente fare due conti... »

« Non c'è tempo », ha detto Ned, spazientito. « Butti giù il testo e firmiamo. »

« Veramente... »

« Adesso! » ha sbraitato Ned.

Cinque minuti dopo dalla stampante vicino alla scrivania uscivano due copie del documento corretto. Dopo averne scorsa rapidamente una, Ned le ha firmate entrambe e me le ha passate. Io ho letto con attenzione, controllando la formulazione.

> *In caso di separazione tra Ned Jethro Hawthorpe e Amélie Maude Lamont, Amélie Maude Lamont riceverà l'ammontare risultante dal seguente calcolo: una sterlina per il primo giorno di matrimonio, raddoppiata a due il secondo giorno, e il totale risultante raddoppiato per ogni giorno consecutivo del matrimonio, il tutto per la durata di trentun giorni.*

L'ho riletto. Come sapevano che di secondo nome facevo Maude? Poi ho visto aperto sulla scrivania davanti all'avvocato il mio passaporto, che avevo usato in aeroporto. Ho firmato le due copie, dopo aver controllato le nostre Paul Carr ha aggiunto la sua firma e ha spinto uno dei due fogli verso Ned.

Ho allungato una mano per prendere il passaporto, gli occhi fissi su Ned.

Lui non me lo ha impedito, forse perché era presente l'avvocato di suo padre. «Ora puoi andare.»

Sono uscita sentendo il suo sguardo sulla schiena.

43

PRESENTE

Cammino per la stanza contando, raddoppiando. Voglio sapere quanto dovrà dare Jethro Hawthorpe ai rapitori se pagherà domani, il ventiquattresimo giorno del nostro sequestro.

I primi giorni sono facili: 1 - 2 - 4 - 8 - 16 - 32 - 64 - 128 - 256 - 512 - 1024 - 2048 - 4096 - 8192 - 16.384 - 32.768.

Sto contando i giorni sulle dita e già al sedicesimo, appena superata la metà del mese, non sono più sicura che al trentunesimo sarò arrivata a un milione di sterline. Ma devo continuare, lo devo a mio padre.

Così riprendo. 65.536 il diciassettesimo giorno; 131.072 il diciottesimo; 262... Il resto del totale mi scivola via senza preavviso. Priva di carta e penna, è difficile ricordare a memoria i numeri.

Non avrò una penna, ma ho un chiodo. Vado in bagno, dove riprendo il conto dall'inizio. Quando arrivo al diciottesimo giorno, tenendo bene a mente la cifra - 131.072 - traccio un 19 dietro la porta, la raddoppio e vicino al 19 traccio col chiodo un 262.144.

Proseguo. Sotto il 19 traccio un 20, con di fianco un 524.288. Sto per raddoppiarlo quando mi rendo conto di aver già raggiunto il mezzo milione.

Seduta sull'asse del gabinetto, fisso la porta. Devo essermi sbagliata, non è possibile che il ventunesimo giorno il totale superi già il milione. Riparto daccapo, dal primo giorno, ma arrivo allo stesso risultato. Con un brivido di emozione, continuo a calcolare.

21 - 1.048.576

22 - 2.097.152

23 - 4.194.304

24 - 8.388.608

Faccio un passo indietro, guardando sbalordita il numero che ho appena tracciato dietro la porta. Se Jethro Hawthorpe paga il riscatto domani, il ventiquattresimo giorno del sequestro, dovrà sborsare ai sequestratori più di otto milioni di sterline.

Lo sforzo d'incidere sul muro cifre leggibili col chiodo mi fa male alle dita, ma insisto. La luce si spegne due volte e per due volte la riaccendo.

25 - 16.777.216

26 - 33.554.432

27 - 67.108.864

28 -134.217.728

29 - 268.435.456

30 - 536.870.912

Tremo nel completare l'ultimo calcolo.

31 - 1.073.741.824

Mi si mozza il fiato. Il trentunesimo giorno, è più di un miliardo di sterline.

44

PASSATO

Ero in soggiorno a leggere un libro quando ho sentito l'auto di Ned sul viale e sono saltata su dal divano per correre alla finestra. Lui era seduto davanti, vicino a Hunter.

Era la prima volta che Ned usciva di casa dal rientro da Las Vegas. Ho colto l'occasione al volo, precipitandomi in giardino e girando di fianco alla casa, con la ghiaia del viale che mi feriva i piedi nudi. Ma il cancello si era già richiuso. L'ho raggiunto lo stesso, cercando un modo per arrampicarmi, però l'acciaio era troppo liscio.

« Carolyn! » ho gridato.

Nessuna risposta. Sebbene Ned sostenesse che erano accampati là fuori, anche i giornalisti sembravano essersi eclissati. Un'altra delle sue bugie.

Ho provato di nuovo: « Aiuto! Qualcuno mi può aiutare? »

Ancora niente. Ho gridato ancora e poi ancora, spostandomi lungo il muro, ma non è venuto nessuno a soccorrermi. Scoraggiata, sono rientrata in casa.

Mi sedevo ogni giorno in cima allo scalone sperando di sentire alla porta Carolyn che mi chiamava e chiedeva di vedermi. Forse ci aveva provato e Hunter non le aveva nemmeno lasciato varcare il cancello. Poi c'era lui, Hunter. Negli otto giorni da quando ero arrivata, non era mai venuto a chiedermi come stavo. Mi dispiaceva molto di non potergli spiegare com'erano andate davvero le cose, però perché avrebbe dovuto cercarmi se mi credeva felicemente sposata con Ned?

Mi consolava la certezza che Carolyn non si sarebbe arresa con facilità. Se l'avevano allontanata, questo avrebbe solo rinforzato il suo sospetto che qualcosa non andava. Sarebbe tornata, e poi ancora un'altra volta, portando Daniel con sé, o meglio ancora la polizia.

Stavo per tornare in salotto quando ho deciso di prendere un libro dalla biblioteca. Dato che in teoria avrei dovuto ignorarne l'esistenza, non avevo mai chiesto a Ned il permesso. Sono entrata e mi sono messa a perlustrare gli scaffali. C'erano libri sull'universo, libri d'arte, libri sulla storia del mondo.

Stavo spostando la scala a rotelle lungo la parete per poter raggiungere i volumi in alto, quando ho sentito di nuovo l'auto sul viale. Sono corsa alla finestra: erano già tornati. Mi è preso il panico. Dovevo andarmene, tornare in camera mia per non farmi sorprendere lì da Ned. Prima che trovassi il coraggio di muovermi, ho visto qualcuno infilarsi nel cancello che si stava richiudendo. L'ho riconosciuta subito. Lina! Il mio cuore ha saltato un battito: era stata Carolyn a mandarla, sperando che avesse più influenza su Ned?

L'auto si è fermata davanti ai gradini. Hunter è sceso ad aprire la portiera, ma è subito corso incontro a Lina e l'ha presa per un braccio per impedirle di venire più avanti. Lei ha gridato qualcosa a Ned, che intanto era smontato dalla macchina.

Lui non si è nemmeno girato: è entrato in casa come se Lina non esistesse neppure, come se non avesse gridato. Ho visto Lina divincolarsi dalla presa di Hunter e correre verso Ned stringendo al petto la sua solita borsa rossa. I sandali eleganti, anch'essi rossi, erano una macchia di colore sulla ghiaia grigia.

Hunter l'ha raggiunta quando ormai era sulla porta. Le parlava con foga, cercando di allontanarla dalla casa.

Ma Lina era irrefrenabile. A differenza di quella di Hunter, la sua voce arrivava attraverso la porta aperta e il corridoio fino in biblioteca. « Lasciami entrare, Hunter. Gli voglio parlare! »

« Va bene, Hunter, lasciala entrare! » ho sentito che diceva Ned.

Occupata com'ero a seguire la scena tra Lina e Hunter, mi ero dimenticata che dovevo fuggire dalla biblioteca. Ormai era troppo tardi: Ned era già in corridoio. La porta era aperta, se si fosse affacciato mi avrebbe visto.

Mi sono premuta contro la parete, col cuore che mi batteva all'impazzata mentre i tacchi alti di Lina battevano sul marmo dell'ingresso. Attraverso la fessura tra i cardini ho visto Ned venire verso la libreria.

« Ehi! Voglio parlare con te! » ha urlato Lina.

A pochi metri dalla biblioteca, Ned si è fermato e si è girato lentamente, in attesa che lei lo raggiungesse. Era così vicino che dal mio nascondiglio vedevo il suo volto deformato dalla collera.

È comparsa Lina, che si è fermata a pochi centimetri da lui con le mani sui fianchi e gli occhi come pugnali. « Dov'è Justine? »

La domanda mi ha spiazzata. Non era lì per me, ma per Justine. Mi sono sentita piena di vergogna. Credeva davvero che avessi sposato Ned per amore, che avessi avuto una relazione segreta con lui, che avessi mentito a tutte loro?

« Non hai sentito? È tornata in Francia », ha risposto lui in tono piatto, mascherando la collera.

Ho visto un lampo negli occhi di Lina. « Non ci credo. Non sarebbe mai partita senza salutarmi. »

Ned ha scrollato le spalle. « A quanto pare lo ha fatto. »

Lina era irremovibile. « No. La sua vita è qui, in Inghilterra. Dov'è adesso? »

« Forse le seccava troppo doverti spiegare come mai l'ho licenziata. »

« Perché l'avresti licenziata? Otteneva sempre le interviste migliori, sei stato tu stesso a dirlo. Eri soddisfatto del suo lavoro. »

« Lo ero, finché non ho scoperto che si drogava. »

Lina ha riso. « Drogarsi? Justine? Sei fuori di testa? »

« Ricordati con chi stai parlando. »

« Con un bugiardo, ecco con chi. »

Ti prego, Lina, stai attenta, l'ho implorata in silenzio.

« So benissimo com'è andata, me l'ha detto Carolyn. Ti sei intrufolato in casa di Justine con la scusa di rivedere il suo contratto e le hai messo le mani addosso. So pure che ti ha denunciato. Quindi indovina cosa farò? Andrò dritto alla polizia e dirò che, dopo aver sporto denuncia, Justine è sparita e quando provo a chiamarla il suo telefono è irraggiungibile. Dirò che secondo te è in Francia e chiederò di controllare in tutti i porti e gli aeroporti per verificare che ci sia arrivata davvero. Dirò che la tormentavi, mostrerò tutti i messaggi che mi ha mandato lei lamentandosi delle tue continue molestie. E già che ci sono riferirò anche di tutti i pagamenti in nero che ho dovuto fare come tua contabile alle ragazze che hai messo a tacere coi soldi dopo averle violentate. Solo che non sono proprio in nero come piacerebbe a te, perché ho tenuto una copia di tutto: ho persino registrato i messaggi vocali delle ragazze che dicono di aver accettato i soldi perché avevi minacciato di... »

È successo in fretta. Ned ha preso Lina per le braccia e l'ha spinta contro il muro, inchiodandola con una mano mentre con l'altra le tappava la bocca. L'ho vista spalancare gli occhi, ho sentito le sue proteste soffocate mentre scuoteva la testa e si contorceva per liberarsi. Ha preso il braccio di Ned per spostare la mano che la soffocava, ma la borsa rossa è scivolata dalla spalla e si è agganciata al gomito, abbassandole il braccio. Ha scalciato, però Ned le ha premuto più forte la mano sulla bocca. Ho visto le sue narici dilatarsi e richiudersi in movimenti rapidi nel tentativo di respirare. Ho provato a muovermi, ma il mio corpo era paralizzato da un misto d'incredulità e negazione: non stava accadendo. E cosa faceva ora Ned? Perché chiudeva il naso di Lina con due dita, l'altra mano sempre premuta contro la sua bocca?

I piedi di Lina hanno cominciato a grattare il pavimento, però i tacchi dei sandali di vernice rossa slittavano sul marmo lucido. Mi sono resa conto che era tutto reale, che stava accadendo davvero, e sono sbucata dal mio nascondiglio per lanciarmi su Ned. « Toglile le mani di dosso! Lasciala stare! » Mi sono buttata su di lui con tutte le mie forze, spingendolo via.

Lina si è accasciata sul pavimento, tenendosi la gola ed emettendo suoni orribili mentre cercava di respirare.

« Lina! » Inginocchiata vicino a lei, ho tentato di farla mettere seduta. Nel breve istante in cui i nostri occhi si sono incontrati, ho visto che i suoi erano pieni di paura e allarme.

« Sto bene. Io... »

Con la coda dell'occhio ho visto incombere su di me l'ombra di Ned. Un colpo mi ha fatto finire a terra, dove ho sbattuto la testa. Un'esplosione di stelle davanti agli occhi, poi è diventato tutto nero.

Qualcuno vicino a me stava rantolando. Lina. Dopo aver aperto di scatto gli occhi sono rimasta immobile per un momento, combattendo contro il dolore alla testa. Ero rannicchiata contro il muro e, quando ho visto Ned a pochi centimetri da me, sono rimasta immobile. Spostavo solo lo sguardo, cercando disperatamente Lina. Era sdraiata sulla schiena poco lontano da me, il corpo che formava uno strano angolo, con le lunghe gambe piegate e le braccia spalancate. Non riuscivo a vederla in faccia, perché Ned era chino su di lei. È stato solo quando si è rialzato col fiatone che ho visto gli occhi della mia amica fissi e spalancati, la saliva che colava dalla bocca aperta. Ho subito capito che era morta.

Mi è salito un grido, che il terrore ha intrappolato in gola. Ned stava raccogliendo da terra la sua borsetta rossa. Dopo avergliela buttata sulla pancia, si è spostato dietro la sua testa, si è chinato per passarle le braccia sotto le ascelle e ha iniziato a trascinarla lungo il corridoio, verso lo studio. Ho guardato inorridita sparire la testa, le gambe e infine i piedi. Poi il rumore della porta dello studio che si apriva, seguito dal fruscio del corpo che veniva tirato dentro.

Per finire, la voce di Ned: « Amos, ho bisogno di te. Dovresti venire subito ». Il tono era urgente, dispotico. « Vieni alla porta di servizio, intanto io mi libero della guardia del corpo. » Una pausa, seguita dal rumore di qualcosa di metallico sulla scrivania. « E devi trovarmi il suo passaporto, Amos, perché nella borsa non c'è. Stavolta dobbiamo essere più scrupolosi. » Un breve silenzio, poi di nuovo la sua voce: « Hunter, ho bisogno che faccia un salto in ufficio. C'è un fascicolo che mi serve con urgenza. Quando arrivi lì chiamami, ti spiego dove trovarlo ».

L'aria intorno a me era carica di pericolo. Dovevo muovermi, ma non appena ho provato ad alzare la testa mi ha preso una vertigine così forte che ho dovuto chiudere gli occhi. Ho aspettato che passasse e quando li ho riaperti Ned era lì, accucciato vicino a me.

« No! » Ho puntato i talloni per spingermi via da lui.

Lui mi ha premuto una mano sul petto, impedendomi di muovermi. « Ascoltami molto bene, Amélie. » Ha cercato il mio sguardo.

Avrei voluto distogliere gli occhi, posarli su qualunque cosa che non fosse lui, ma non ce l'ho fatta.

« Tra un minuto ti porterò in camera tua e ci resterai

chiusa fino allo scadere del mese, quando annunceremo la separazione come abbiamo concordato. Allora sarai libera di andartene, però, se parlerai a qualcuno di quello che potresti aver visto oggi, se ti passasse per la mente di rivolgerti alla polizia, ucciderò prima la tua amica Carolyn, poi te. Hai capito? »

Sono stata presa da un tremito inarrestabile, così violento che mi battevano i denti.

Dopo avermi osservato con freddezza per qualche istante, Ned me lo ha chiesto di nuovo. « Hai capito? »

Dato che parlare mi era impossibile, ho annuito.

« Bene. » Si è alzato, aiutandomi a fare altrettanto.

Troppo stordita per reggermi in piedi mi sono appoggiata a lui, che mi ha per metà trasportato e per metà trascinato su per le scale, fino alla mia stanza.

45

PRESENTE

Oggi, lunedì 9 settembre, è il mio ultimo giorno in questa stanza. Ora che conosco la richiesta dei rapitori, non vedo perché Jethro Hawthorpe dovrebbe rimandare ancora.

Il sequestratore ha detto a Ned che in un primo momento suo padre non ha preso sul serio le loro richieste di riscatto, il che lascia presumere che adesso lo abbia fatto. Devo fuggire prima che paghi, prima che mi liberino con Ned.

Quando il mio carceriere arriva, sono pronta. Ho esaminato la scena centinaia di volte, conosco i suoi movimenti, so che appoggia il vassoio sempre nello stesso punto.

« Ehi, come va oggi? » gli dico, quando si avvicina.

Lo sento chinarsi. Ho le mani sulle ginocchia, col palmo all'insù. Quando fa per appoggiare a terra il vassoio le spingo in avanti con tutta la mia forza, rovesciandoglielo addosso. Mentre la ciotola e il bicchiere rotolano per terra, lui vacilla all'indietro imprecando sottovoce. Annaspo in cerca del vassoio. Eccolo, ce l'ho in mano. Balzo in piedi e porto indietro il braccio, pronta a colpire il mio carceriere dove suppongo che sia la sua testa. Si sente un botto potente, un rumore sordo quando gli centro in pieno gli occhiali a infrarossi. Sentendo il suo grugnito di dolore colpisco una seconda volta, con tanta forza che mi fa male la spalla. Un'altra imprecazione. Scatto verso destra, scaglio il vassoio nella sua direzione e corro verso la porta.

Ci sono quasi, le mie dita protese la toccano già, quando una mano mi prende una caviglia. Annaspo, aggrappandomi alla porta per non cadere e scalciando forte nel tentativo di liberare la gamba, ma lui mi stringe più forte. Ha dita d'acciaio, non riesco nemmeno a sollevare il piede dal pavimento. Allora scalcio con l'altra gamba e, quando sento la massa del suo corpo, ci metto sempre più forza e colpisco ancora, e poi ancora.

Ma non mi molla. Non avendo altra scelta, lascio la porta e mi chino per staccarmi di dosso le sue dita. Però lui mi prende con l'altra mano e mi tira giù, facendomi collassare su di lui e imprigionandomi nella morsa delle sue braccia. Con un movimento fulmineo mi rovescia sulla schiena, intrappolandomi le gambe tra le cosce, e mi tiene giù premendomi una mano gigantesca sul petto. Quando apro la bocca per gridare, me la tappa con l'altra mano. Mi contorco nel tentativo di liberarmi, di scaricarmelo di dosso, ma sono del tutto impotente contro la sua forza.

Liberando con un movimento brusco la bocca da sotto la sua mano, lo mordo con tutta l'energia che ho. Appena cerca di sottrarre la mano con un'altra parolaccia, io affondo ancora di più i denti. Non allento la presa nemmeno quando sento il sapore del sangue. Mi toglie la mano dal petto, lasciandomi libera di muovermi, e mi metto seduta senza mollare la presa. Poi in qualche modo lui mi fa ruotare fino a trovarsi accucciato dietro di me. Percepisco il calore del suo corpo mentre m'imprigiona contro di sé col braccio libero, chiudendomi il naso con due dita. Coi polmoni vuoti, apro istintivamente la bocca in cerca d'aria, permettendogli di usare la mano sanguinante per tapparmi di nuovo la bocca. Col naso ancora chiuso dalle sue dita, non riesco a respirare.

Subito mi affiora alla memoria l'immagine dei tacchi di Lina che scivolano sul pavimento, i suoi occhi rovesciati quando Ned ha iniziato a soffocarla, e vengo presa dalla morsa ferrea del panico. *Ci siamo, sto per morire, farò la fine di Lina.*

Ma io non sono Lina e lui non è Ned. Mi tappa ancora la bocca con la mano, ma le sue dita mi lasciano il naso. Il mio respiro è veloce e affannoso, anche lui respira a fatica, e la stanza è piena del nostro ansimare. In quel momento mi ricordo del giorno in cui ho avuto l'attacco di panico, di come mi ha aiutato respirando con me, e dai miei occhi sgorgano le lacrime, che mi colano sulle guance bagnando la sua mano insanguinata. Il mio corpo è scosso da singulti silenziosi, ma lui non si muove. Come potrebbe? Se mi lascia andare, se mi toglie la mano da davanti alla bocca, Ned sentirà i miei gemiti di frustrazione, disperazione e rimorso. E così aspetta, aspetta che io mi sia calmata.

Poi se ne va.

46

PASSATO

Quando Ned è entrato in camera mia, sono rimasta immobile con gli occhi chiusi.

«Ti devi alzare. Ci hanno invitato fuori a pranzo.»

Non gli ho risposto, e quando si è avvicinato mi si è accapponata la pelle.

«Hai sentito quello che ti ho detto?»

«Non ce la faccio. Non riesco a mangiare.»

«Niente da fare, ho bisogno che tu ci sia. È un potenziale contatto di lavoro e vuole conoscere mia moglie. E poi sono giorni che non mangi.»

Sono ripiombata nel silenzio. Mi aveva portato del cibo, gli avevo sentito posare i vassoi sul comodino, ma non avevo toccato niente. Non ci riuscivo. Quando l'ho sentito chinarsi su di me, il mio corpo ha avuto un sussulto.

«Non vedi l'ora che sia finita, vero? Sarebbe un peccato se la cosa dovesse trascinarsi più a lungo del previsto.»

Nel cogliere la minaccia, qualcosa dentro di me è avvizzito.

«Fatti trovare pronta tra mezz'ora. E porta un costume da bagno.»

Ho sentito che se ne andava, poi lo scatto della serratura. Combattendo la nausea che ormai non mi lasciava più, ho cercato di allontanare il pensiero di Lina. I ricordi sono sempre lì: i suoi piedi che scivolavano sul pavimento, la testa che si muoveva a scatti mentre lei cercava di liberarsi, gli occhi che mi fissavano quando mi sono inginocchiata accanto a lei. Era ancora viva in quel momento: sarei dovuta balzare su come una molla per aggredire di nuovo Ned, ma lui era stato più veloce di me.

Ho sentito il bisogno improvviso di fare una doccia bollente e ho scostato le coperte. Mi girava la testa, e ho dovuto chiudere gli occhi e aggrapparmi al comò. Non volevo andare a quel pranzo, volevo nascondermi, chiudere fuori la realtà. A Justine non osavo neppure pensare. Avevo paura per lei. Le parole che Ned aveva rivolto all'uomo all'altro capo del telefono, quello che aveva chiamato Amos, continuavano a vorticarmi in testa: *Stavolta dobbiamo essere più scrupolosi.* Lina aveva detto che Justine era sparita e avevo scoperto di cosa era capace Ned: avevo il terrore che non fosse affatto stata pagata per andarsene, bensì uccisa. Mi sentivo così inerme, così impotente. Senza telefono, prigioniera in casa, anzi, in quella stanza, non potevo fare niente.

Mi è sfuggito un singhiozzo. Dovevo avvisare Carolyn, perché forse anche lei era in pericolo. Ho preso un bel respiro. A questo pranzo ci sarebbero state altre persone. Sarei stata al gioco, almeno per il momento, ma lì avrei cercato un telefono, il momento giusto per fuggire.

Ho fatto la doccia, mi sono vestita, poi ho cacciato in borsa il due pezzi rosso che mi ero comprata a Las Vegas.

Sentendo Ned che apriva la porta, il mio corpo ha iniziato come sempre a tremare senza controllo, ma ho cercato di dominarmi e ho sceso con calma i ventiquattro gradini dello scalone, consapevole della sua presenza dietro di me. Siamo arrivati alla porta e, quando lui l'ha socchiusa e ho visto l'auto che ci aspettava, ho fatto istintivamente un passo indietro. Ned però mi ha preso per un gomito, costringendomi a uscire e a raggiungere la macchina. Il mio cuore ha sobbalzato. Hunter mi stava tenendo aperta la portiera. *Hunter mi aiuterà, lui saprà cosa fare.* Ho cercato d'incontrare il suo sguardo, di fargli capire che avevo bisogno di aiuto, però lui ha continuato a guardare fisso davanti a sé mentre Ned mi spingeva dentro. Iniziavo a temere che fosse complice.

Dopo avermi chiuso la portiera, Ned è salito davanti con Hunter.

L'auto è partita e io, incapace di guardare i due, mi sono girata verso il finestrino. Ma tutto quello che sono riuscita a vedere è stata l'immagine di Lina che correva su per il viale, i sandali rossi che spiccavano sulla ghiaia come macchie di sangue.

47

PRESENTE

Quando arriva il mio carceriere, mi siedo di spalle. Non sopporto che mi guardi, dopo il mio disastroso tentativo di fuga.

Lo sento raccattare da terra il vassoio della colazione, raccogliere la scodella e il bicchiere che ho rovesciato. Sta lavando il pavimento, perché mi arriva l'odore penetrante della candeggina. Me lo immagino che tira su il porridge appiccicoso con qualche tipo di paletta. Mentre fa tutto questo, me ne rimango col viso rivolto alla parete.

Ma non basta. Mi vede lo stesso. La prossima volta che verrà io non ci sarò, mi nasconderò in bagno finché non se ne sarà andato.

Non posso affrontare altre umiliazioni. Voglio che finisca. Non m'importa come, ma voglio che finisca.

48

PASSATO

Siamo arrivati davanti al cancello di una grande villa. Poco prima di svoltare nella via, avevo visto un cartello per Haven Cliffs.

Il cancello si è aperto, Hunter lo ha varcato e ci siamo fermati davanti alla casa. Sono scesa prima che venisse ad aprirmi la portiera, e ho sentito nell'aria l'odore pungente del mare.

Ci è venuto incontro il padrone di casa, che indossava un completo bianco con una camicia nera. Era alto e corpulento, coi capelli nerissimi, e si è presentato come Lukas. Ci ha fatti girare intorno alla villa fino a una terrazza lastricata, dove ho guardato sgomenta la tavola apparecchiata per tre: non ci sarebbero stati altri ospiti. Lui, che parlava inglese con un vago accento, ha spiegato di essere lituano.

Ho pensato subito a Lina, e forse anche Ned, perché ho avvertito il suo disagio.

« Credevo che venisse dagli Stati Uniti », ha detto.

« Passo lunghi periodi a Los Angeles, che è il motivo per cui potrei interessarle », ha detto tranquillamente Lukas. « Ma ho casa anche a Vilnius, anzi, ci vado domani. Questa villa », ha continuato, indicandola con un gesto, « non è mia, la prendo in affitto quando vengo nel Regno Unito per affari. La considero la mia seconda casa. »

« È bellissima », ho detto, guardandomi intorno sulla terrazza, dove davanti alla splendida piscina a sfioro erano allineati dei lettini da spiaggia.

Lui ha annuito compiaciuto. « Sì, questo posto mi piace, è molto diverso sia da Los Angeles, sia da Vilnius. »

Durante il pranzo, servito dallo stesso Lukas, Ned gli ha raccontato del nostro viaggio a Las Vegas e del matrimonio. Erano passate meno di due settimane dal fatidico giorno, ma sembrava una vita. Era straziante dover fingere che andasse tutto bene, sorridere, lasciare che Ned mi prendesse la mano sopra il tavolo.

A un certo punto Ned si è alzato. « Posso usare il bagno, per favore? »

« Certo. Ce n'è uno nello spogliatoio della piscina. »

Mentre Ned si allontanava, ho preso la bottiglia dell'acqua. Era arrivata la mia occasione? Dovevo dire qualcosa a Lukas? Non ero così sicura. Sembrava gentile, ma come avrebbe reagito se gli avessi confessato che il mio maritino aveva ammazzato la mia amica? Mi sono girata verso lo spogliatoio. Ned ci si era fermato davanti e mi stava fissando. Mentre lo guardavo, ha preso il telefono dalla tasca e me lo ha mostrato. Era un avvertimento: sarebbe bastata una chiamata per decretare il destino di Carolyn.

« La prego, lasci fare a me. »

Colta di sorpresa, ho staccato gli occhi da Ned. Lukas mi ha preso di mano la bottiglia per riempirmi il bicchiere. Dopo pochi istanti Ned era già tornato e mi sono resa conto che non era stato nello spogliatoio abbastanza a lungo da usare il bagno. Mi aveva messo alla prova: era un ammonimento a tacere.

«Suo marito e io dobbiamo parlare di lavoro, quindi forse preferirà mettersi comoda in piscina», ha detto Lukas quando abbiamo finito di pranzare.

La speranza di poterne approfittare per fuggire si è subito spenta quando lui e Ned sono venuti con me, sistemandosi sugli sgabelli del bar e seguendomi con gli occhi mentre nuotavo avanti e indietro. Avrei tanto voluto avere qualcos'altro da indossare che non fosse il mio bikini rosso. Intimidita, appena fuori dall'acqua mi sono avvolta in un asciugamano per andarmi a sdraiare su uno dei lettini a strisce gialle e grigie. Volevo disperatamente trovare un telefono, ma essendoci un bagno nello spogliatoio non avevo scuse per entrare in casa. E nello spogliatoio non c'erano telefoni, avevo già controllato quando ero andata a cambiarmi.

Lukas stava raccontando a Ned di un'attrice famosa che era sua vicina di casa a Los Angeles ed era disposta a farsi intervistare per *Exclusives* col marito, pure lui attore e pure lui famoso, anche se meno di lei. La prospettiva di una doppia intervista ha entusiasmato Ned, perché per *Exclusives* sarebbe stata una novità. Lukas gli ha parlato anche di un politico che conosceva bene.

Ho chiuso gli occhi fingendo di dormire, con la testa girata dall'altra parte, ma ascoltavo ogni parola in attesa del mio momento, perché per nulla al mondo sarei risalita in auto con Ned.

«Ma cos'è successo a Lina?» ha chiesto Lukas.

Ho aperto di scatto gli occhi. Nonostante il cuore che

mi batteva all'impazzata sono rimasta immobile, continuando a fare respiri profondi e regolari.

« Lina? » La voce di Ned era stupita. « È tornata in Lituania. Ma... vi conoscete? »

« Abbiamo amici in comune. E so pure che è tornata in Lituania, perché uno di questi amici lavora nella sua rivista e ha ricevuto da Lina un messaggio in cui si diceva contenta di essere di nuovo nel suo Paese. »

« Sarà stata Vicky, la mia assistente personale. Mi aveva accennato a un messaggio di Lina. Ma... conosce anche Vicky, quindi? »

Lukas ha ignorato la domanda di Ned. « Quello che mi piacerebbe sapere è come mai Lina ha deciso di tornare in Lituania dopo tutti questi anni, e così, senza preavviso. » Ho sentito che faceva schioccare le dita. « Corre voce che il giorno della sua improvvisa partenza sia passata a trovarla a casa sua, Ned. »

« Sì, è vero. Ha voluto vedermi perché qualche giorno prima avevo licenziato una delle sue amiche. » Mi sono meravigliata di quanto fosse bravo a mantenere un tono pacato quando di sicuro si stava domandando come facesse Lukas a sapere di quella visita.

« Justine Elland, suppongo. »

Ho stretto i pugni, conficcando le unghie nei palmi fino a sentire male.

« Sì. Lina voleva sapere come mai ho dovuto rinunciare a Justine e così le ho detto la triste verità, cioè che Justine faceva uso di droghe, ed è qualcosa che non posso tollerare, visto che mio fratello è morto di overdose. Alla rivista abbiamo una politica di tolleranza zero per chi fa uso di stupefacenti, è scritto nei contratti di assunzione e il mio staff sa a quali conseguenze va incontro se sgarra. »

« Mi dispiace molto per suo fratello, ed è del tutto comprensibile che lei abbia reagito così. » Lukas ha fatto una pausa. « Sembra che anche Justine sia in Lituania. Lo so perché la sua assistente Vicky ha ricevuto un secondo messaggio in cui Lina diceva di essere felicissima perché Justine era venuta a trovarla dalla Francia. »

« Sì, Vicky lo ha accennato anche a me. Sono buone amiche, è bello che si tengano in contatto », ha risposto Ned. Non riuscivo a credere alla sua calma olimpica.

« Allora come mai ha rescisso anche il contratto di Lina? Un'altra che faceva uso di droghe? »

« Non che io sappia. Anche se, essendo amica di Justine, può darsi che sia stata influenzata da lei. Ma non è per questo che ho rescisso il contratto. » Ned ha esitato. « Forse saprà che Lina lavorava in amministrazione e qualche tempo fa, dopo un'ispezione, ho scoperto che presentava fatture false per farsi rimborsare delle spese inesistenti. Erano piccole somme e ho deciso di soprassedere. Ho preferito aspettare di vedere se, credendo di poterla fare franca, avrebbe deciso di chiedere rimborsi più sostanziosi. Ma quando mi è piombata in casa – che di per sé è già una violazione punibile col licenziamento, visto che non aveva nessun diritto di presentarsi non invitata nella mia residenza privata – è stata molto aggressiva, pretendeva che reintegrassi Justine. Così le ho detto di essermi accorto che rubava soldi all'azienda e che quindi le annullavo il contratto con effetto immediato. »

Un'altra esitazione. « Le ho detto pure che avrei spiegato a tutti il motivo della mia decisione. »

« Se rubava, ha fatto bene a mandarla via. »

« Eppure sa una cosa? Nonostante quei messaggi a Vicky, qualcuno non era convinto che Lina si trovasse davvero in Lituania. Dicevano che se n'era andata troppo in fretta e senza salutare nessuno, neppure le sue amiche, e lasciando qui i suoi effetti personali. Allora, per mettere fine a queste voci, ho chiamato un conoscente che lavora al controllo passaporti dell'aeroporto di Vilnius, e ha confermato che Lina è arrivata davvero in Lituania, per la precisione tre giorni fa.

« Quindi, mistero risolto. Lo ammetto, quando l'ho licenziata in tronco era sconvolta, perché sapeva che qui non avrebbe più trovato nessuno disposto ad assumerla una volta sparsa la voce che rubava. Mi ha supplicato di ripensarci e, quando mi sono rifiutato, ha detto che l'unica soluzione per lei era tornare in Lituania. Voleva partire subito e senza vedere anima viva, perché sarebbe stato imbarazzante dover spiegare come mai l'avevo mandata via. Mi ha chiesto se potevo prenotarle io l'aereo e, anche se non era mio compito, l'ho vista così a terra che mi è dispiaciuto per lei. Le ho trovato un volo che partiva poche ore dopo. »

« È stato molto generoso da parte sua. Posso chiederle com'è arrivata in aeroporto? Ha preso un taxi? »

« No, ho chiesto a Hunter di accompagnarla. »

« Hunter? »

« Il mio autista. »

« Quello che vi ha portati qui oggi? »

« Sì. »

« Ah. Quindi è stato lui l'ultimo a vedere Lina prima che partisse. »

« Esatto. »

« E l'ha portata all'aeroporto. »

« Credo di sì. Era quello che gli avevo chiesto di fare. »

Sentendo arrivare qualcuno, per un folle momento ho pensato che Lukas fosse un poliziotto sotto copertura e i suoi colleghi stessero venendo ad arrestare Ned.

Ma la voce di Hunter mi ha riportata bruscamente alla realtà. « Scusate l'interruzione. Ho una chiamata per Mr Hawthorpe. »

Mentre Ned si allontanava con lui, ho cominciato a riflettere. Com'era possibile che Lina fosse stata vista all'aeroporto di Vilnius, dal momento che era morta? Mi sono girata sul lettino in modo da vedere la zona del bar, dov'era seduto Lukas. Dovevo dirgli che Ned l'aveva assassinata.

Dopo essermi riavvolta nell'asciugamano, sono andata con decisione verso di lui. La testa china sul cellulare, Lukas stava digitando un messaggio, ma sentendomi arrivare ha alzato lo sguardo. Portava occhiali da sole, e in quel momento mi è dispiaciuto, perché se avessi potuto vederlo negli occhi forse avrei capito se era davvero il caso di fidarmi. Aveva già dei capelli grigi. Era più anziano di Ned, forse sui quarantacinque anni.

« La prego, devo assolutamente dirle una cosa. »

Ha posato il cellulare sul tavolo. « Ma certo. Dica pure. »

Gli ero così vicina che sentivo il suo profumo, un piacevole odore d'erba, forse il dopobarba. Ho guardato il suo telefono. « Posso usarlo, per favore? È urgente. Devo chiamare la polizia. »

« La polizia? »

Mi sono sentita morire. Avevo sbagliato a nominare la polizia. « Sì. Si tratta di Lina. »

« Di cosa state parlando? »

Mi sono girata di scatto. Alle mie spalle c'era Ned.

« Niente d'importante », ha risposto Lukas.

Ned mi ha guardato in attesa della mia risposta. Mi si è fermato il cuore: quanto aveva sentito? « Stavo dicendo a Lukas quanto mi piace questa casa », ho mentito.

« Di nuovo? » ha commentato Ned, e Lukas ha riso. « Va' a vestirti, dobbiamo andare. »

« Così presto? » si è stupito Lukas.

« Sì, purtroppo mi hanno appena chiamato per una questione urgente. »

« Che peccato. »

Non mi ero mossa. Non ci riuscivo. Era la mia ultima occasione per chiedere aiuto.

« Amélie, per favore, spicciati! Se aspettiamo ancora un po' non riuscirai a vedere Carolyn. Ora chiamo per dire che tardiamo. » Ha tirato fuori il telefono.

Ho ritrovato la voce. « Non è necessario, vado subito. »

Sono andata nello spogliatoio a vestirmi, con lo stomaco chiuso per il terrore. Non c'era niente che potessi fare. Non potevo mettere in pericolo la vita di Carolyn. Ero in trappola.

Ned è comparso e mi ha preso per un braccio. « Devi essermi grata per averti salvato da te stessa. E per avere salvato Carolyn. »

Fuori, Lukas ha teso la mano a Ned. « Spero di poterle tornare utile. » Poi si è rivolto a me. « Arrivederci, Amélie. È stato un piacere. »

Quando ha preso il telefono ho smesso di respirare, perché temevo che me lo mettesse in mano lì, davanti a Ned, ma non lo ha fatto e mi sono resa conto che non era interessato a me bensì a Hunter, che ci aspettava vicino alla piscina per scortarci alla macchina.

Ho esalato l'aria che avevo trattenuto nei polmoni. Lukas non mi aveva smascherato. Doveva significare qualcosa.

49

PRESENTE

A risvegliarmi dalla mia apatia è il rumore della porta che si apre al piano di sotto. Spingo da parte il materasso e mi sdraio ad ascoltare.

« Buone notizie, Ned. Tuo padre ha deciso di pagare il riscatto. »

« Grazie a Dio. Oggi? » La voce di Ned è tremante.

« Dipende da tuo padre. Hai calcolato quanto deve sborsare per riaverti? »

« Cosa vuoi dire? »

« E dai, Ned, te l'ho detto come funzionava, che avremmo raddoppiato l'ammontare del riscatto ogni giorno della tua permanenza qui. Sono passate quasi quattro settimane, siamo al ventiseiesimo giorno. Quanto pensi che ci dovrebbe se pagasse oggi stesso? »

« Non lo so. Qualche centinaio di migliaia di sterline, un paio di milioni? »

Mi sembra quasi di vedere Ned scrollare le spalle davanti alla bazzecola che quella cifra rappresenta per lui.

« Di più, parecchio di più. Riprova. »

« Dieci milioni? »

« Di più. »

« No, è impossibile, non raddoppiando a partire da una sterlina come dici tu. »

L'altro ride. « Sai cosa ti dico, Ned? Prenditi il tempo

di fare i calcoli. Torno tra un po' per sapere cosa ti risulta.»

La porta si richiude sull'imprecazione di Ned. Poi lo sento contare, raddoppiare, tentare di tenere a mente i totali, imprecare quando gli sfuggono.

Dopo un po' smetto di origliare e mi abbraccio le ginocchia. Se il sequestratore dice la verità, tra poco lo rilasceranno. E io? Ned mi crede morta, ma questo non vuol dire che mi libereranno in un altro posto. Magari vogliono fargli uno scherzo, dirgli: *Guardala, è viva, ci siamo divertiti a farti credere che fosse crepata.*

L'ansia mi chiude lo stomaco. Se è così che deve andare, non voglio essere liberata. Sono più al sicuro qui, in questa stanza nera come la notte, che non nel mondo esterno con Ned.

50

PASSATO

Lungo il tragitto verso casa, ho guardato fisso avanti a me. Ned era seduto davanti con Hunter e io ero dietro il posto di guida.

Avevo detto abbastanza? Lukas avrebbe chiamato la polizia? Il cuore mi batteva forte. Avevo il terrore che telefonasse a Ned per riferirgli il nostro breve scambio. Ma il suo telefono rimaneva muto. Forse in quel momento stesso Lukas stava chiamando la polizia.

« C'è un incidente sulla A31. Prendo qualche strada secondaria per evitarlo », ha detto Hunter.

« Come vuoi, l'autista sei tu, basta che mi porti a casa. » Il tono di Ned era così noncurante che il mio odio per lui è aumentato a dismisura. L'idea di tornare in quella casa mi toglieva il fiato. Sentendo salire il panico, ho cercato di concentrarmi. Una volta arrivati, mi sarei rifiutata di scendere. Avrei aspettato che Ned fosse smontato dall'auto, avrei chiuso la sicura dall'interno e poi avrei bloccato anche l'altra portiera, in modo che non riuscisse a raggiungermi.

C'è stato un improvviso stridio di gomme, poi ho visto un lampo nero, un'auto che ci superava a una velocità pazzesca. Noi abbiamo sbandato. Sono stata scaraventata in avanti e poi ho sbattuto contro lo schienale per via della cintura di sicurezza mentre frenavamo bruscamente fino a fermarci.

« Che cazzo! » ha esclamato Ned.

« Mi dispiace, Mr Hawthorpe. Non so cosa volesse fare quell'idiota... »

Hunter si è interrotto e, guardando oltre il parabrezza, ho visto che l'auto nera si era fermata davanti a noi, bloccandoci il passaggio. Ho avuto un moto di esultanza. *È la polizia, sono qui per arrestare Ned. Dev'essere stato Lukas ad avvisarli.* Però dalla macchina è sceso un uomo vestito di nero con un passamontagna in testa, che ci è venuto subito incontro con una pistola.

« Ma che... »

Ned l'ha interrotto: « Fai inversione! Marcia indietro, subito! »

Hunter ha messo la retromarcia, però prima che potesse accelerare l'uomo con la pistola, che nel frattempo aveva continuato a camminare senza fretta verso di noi, gli ha spalancato la portiera. Hunter ha provato a richiuderla, ma quello lo ha stordito col calcio della pistola, gli ha slacciato la cintura e ha cominciato a trascinarlo fuori dalla macchina.

« *No!* » Mi sono slacciata anch'io la cintura, gettandomi sopra il sedile nel tentativo di afferrare Hunter.

Era troppo tardi. Ha sbattuto a terra, gli ho visto agitare braccia e gambe, poi tre colpi d'arma da fuoco, *bang, bang, bang*.

« *Hunter!* » ho urlato con tutta me stessa, e quando ho guardato fuori dal finestrino il mio cuore si è fermato:

era sdraiato faccia a terra, un rivolo di sangue che gli colava dalla testa. «*No!*»

L'uomo con la pistola ha alzato di scatto la testa per guardarmi dritto negli occhi, poi ha aggirato il cadavere di Hunter ed è venuto verso la mia portiera. All'improvviso l'auto è balzata in avanti, facendomi finire nello spazio tra i sedili. Ned era riuscito a mettersi al posto di guida, ma il motore si era spento.

Ned ha rimesso in moto e, mentre partivamo a tutto gas, l'uomo con la pistola si è lanciato verso la mia portiera, ma non ha fatto in tempo ad aprirla.

Mi sono arrampicata sul sedile per guardare fuori dal lunotto posteriore. Hunter perdeva sangue, sull'asfalto nero se n'era già raccolta una pozza rosso scuro. «Fermati! Dobbiamo chiamare un'ambulanza!»

«Sei fuori?»

«Non possiamo abbandonarlo così!»

Lui mi ha guardato per un istante nello specchietto retrovisore. «È morto.»

Ho scosso la testa, coi denti che battevano. «No, no. Dobbiamo tornare indietro. L'uomo con la pistola se n'è andato, l'ho visto ripartire.» Mi sono lanciata tra i due sedili anteriori, cercando di prendere il volante. «Ferma la macchina! Dobbiamo tornare indietro!»

La mano di Ned mi ha colpito in pieno viso. La testa mi si è piegata all'indietro e sono scivolata di nuovo tra i sedili, con un tale senso di nausea che ho cominciato ad avere dei conati di vomito. *Hunter è morto, Hunter è morto, Hunter è morto.*

Non mi sono resa conto di singhiozzare finché Ned non

mi ha urlato di smettere. Per paura di farlo infuriare ancora di più, mi sono ficcata un pugno in bocca. Stava già guidando troppo veloce. Da dov'ero sdraiata sul pavimento, vedevo gli alberi passare in un caleidoscopio verde.

Il viaggio mi è sembrato interminabile. Avevo una gran confusione in testa. L'uomo con la pistola stava venendo da me, se non fossimo ripartiti di gran carriera avrei fatto la stessa fine di Hunter e per ultimo avrebbe sparato anche a Ned. Magari fosse successo: sarebbe stato un modo per uscire da questo orrore. Ho cercato di concentrarmi su cos'avrei fatto una volta a casa: non appena Ned avesse sbloccato le portiere sarei saltata giù dalla macchina e sarei corsa verso il cancello. Se non fossi riuscita a uscire prima che si richiudesse, avrei gridato per chiamare aiuto. Qualcuno mi avrebbe sentito. *Dovevano* sentirmi.

Finalmente abbiamo rallentato. Eravamo arrivati a casa. Quando Ned si è fermato davanti ai gradini mi sono alzata dal fondo dell'auto e mi sono seduta sul sedile, con la mano sulla maniglia e gli occhi fissi sul cancello, che si stava già chiudendo. Ho aspettato che Ned smontasse, perché così avrebbe sbloccato le portiere, però lui è rimasto seduto a guardare il cancello, col viso grigio dalla paura. È stato solo quando si è chiuso del tutto con uno scossone che ha iniziato a rilassarsi. Si sentiva al sicuro, nella fortezza di casa sua, ma non lo era, perché io sobbollivo di collera.

Dopo essere sceso dall'auto sbattendo la portiera, ha iniziato ad allontanarsi. Ho cercato di uscire, ma la maniglia scattava a vuoto. Voleva lasciarmi chiusa in macchina.

« Fammi uscire! » ho strillato, battendo la mano contro il finestrino. « Fammi uscire! »

Quando ha continuato a camminare verso la casa, mi sono sporta sul sedile e ho premuto con forza il clacson. Il suono assordante lo ha fatto tornare indietro di corsa.

Appena ha aperto la portiera sono balzata fuori per scagliarmi contro di lui.

« Stai giù! Smettila! » ha gridato, alzando le braccia per proteggersi.

Ma non mi sono fermata, ho continuato ad attaccarlo colpendolo coi pugni, graffiandogli la faccia. Vedendolo barcollare sotto l'impeto della mia rabbia gli ho sferrato un calcio, però lui mi ha preso la gamba.

« Lasciami andare! Aiuto! Aiuto! »

« Chiudi quella bocca! » Era riuscito a restare in piedi. Dai graffi sulle guance colava sangue. Con gli occhi pieni di furia mi ha strappato dalla portiera, trascinato su per gli scalini e spinto dentro casa. Non potevo fare niente contro la sua forza. Ogni volta che tentavo di appigliarmi a qualcosa, lui mi strattonava via.

« Lasciami andare! » Gli ho dato un pugno in pieno viso.

Lui ha ululato di dolore, ma poi mi ha preso per le spalle e sbattuto contro il muro, imprigionandomi col suo corpo. Ansimava, imprecava, mi toglieva l'aria dai polmoni. Dopo avermi tappato la bocca con una mano, ha usato l'altra per chiudermi il naso. Non riuscivo a respirare, ho strabuzzato gli occhi. Al pensiero di Lina, sono diventata molle come una bambola di pezza.

51

PRESENTE

Il carceriere di Ned è di nuovo nella sua cella in cantina. «Allora? Che cos'hai per me?»

«Eravamo intorno al milione al ventunesimo giorno, quindi se pagasse oggi dovremmo essere intorno ai dieci, esattamente come avevo detto io. Ma non ti preoccupare, mio padre ce li ha.» Ned sembra compiaciuto.

«Hai detto bene riguardo al milione al ventunesimo giorno, però mi sa che oggi ce ne deve molti più di dieci. Facciamo il calcolo, ti va? Quanto ci avrebbe dovuto dare se avesse pagato il ventiduesimo giorno?»

«Due milioni.»

«Il ventitreesimo?»

«Quattro.»

«Il ventiquattresimo?»

«Otto.»

«Il venticinquesimo?»

«Sedici. Senti, lo dobbiamo fare per forza?»

«Fammi contento, Ned, dai. Oggi, il ventiseiesimo giorno?»

«Trentadue milioni.» Finalmente Ned capisce. «Però. Sono un sacco di soldi. Gli volete davvero chiedere trentadue milioni di sterline?»

«No, non lo faremo.»

«Grazie al cielo. Cioè, mio padre è ricco, però...»

« Mi hai frainteso. Non ci pagherà oggi, quindi dovrà darci molto di più. »

« Ma... »

« Andiamo avanti. Tra l'altro, visto che hai arrotondato, in realtà la cifra che tuo padre ci dovrebbe oggi si aggira intorno ai... »

« Trentatré milioni », bisbiglio.

« Trentatré milioni. L'ammontare esatto è di 33.554.432 sterline. Perciò ripartiamo pure da qui. Cosa ci dovrebbe tuo padre se pagasse domani? » Una pausa. « Se vuoi puoi raddoppiare solo i milioni. »

« Sessantasei. » La voce di Ned è cupa, adesso.

« E dopodomani? »

« Centotrentadue. »

« Il giorno dopo, il ventinovesimo? »

« Duecentosessantaquattro. »

« E il trentesimo? »

« Cinquecentoventotto milioni. »

« Il fatto è, Ned, che gli abbiamo chiesto di pagarci lunedì, il trentunesimo giorno della tua prigionia. » Un'altra pausa. « Quindi quanto pagherà tuo padre per vederti di nuovo libero? »

« Non... non lo so. »

Uno schianto, seguito da un lamento di Ned.

« *Non prendermi per il culo! Quanto pagherà tuo padre per la tua schifosa vita?* »

« Ehm... più di un miliardo di sterline? »

« Bravo, Ned, più di un miliardo di sterline. » Il sequestratore adesso non grida più, parla così a bassa voce che devo tendere l'orecchio per sentirlo. « Solo che non è per la tua vita. Quella non vale niente. Sappiamo chi sei, cos'hai fatto. Il miliardo non è per te, è per la vita di Lina.»

52

PASSATO

Mi sono risvegliata al buio, su un pavimento freddo. Mi ci è voluto un po' a capire che ero sdraiata per terra nella mia stanza da letto in casa di Ned. Avevo male al petto e la gola in fiamme, poi mi sono ricordata perché: aveva cercato di soffocarmi.

Deglutire era doloroso. Ned non aveva mai avuto intenzione di uccidermi: avrebbe potuto farlo, continuando semplicemente a tenermi bloccate le vie aeree ancora per pochi secondi. Ma aveva bisogno di me fino alla fine del mese, doveva avermi a disposizione per mostrarmi al mondo esterno.

Appena mi sono ricordata degli avvenimenti del giorno prima, nella casa deserta è riecheggiato il mio grido angosciato. Le immagini si susseguivano veloci davanti ai miei occhi: l'uomo con la pistola che trascinava Hunter fuori dall'auto, la canna dell'arma puntata verso il basso, i tre colpi che esplodevano. E poi l'uomo con la pistola che alzava la testa e mi guardava, cominciando a girare intorno al corpo di Hunter per venirmi a prendere.

Mi sono rannicchiata su me stessa. Mi sbagliavo sul conto di Lukas: adesso ero sicura che l'omicidio di Hunter fosse opera sua. Gli indizi erano troppi, dal messaggio che aveva inviato dal suo telefono mentre andavo a parlargli al modo in cui aveva fissato Hunter prima che partissimo. Lukas credeva che fosse lui il responsabile dell'omicidio di Lina. Peccato che non fosse così.

Di colpo mi è tornato in mente il messaggio col pollice alzato che Ned aveva ricevuto sull'aereo poco prima che decollassimo alla volta di Las Vegas, da qualcuno di nome Amos Kerrigan. Dopo aver ucciso Lina, Ned aveva parlato con un certo Amos e, da quanto avevo sentito, sembrava che gli stesse chiedendo di disfarsi del cadavere. Era possibile che Ned avesse ucciso anche Justine e che con quel pollice alzato Amos Kerrigan volesse comunicargli di essersi sbarazzato del corpo? Sentendo salire la nausea, mi sono alzata faticosamente per correre in bagno.

Ho svuotato lo stomaco e mi sono pulita la bocca, poi mi sono seduta sulle piastrelle del pavimento con la testa tra le ginocchia. C'erano cose che non riuscivo a capire. Come aveva fatto Lina a raggiungere l'aeroporto di Vilnius? Origliando da dietro la porta della biblioteca avevo sentito Ned chiedere ad Amos Kerrigan di trovare il suo passaporto e poi dirgli che quella volta avrebbero dovuto essere più « scrupolosi ». Aveva pagato qualcuno per spacciarsi per Lina e andare in Lituania usando il suo passaporto? E poi quella stessa persona, o addirittura Ned, aveva usato il telefono di Lina per inviare i messaggi a Vicky?

Lukas si era preso la briga di verificare che Lina fosse arrivata davvero a Vilnius. Forse aveva controllato se la persona con quel passaporto fosse davvero lei e scoperto che era un'impostora? E così, dopo che Ned aveva puntato il dito su Hunter dicendo che era stato l'ultimo a vedere Lina viva, Lukas lo aveva fatto ammazzare?

Ma allora chi era Lukas? Se Lina era orfana, lui poteva essere un amico di famiglia, qualcuno che l'aveva aiutata e protetta dopo che aveva perso i genitori, qualcuno pronto a vendicare la sua morte. Questo spiegava perché avesse fatto uccidere Hunter: per vendetta. Il che però significava che non era finita. Lukas avrebbe dato la caccia a Ned e anche a me. Avrebbe portato a termine il lavoro lasciato a metà dall'uomo con la pistola.

53

PRESENTE

Ho passato gli ultimi tre giorni a camminare in cerchio nella mia stanza. Una volta dedotto che il motivo del sequestro è Lina, non ci ho messo molto a capire il resto. Dietro il rapimento c'è Lukas. Sapevo che ci avrebbe dato la caccia, ma non avevo previsto che ci avrebbe fatto rapire. Forse vuole estorcere denaro a Jethro Hawthorpe prima di farci ammazzare.

Stanca di camminare, vado sul mio materasso e mi avvolgo nella coperta. Il giorno in cui l'ho conosciuto, Lukas aveva detto che quello seguente sarebbe tornato a Vilnius. È lì che si trova, a orchestrare il nostro rapimento dalla sua casa laggiù, dando ordini ai due uomini che ci hanno in custodia?

Lo ha dedotto anche Ned che c'è lui dietro tutto questo? Deve, ora che sa che siamo stati rapiti per via di Lina. E allora avrà capito pure che non ne uscirà vivo. Appena avuti i soldi, i rapitori lo ammazzeranno. Forse io verrò risparmiata, però lui no.

Sento un rumore dalla cantina.

«Sveglia, Ned, finalmente è arrivato il gran giorno. Tuo padre ha pagato, quindi ti lasciamo andare.»

La voce di Ned è impastata di sonno. «Cosa? Mi lasciate andare?»

«Sì. Mancano un paio d'ore all'appuntamento, per

cui hai tutto il tempo di darti una ripulita. Non possiamo permettere che tuo padre ti veda ridotto in uno stato così disgustoso, giusto? »

Ned fa un suono a metà tra un singhiozzo e una risata. « Posso farmi una doccia? Avere dei vestiti puliti? »

« Certo. Puoi avere anche un caffè, se vuoi. » Una pausa. « C'è solo una cosa: se dovessero chiederti di tua moglie, dirai di non sapere cosa le sia successo, che la tenevamo da un'altra parte. Se rivelerai che l'abbiamo uccisa, proveremo che sei stato tu a chiederci di farlo. E, se ti stai domandando come, sappi che abbiamo la registrazione di te mentre ce lo chiedi. Ci basterà farla arrivare a una centrale di polizia o diffonderla sui social perché tu passi il resto dei tuoi giorni in prigione, soprattutto quando aggiungeremo che hai ammazzato Lina. Non te lo scordare, Ned. Non una parola su tua moglie e non cercare di spacciarti per un eroe. » Un'altra pausa. « Tua moglie aveva tentato di scappare, lo sapevi? Tu invece... niente. Non hai mosso un dito. »

« Be', guarda un po' com'è finita... »

« Succederà lo stesso a te se fai un passo falso. Ti terremo d'occhio, Ned, da ogni punto di vista. Vieni, ti porto a fare la doccia. »

Sento una porta che si apre. Sto tremando. È finita. Stanno per liberare Ned, non lo uccideranno. Ma io sarò al sicuro, perché lui mi crede morta. Non hanno simulato la mia esecuzione per fargli uno scherzo, come avevo temuto.

Il mio rapitore ha esaudito la mia richiesta.

54

PASSATO

Ned era nella mia stanza. Mi aveva portato il vassoio con la cena. Mi rifiutavo di avere paura di lui, perciò l'ho fissato mentre appoggiava il vassoio sul tavolo. La sua faccia era un disastro: aveva ancora i segni di quando l'avevo aggredito tre giorni prima, e ne ero felice.

« Cerca di mangiare, stavolta. Non voglio che tu abbia un aspetto emaciato quando annunceremo la separazione. »

Non ho risposto, ho solo continuato a fissarlo. C'era qualcos'altro sul suo viso, una sorta di sospetto. Mi aveva detto di temere per la propria vita ed ero felice anche di quello. Qualunque cosa lo aspettasse, se l'era meritata.

Quand'è suonato il citofono, ha fatto un balzo così esagerato che per poco non sono scoppiata a ridere. È uscito di corsa dalla stanza, dimenticandosi la porta aperta, e me lo sono immaginato affacciato alla balaustra delle scale in attesa che la sua nuova guardia del corpo andasse ad aprire. Il giorno dopo il pranzo da Lukas avevo sentito la voce del nuovo gorilla e avevo provato un moto di stizza per la rapidità con cui Hunter era stato rimpiazzato.

« Sono Carl, signore, la nuova guardia del corpo di Mr Hawthorpe », lo sentii dire al visitatore.

« Allora per favore dica a mio figlio che vorrei vederlo. »

Sulle scale hanno risuonato i passi frettolosi di Ned. « Papà? Cosa ci fai qui? »

Sono scattata su dal letto per andare ad acquattarmi in cima alle scale.

Anche stavolta Jethro Hawthorpe era vestito in modo impeccabile, a differenza di Ned che, coi jeans e con la camicia mezza sbottonata, aveva un aspetto disordinato. « Cosa ti è successo alla faccia? Ti sei picchiato con qualcuno? »

« Non è niente. »

« A me non sembra 'niente'. Dove sei stato? Sono venuto a casa tua martedì, ma non c'era nessuno. E perché non rispondi al telefono? »

« Sono stato occupato. Senti, papà, perché sei venuto? »

« Nel tuo studio », ha ordinato Jethro Hawthorpe, lanciando un'occhiata alla guardia del corpo, che è rimasta nell'ingresso. Carl era vestito di nero, con la testa rasata e le braccia rigide lungo i fianchi. Ho avuto appena il tempo di vederlo in faccia prima che si girasse verso la porta.

Non so per quale motivo, ma pensavo che forse avrei potuto chiedere aiuto al padre di Ned. Forse perché ogni volta che l'avevo sentito rivolgersi al figlio era arrabbiato. Ho aspettato che Carl uscisse per mettersi al suo posto di guardia sul primo gradino, poi sono scesa di corsa nell'atrio. All'inizio del corridoio che portava allo studio ho esitato, però ho ricacciato indietro le lacrime e mi sono affrettata a raggiungere la biblioteca, stando bene attenta a tenere la testa alta e a non guardare il punto dov'era caduta Lina. Dopo essermi chiusa dentro, mi sono messa in silenzio dietro la porta doppia che separava la biblioteca dallo studio.

« Dov'è Hunter? Come mai hai una nuova guardia del corpo? »

« Mi sono dovuto sbarazzare di lui. Non lavorava più bene come una volta. L'ho sostituito con Carl. » Una pausa. « Te lo chiedo di nuovo. Come mai sei qui? »

« Per via del tuo ridicolo matrimonio. Perché ti sei sposato? Voglio la verità. »

« Non ti devi preoccupare, stiamo per separarci. »

Un verso di disgusto. « Già? Dopo quanto... poco più di due settimane? »

« E va bene. Se vuoi la verità, eccotela. Uscivamo insieme da un po'. L'ho portata a Las Vegas perché mi aveva detto di non essere mai salita su un aereo e mi dispiaceva per lei. Poi, mentre eravamo lì, mi ha detto di aspettare un bambino e, sì, è stato uno choc, ma ho pensato di dover fare la cosa giusta, per lei e per il mio futuro figlio. Così l'ho sposata. »

« Cosa? È incinta? » Jethro sembrava sul punto di avere un infarto.

« No. Mi ha ingannato perché la sposassi. Voleva i miei soldi, così si è inventata la storia del bambino. » La voce di Ned è diventata lamentosa. « Lo capisci, adesso? Capisci com'è per me con le donne? »

« Stai scherzando? Ti sei lasciato gabbare da una ragazzina? » ha tuonato suo padre.

« Non è questo il punto. Quando dirò alla stampa che ci separiamo, si renderanno conto della situazione, capiranno che le donne fanno di tutto per spillarmi soldi, chi fingendo di essere stata aggredita, chi venendomi a raccontare di essere incinta. Non capisci? Quell'accusa contro di me... cadrà. La smetteranno di prendermi di mira, diventeranno comprensivi. »

Mi sono portata la mano alla bocca per reprimere un'esclamazione. Anche se l'avevo sospettato, l'ammissione che mi aveva usato per proteggersi dall'accusa di aggressione sessuale a Justine era crudele, così come sentire la sua odiosa bugia sul mio conto.

« Avrai stilato un accordo postmatrimoniale con Paul Carr, spero. »

« Sì, certo, non sono stupido. »

« Quanto? Quanto ha voluto? »

« Le ho offerto cinquantamila sterline, ma ha rifiutato. Ha detto di volere solo una sterlina per ogni giorno di matrimonio. »

« Aspetta un attimo. » Ho immaginato Jethro Hawthorpe che alzava una mano per zittire il figlio. « Non ha senso. Se ti ha ingannato per farsi sposare allo scopo di spillarti dei soldi, come mai chiede solo una sterlina per ogni giorno di matrimonio? Anche se vi separaste tra due anni, prenderebbe poco più di settecento sterline. Ci dev'essere sotto qualcosa. »

« Non è proprio una sterlina al giorno », si è corretto Ned. « C'è di mezzo un meccanismo di raddoppio. »

« In che senso un meccanismo di raddoppio? »

« Una sterlina per il primo giorno, e poi ogni giorno si

raddoppia l'importo. Insomma, una sterlina il primo giorno di matrimonio, due il secondo, quattro il terzo, otto il quarto... »

« Non hai accettato, vero? » lo ha interrotto Jethro.

« Sì, certo che ho accettato. »

« Sei pazzo? Hai almeno provato a fare il calcolo? »

« No, ma non ti preoccupare, li vuole solo per il primo mese di matrimonio. »

« L'unica cosa che mi preoccupa è come ho fatto a tirare su un imbecille come te. Il totale potrebbero essere milioni! »

La porta dello studio si è aperta, poi richiusa con un tonfo. Ho sentito Jethro Hawthorpe passare davanti alla biblioteca con passi furibondi. Sono rimasta dov'ero, nel caso Ned decidesse d'inseguirlo, ma subito dopo ho sentito uno schianto, il rumore di qualcosa che si spaccava contro il muro.

« *Stronza! Maledetta stronza!* »

Sono fuggita dalla biblioteca. Arrivata in camera, mi sono messa a camminare avanti e indietro, furiosa per come Ned mi aveva strumentalizzato. Non c'era stato nessun viaggio dell'ultimo minuto a Las Vegas: aveva pianificato il nostro matrimonio ancora prima della partenza! Una volta trovato il mio tallone d'Achille, l'aveva usato per proteggersi dalle ricadute della sua aggressione a Justine. Se Ned e io avevamo una relazione segreta da mesi, se stava addirittura per chiedermi di sposarlo, chi mai avrebbe creduto che avesse aggredito una delle sue dipendenti il giorno prima della nostra partenza?

Dopo averci riflettuto un momento, sono scesa in

punta di piedi in cucina a prendere un coltello lungo e affilato. Tornata di corsa in camera, ho chiuso la porta. Era quasi buio. Ho aspettato che Ned si ricordasse di non avermi chiuso a chiave, ma non è venuto. Bene. Di lì a poco si sarebbe messo a letto e, una volta addormentato, sarei andata in cerca della sua stanza, gli avrei messo il coltello alla gola e mi sarei impadronita del suo cellulare per chiamare la polizia. E, se avesse anche solo osato muoversi, lo avrei ucciso. Lo avrei fatto per Justine e Lina, e anche per Hunter.

Ma, prima che riuscissi a mettere in atto il mio proposito, mi hanno rapita.

55

PRESENTE

Vado in bagno trascinandomi dietro la coperta. Quando verranno a prendermi? Da quando hanno portato via Ned dalla sua cella sento degli strani suoni, il rumore di cose che vengono spostate. Mobili, forse. Mi ha messo sulle spine, questo cambiamento da statico a fluido.

Chiudo la porta per accendere la luce, appoggiandomi un momento al muro mentre gli occhi si abituano alla luce, poi mi chino per aprire l'armadietto, prendere il chiodo dalla bustina coi prodotti da toilette e tracciare un'ultima riga sulla parete. Sotto la riga scrivo *14/9*, la data in cui si è concluso il nostro sequestro, esattamente quattro settimane dopo che ci hanno rapiti.

Poi torno al mio materasso. Non devo aspettare molto prima che si apra la porta.

« È ora », dice una voce maschile.

Non è il mio carceriere, è l'altro.

Mi alzo. Lui mi cala in testa il cappuccio, ma, forse perché tengo stretta la coperta, non mi lega i polsi, poi mi guida fuori dalla stanza tenendomi per le spalle.

Mi spinge lungo il corridoio. So che stiamo per superare la porta doppia e, poiché siamo diretti verso il davanti della casa, immagino un'auto che mi aspetta per condurmi in un posto sicuro. Invece no, mi porta in una stanza sulla destra. Dev'essere la cucina col lungo tavolo e con la vetrata di fronte alla porta. Mi fa sedere. Sento l'odore del caffè, che mi fa venire l'acquolina in bocca.

« Ora devi stare bene a sentire. » La sua voce mi arriva da dietro le spalle. « Tra poco ti toglierò il cappuccio e ti metterò degli occhiali da sole, in modo che tu possa riabituarti alla luce. Hai capito? »

« Sì. »

« Chiudi gli occhi. »

Faccio come mi dice, e lui sfila il cappuccio. Quando la luce mi perfora le palpebre, abbasso istintivamente la testa. Mi mette gli occhiali da sole. Alzo la testa e apro un poco gli occhi, ma li richiudo subito.

« Torno tra un momento. Non ti muovere. Resta dove sei. »

La porta si chiude. Mi arrivano dei rumori attutiti, un martellamento, cose che vengono appoggiate, poi riprese. Mentre gli occhi si riabituano alla luce – li socchiudo per un paio di secondi dietro le lenti scure e poi li richiudo, aumentando via via il tempo di esposizione – mi chiedo dove sia il mio carceriere. Dev'essersene andato con Ned. Ned adesso è con suo padre? Il mondo sa che è stato salvato, che io sono presumibilmente morta?

L'altro uomo torna. « Non girarti. Sul tavolo davanti a te troverai una lettera con delle istruzioni. Dovrai rileggerla almeno tre volte, forse di più, ma, per quanto ti sembrino strane, le devi seguire alla lettera. Ti lasciamo vivere, però in cambio ci devi aiutare. » Tace per darmi il tempo di assorbire le sue parole. « Hai capito bene? »

Sono attraversata da un brivido. « Sì. »

«Se ci fosse stato un altro modo, avremmo scelto quello. Ma la posta è troppo alta, tienilo bene a mente. Quello che ti chiediamo è fiducia incondizionata.» Un'altra pausa. «Sei pronta a concedercela?»

«Sì.» Che scelta ho?

«Quando avrai imparato a memoria le istruzioni, prendi un fiammifero e dai fuoco al foglio. Non prendere nessun appunto. Io adesso me ne vado, e tu non provare a guardarmi. Davanti a te c'è un orologio a muro. Sono le sei del mattino. A parte versarti il caffè, devi restare immobile per quindici minuti. Passati quelli, potrai leggere la lettera.»

Quando se ne va, da sotto gli occhiali colano le lacrime. Sono fuori da quella stanza buia, e sono viva.

56

PRESENTE

Alzo gli occhiali da sole, mi asciugo con vigore le lacrime e li riabbasso. Guardo l'orologio appeso al muro. Mentre gli occhi si abituano a poco a poco, studio il quadrante. La lancetta nera indica che sono le sei e cinque.

Abbasso gli occhi sul tavolo, dove ci sono due fogli di carta appoggiati a faccia in giù. Ci sono anche un bricco di caffè, una bottiglia di latte e due tazze. Verso il caffè, accostando la tazza alle labbra con mano tremante. Il sapore è così forte che trattengo in bocca il liquido bollente prima d'inghiottirlo. Intanto guardo i due fogli. Mi sento staccata dalla realtà, come se il mio corpo fosse ancora avvolto dall'oscurità e io stessi assistendo alla scena dall'alto. Dopo aver bevuto un secondo sorso di caffè abbasso per un momento le palpebre, assaporando il gusto tostato e leggermente bruciato.

Riporto lo sguardo sui due fogli. Quello che c'è scritto determinerà il resto della mia vita. Avrò un nuovo nome? Dove andrò? Verrà a prendermi una macchina per portarmi in un alloggio sicuro chissà dove? E i soldi? Mi si chiude lo stomaco. Se sono qui è per i soldi, perché volevo rendermi la vita più facile.

Le lancette nere dell'orologio ora segnano le sei e quindici. Inspiro, espiro, prendo la coperta che ho in grembo per posarla sul tavolo e mi tolgo gli occhiali scuri. La luce che entra a fiotti dalle finestre è troppo forte, ma quando sto per rimettere gli occhiali qualcosa cattura la mia attenzione. Guardo meglio le tazze, girandole di qua e di là per studiarle. Sono mie, sono quelle che ho comprato a Las Vegas. Dopo averci prelevato, uno dei sequestratori dev'essere tornato a casa di Ned. Le poso di nuovo sul tavolo, la mente troppo affaticata per pensarci adesso.

Giro i fogli e comincio a leggere.

Oggi è sabato 31 agosto

Strano. Ci dev'essere un errore, perché oggi è sabato 14 settembre, il ventinovesimo giorno della nostra prigionia, lo so bene. Vado avanti a leggere.

Oggi sono trentun giorni esatti che sei sposata con Ned Hawthorpe.

La pelle mi formicola. Che cos'è? Uno scherzo?

Forse pensi che sia passato più tempo, ma i tuoi giorni qui non erano di ventiquattr'ore. Questo è il quindicesimo giorno del tuo sequestro.

Il quindicesimo? Alzo stupita la testa. Non è possibile che sia stata rinchiusa in quella stanza solo per quattordici giorni.

Riprendo a leggere.

Quello che racconterai quando ti verrà chiesto è che Ned ha preso in affitto questa casa per due settimane all'unico scopo di sfuggire al clamore mediatico sollevato dalla denuncia per tentato stupro sporta da Justine Elland, e per passare un po' di tempo con la sua nuova moglie. Lo conferma anche il suo account Instagram. Potrai verificarlo sul suo telefono nella stanza da letto al piano di sopra, come da nostre istruzioni.

Dopo aver letto altre due volte il paragrafo, non sono ancora sicura di aver capito bene. Questa casa è stata presa in affitto da Ned? Rileggo. No, questa è la versione che devo raccontare quando mi verrà chiesto. Ma perché? E da chi mi verrà chiesto? Leggo il resto della lettera, e poi lo rileggo senza capire del tutto quello che c'è scritto, quello che mi si chiede di fare. È solo alla terza rilettura che mi si accende una lampadina.

Il nostro non è stato un rapimento.

PARTE SECONDA

IL REGOLAMENTO DEI CONTI

1

Sono le sette del mattino. Davanti al lavello, con la lettera in una mano e un fiammifero acceso nell'altra, cerco di respingere il timore di non aver memorizzato bene le istruzioni, di non essere in grado di seguirle. Ma devo, è assolutamente necessario.

Accosto il fiammifero all'angolo della lettera, sento il calore avvicinarsi alle dita mentre la fiamma gialla e blu prende vigore, poi guardo ipnotizzata il foglio che annerisce e si accartoccia. All'ultimo momento lascio cadere i due fogli nel lavello e ci faccio scorrere sopra l'acqua, spingendo i resti bruciacchiati nello scarico insieme col fiammifero. Dopo aver riposto la scatola dei fiammiferi nel cassetto dove l'ho trovata, mi metto a girare per la cucina facendo caso a come sono disposti i vari oggetti – il bollitore, il frigorifero –, aprendo le antine e gli altri cassetti, prendendo nota del contenuto.

Poi vado verso la vetrata scorrevole in cui avevo riposto le mie speranze quando ho tentato la fuga, e guardo fuori. C'è una vasta terrazza lastricata con una piscina, e all'improvviso ho un senso di déjà-vu. Conosco questa terrazza, questa piscina.

Col cuore in gola, faccio scorrere la vetrata ed esco. Mi accorgo a malapena dell'aria fresca e del tepore del sole del mattino sulla pelle. Vedo i particolari lettini a strisce gialle e grigie, il bar a un'estremità della piscina con gli sgabelli allineati in perfetto ordine sotto il bancone, colgo nell'aria l'odore pungente del mare. Mi lascio cadere inebetita su uno dei lettini. Questa è la casa di Haven Cliffs dove Ned e io abbiamo pranzato con Lukas. Se mi servivano ulteriori prove che ci fosse lui dietro il nostro sequestro, adesso le ho.

Consapevole del tempo che scorre, torno in cucina e da lì in corridoio. Di fronte alla cucina c'è una porta: la apro e trovo la sala da pranzo. Più oltre in corridoio, sulla sinistra, c'è la porta doppia che ho superato quando ho tentato di scappare e dietro di essa quello che immaginavo, un ampio salone. Su un tavolino basso rettangolare con intarsi in onice ci sono riviste e libri, libri che appartengono a me, presi da camera mia in casa di Ned. Sul bracciolo di un divano è appoggiato uno scialle che sembra buttato lì per caso. Vedo anche una tazza, con una macchia di caffè ancora visibile sul fondo.

Seguendo le istruzioni, prendo familiarità col resto della villa. Di fronte al salone c'è un'ampia scala che porta al piano superiore, ma la ignoro e proseguendo in corridoio trovo una biblioteca con le pareti coperte di pannelli di legno con dietro uno studiolo. Di fronte, cioè di fianco al salone, c'è la stanza dov'ero prigioniera.

Apro la porta e mi fermo sulla soglia. La tavola di compensato è stata rimossa dalla finestra e la stanza non è più immersa nell'oscurità. Non è affatto come la immaginavo: nella mia testa era spoglia, con le pareti ingiallite dagli anni. Invece ha muri lisci dipinti di un verde pallido che s'intona al fogliame che vedo fuori dalla finestra.

Davanti alla finestra ora c'è una scrivania in mogano con sopra una lampada ricercata. L'angolo dove avevo messo il materasso è occupato da una comoda poltrona con la fodera verde scuro e da un tavolino basso con un'altra lampada. Alla parete opposta è addossata una piccola libreria piena di file ordinate di libri. Mi sembra impossibile che questo bello studio sia stato casa mia per quattro settimane... Anzi, due, mi correggo. Mi soffermo un momento a pensare come ci sono riusciti, perché l'hanno fatto, ma non c'è tempo, adesso.

Entro nel bagnetto. Con la luce che arriva diretta dalla finestra, non ho bisogno di chiudere la porta per vedere che la saponetta è scomparsa. Mi chino a guardare nell'armadietto: vuoto. Controllo la parete dietro la porta: le incisioni sul muro e i calcoli fatti sulla porta stessa sono stati cancellati con la carta vetrata. Non c'è più niente, nessuna traccia di me.

Non proprio nessuna. Di ritorno nello studio, vado verso la parete che ho sporcato di sangue: la macchia è ancora lì. È successo davvero. È tutto reale. C'è ancora una traccia di me in questa stanza.

Esco in corridoio. La porta della cantina è poco lontano, ma non me la sento di scendere a visitare la stanza dov'era prigioniero Ned.

Corro al piano di sopra e trovo la stanza padronale. Il letto è disfatto e davanti all'armadio ci sono due valigie aperte riempite a metà. Su una delle poltroncine nel bovindo sono stati gettati degli indumenti, alcuni miei, alcuni (immagino) di Ned. Sul pavimento a sinistra del letto c'è la mia borsetta, che non vedevo da quando sono arrivata a casa di Ned dopo Las Vegas, mentre sul comodino di destra c'è un telefono che riconosco al volo: è quello di Ned. La porta del bagno annesso è aperta, un invito a entrare. Il mio unico desiderio è farmi una doccia, ma prima mi sdraio sulla parte sinistra del letto, rigirandomi tra le lenzuola prima di alzarmi.

Il bagno è pieno di vapore. Dev'essere qui che si è lavato Ned, e infatti il telo di spugna blu scuro appeso al gancio è ancora umido. Trovata una pila di asciugamani puliti, ne lancio uno sopra la porta della doccia e mi tolgo il pigiama. Entrata nel box, apro il rubinetto e mi metto sotto la cascata bollente. L'acqua m'inonda, mi entra nelle orecchie, in bocca, mi cola addosso fino ai piedi. Prendo un flacone dall'assortimento di prodotti sulla mensola, mi faccio uno shampoo, m'insapono il corpo e mi sfrego la pelle fino a farla splendere. Non voglio uscire, voglio restare sotto il getto per sempre. Ma dopo qualche minuto chiudo con riluttanza il rubinetto, mi avvolgo nell'asciugamano ed esco dalla doccia per andare a guardarmi allo specchio. Il mio viso è più magro e pallido, con profonde occhiaie nere, però sono sempre io.

Vicino al bagno c'è una cabina armadio con da una parte la quantità di vestiti - miei - che mi sarei portata per una vacanza di due settimane, dall'altra i vestiti di Ned. Scelgo dei pantaloncini bianchi e una maglietta, infilo i piedi in un paio di scarpe da ginnastica e, tornata in bagno, trovo la mia spazzola e comincio a districare i capelli.

Mi siedo sul letto, appoggio la borsetta sulle ginocchia e frugo all'interno. La prima cosa che trovo è un passaporto, di cui controllo subito il nome: anche se non sarò più defunta, voglio essere sicura di chiamarmi ancora Amélie Lamont. La foto è quella che mi sono fatta poco prima che il papà morisse.

Nella borsetta ci sono cose che c'erano anche prima – fazzoletti di carta, un rossetto, il portafogli, le chiavi della casa di Reading, che ho sempre conservato – e altre che invece non c'erano, come un mazzo di chiavi con attaccato un telecomando e il mio cellulare. Quando lo accendo, la batteria è carica al cento percento. Le uniche persone con cui scambiavo messaggi con regolarità erano Carolyn, Justine e Lina, e ogni tanto Vicky quando rischiavo di fare tardi al lavoro. Trovo un numero infinito di messaggi di Carolyn, ma vado subito a cercare quello che mi ha mandato il 27 luglio in risposta alla foto che le avevo inviato dall'aereo.

Amélie, se non avete ancora decollato chiamami, è urgente. È successa una cosa che devi assolutamente sapere.

Mi si spezza il cuore nel leggere i venti che seguono, tutti di Carolyn che m'implora di chiamarla con urgenza. Chissà come si è preoccupata quando non ho risposto. Ma adesso capisco tutto: il telefono non era rimasto sull'aereo, l'aveva preso Ned, che aveva anche danneggiato il mio computer.

Trovo un messaggio di Carolyn del 2 agosto, il giorno

dopo il mio matrimonio con Ned, inviato dopo avermi telefonato in albergo per riferirmi dell'attacco a Justine.

È proprio vero? Hai sposato Ned? È su tutti i giornali.

Poi, la mattina seguente, altri messaggi seguiti da:

So che probabilmente questi messaggi non ti arrivano, altrimenti mi avresti telefonato. Ma se li ricevi, per favore, rispondimi. Ho bisogno di sapere che stai bene.

E per finire l'ultimo messaggio, scritto in teoria da me e inviato a Carolyn dal mio cellulare due giorni dopo il rientro da Las Vegas.

Ciao, Carolyn, grazie per il tuo interesse, ma come potrai capire ora sono molto impegnata. Non preoccuparti, sto bene e sono felice di essermi sposata con Ned. Mi farò viva presto.

Niente di strano che Carolyn non ci avesse creduto. Non le avrei mai detto che ero troppo impegnata per vederla.

Tengo a stento a freno le lacrime nel notare che non ci sono messaggi di Justine. Se quello che penso è vero, quando sono partita per Las Vegas lei era già morta.

Consapevole di dover ancora finire il giro della casa, mi alzo dal letto ed esco dalla stanza coi due telefoni, il mio e quello di Ned. Trovo altre quattro camere, ciascuna col suo bagno, dopodiché torno in cucina per guardare l'ora: le otto e un quarto, quasi il momento di passare alla seconda parte delle istruzioni. Esito: quello che mi chiedono è davvero un'enormità, ma non ho scelta.

Faccio un rapido ripasso per assicurarmi di aver eseguito tutta la prima parte delle istruzioni.

Come prima cosa, guardati intorno. Prendi nota di dove sei, familiarizza con la cucina, poi col resto della casa. Fai un giro, apri gli armadi, tocca le cose. Ricordati che nelle ultime due settimane tu e Ned avete abitato qui come marito e moglie.

Nella stanza da letto padronale al primo piano troverai i tuoi vestiti. Vedrai anche delle valigie mezze pronte. Oggi tu e Ned dovevate tornare nella sua casa di Wentworth.

Prima di fare la doccia, sdraiati un momento sul letto come se ci avessi dormito. Il tuo telefono è nella borsetta. Dopo la doccia, guarda gli ultimi messaggi che hai ricevuto. Sul comodino troverai il cellulare di Ned. Uscendo dalla stanza per tornare in cucina, portalo con te. Alle 8.20 esatte passa alla parte successiva di queste istruzioni.

2

Sono le otto e venti. Spingo indietro la sedia e vado in corridoio, poi mi dirigo verso la porta. Prendo il mazzo di chiavi dal gancio, leggo le targhette per trovare quella giusta, apro la porta e me la richiudo alle spalle. Corro verso un cancelletto sulla destra di quello principale, dietro il quale riconosco l'auto di Ned parcheggiata sul viale. Premo il pulsante per aprire il cancello, raggiungo l'asfalto e mi metto a correre verso destra. Arrivata alla barriera in fondo alla strada guardo in giù, verso la spiaggia. Cerco un modo per raggiungerla e trovo una cinquantina di metri alla mia sinistra dei gradini che scendono a zig-zag verso un sentiero.

Li percorro di corsa, saltando giù dal muretto del sentiero per arrivare in spiaggia. C'è poca gente in giro, ma individuo una coppia che porta a spasso il cane. « Scusate », dico affannata, « sto cercando mio marito. Mi ha detto che veniva qui a fare due passi, ma non è ancora tornato. È di corporatura media, coi capelli scuri e con gli occhi grigi. Indossa dei calzoncini blu al ginocchio e una polo bianca. Per caso l'avete visto? »

Scuotono la testa. « Abbiamo incrociato due runner... »

« No, lui non è un runner, di sicuro non correva. Grazie lo stesso. »

Faccio la stessa domanda a un uomo che corre sulla

battigia, poi a una ragazza seduta sulla sabbia con un bambino piccolo, e per finire a una signora anziana con un dalmata. Nessuno di loro ha visto nessuno che corrisponda alla descrizione. Dopo una decina di minuti che mi affanno lungo la spiaggia vedo un molo: dev'essere quello di Bournemouth. Continuo a correre, fermando altre persone lungo il tragitto, ma nessuno ha visto Ned. Quando sono quasi al molo, mi giro e torno indietro fino a superare gli scalini da cui sono scesa, ma sono stremata. Mi fermo un momento a riprendere fiato, poi torno verso i gradini e risalgo fino alla casa.

Sono quasi le nove. Cerco sul cellulare il numero della più vicina centrale di polizia. « Pronto, mi potete aiutare? Sono preoccupata per mio marito. Stamattina alle sei è uscito per una passeggiata, ma non è ancora tornato. In circostanze normali non mi preoccuperei, ma ha lasciato il telefono in cucina... »

« È già successo che suo marito uscisse per delle lunghe passeggiate? » mi chiede l'addetta al centralino.

« No. Non senza telefono, comunque. Ultimamente è molto stressato, ha ricevuto delle accuse pesanti, è braccato dai giornalisti... »

« Come si chiama? »

« Ned, Ned Hawthorpe. Se vuole le faccio lo spelling... »

« No, non occorre. » All'improvviso l'addetta suona più vivace. « E lei è? »

« Amélie Hawthorpe. Sono sua moglie. »

« L'indirizzo? »

« Non lo so esattamente, non siamo a casa nostra. Ned

ha affittato una villa a Haven Cliffs per un paio di settimane. La villa si chiama Albatross, ma non so dirle il nome della strada. »

« Va bene, signora, rimanga dov'è. Le mando subito qualcuno, arriveranno entro una ventina di minuti. »

« Grazie, grazie mille! » dico, cercando di sembrare sollevata, poi riappendo.

Aspetto con un nodo allo stomaco. Un quarto d'ora dopo suona il citofono e uso il pannello di controllo vicino alla porta per aprire il cancello. Entra un'auto della polizia, che si ferma davanti alla casa. Ne escono due agenti, un uomo e una donna, ai quali vado subito incontro.

« Mrs Hawthorpe? » dice la donna. « Sono l'agente Wendy Garrat e il mio collega è l'agente Phil Allson. Possiamo entrare? »

« Sì, certo. Grazie per essere venuti subito. » Spero di apparire più preoccupata che nervosa. Li precedo in cucina e, dopo averli fatti sedere, ripeto loro quello che ho già detto al telefono.

« Dunque ultimamente suo marito, Ned, è molto stressato? » chiede l'agente Garrat.

« Sì, è stato accusato di tentato stupro da una sua dipendente alla rivista *Exclusives*. Magari lo sapete già. L'ha licenziata e lei si è vendicata. » Mi torco le dita in grembo. « Anche se poi ha ritirato la denuncia, la stampa continua a tormentarlo e Ned comincia a risentirne. È per questo che abbiamo deciso di prendere in affitto questa villa. Voleva stare un po' tranquillo. Mi sembrava che stesse meglio, era un po' depresso, forse, ma reattivo. Stanotte però mi sono svegliata e lui non c'era. L'ho trovato qui in cucina, seduto a tavola con la testa tra le mani, con una forte emicrania. » Inizio a parlare più lentamente. « L'ho convinto a tornare a letto, però non riusciva a prendere sonno e verso le cinque e mezzo, dopo aver fatto una doccia, è uscito per una passeggiata sulla spiaggia, dicendomi che al suo ritorno avremmo fatto colazione insieme. Mi ha dato un bacio, dopodiché mi sono rimessa a dormire. »

« Non aveva ancora iniziato a preoccuparsi per lui? »

« No. Ero preoccupata per la sua emicrania, ma speravo che con una bella passeggiata all'aperto gli sarebbe passata. »

« Quando ha iniziato a essere in pensiero? »

« Verso le otto, quando sono scesa dopo aver fatto la doccia. Non subito, perché vedendo il suo telefono sul tavolo » – lo prendo, poi lo metto di nuovo giù – « ho pensato che fosse in piscina. Non si allontana mai troppo dal suo cellulare. Ho preparato il caffè e sono andata a cercarlo, e non trovandolo in piscina ho pensato che fosse nello studio o in salotto. In casa però non c'era, non era da nessuna parte, ed è stato in quel momento che ho iniziato a preoccuparmi, perché ormai erano quasi le otto e venti e lui era uscito un po' prima delle sei, senza cellulare. Sono scesa a cercarlo in spiaggia, e quando non l'ho trovato nemmeno lì mi sono detta che forse era rientrato a casa mentre io ero fuori, ci eravamo mancati per pochi minuti. Purtroppo non era così. »

« Per caso ieri o stamattina avete litigato? »

« No, anzi. » Faccio una risatina imbarazzata. « Siamo

ancora in piena luna di miele, ci siamo sposati solo poche settimane fa. »

L'agente Allson accenna al cellulare di Ned. « Lo ha controllato? »

« No, non conosco la password. Ma non so cosa potrei trovarci, perché prima di partire per venire qui Ned ha cancellato il suo profilo Instagram. Voleva staccare del tutto coi social media. »

L'agente Garrat prende il telefono. « Non ha idea di quale possa essere la password? »

« Una volta se ben ricordo mi ha detto che era la data di nascita di sua madre, ma non so se sia vero. »

« E lei la conosce, questa data? »

« No. Non ho mai conosciuto sua madre. Non approvava il nostro matrimonio e da allora non l'ha più vista nemmeno Ned. Ci è rimasto molto male. »

L'agente Garrat guarda il collega, che sta digitando sul suo telefono. « L'hai trovata? »

« Due tre zero tre cinque sette. »

« Bene. Proviamo. » L'agente Garrat scrive la data sul cellulare di Ned. « Funziona! »

Col cuore in gola, la guardo mentre scorre le diverse schermate. Dopo un momento mostra il telefono al collega, che esce immediatamente dalla cucina.

« Avete trovato qualcosa? » chiedo in preda all'ansia.

Dopo una breve esitazione, lei mi passa il cellulare aperto sull'account Instagram di Ned. I post recenti sono solo due. L'ultimo, postato alle 6.05 di stamattina, dice *Scusa, perdonami;* quello precedente, che risale a ieri, è una foto con la didascalia:

Lo so, avevo detto che mi sarei preso una vacanza da Instagram, ma non posso fare a meno di postare questa foto di Amélie scattata poco fa. Non è una bellezza?

Osservo la foto. Sono sdraiata col mio due pezzi rosso su un lettino a righe gialle e grigie. « Non capisco », mormoro.

« Le viene in mente un motivo per cui avrebbe dovuto chiedere scusa? » mi domanda l'agente Garrat. « Ha detto che non avete litigato, giusto? »

Alzo la testa, rimediando subito al mio errore. « È proprio questo che non capisco: di cosa si sarebbe dovuto scusare? » Quando lei non replica, lascio che il silenzio si prolunghi mentre prendo coscienza di una certa possibilità. « Non mi starà dicendo che... » Mi viene meno la voce.

L'agente Garrat è gentile, dice che i suoi colleghi stanno già cercando Ned e che finiranno di certo per trovarlo seduto su una panchina lungo il sentiero, inconsapevole di avermi causato tanta ansia. Quando mi chiede se può preparare un tè, le indico l'armadietto dove ci sono le tazze e le bustine. Mentre beviamo, lei mi pone domande gentili su me e Ned, sulla nostra relazione travolgente culminata nel matrimonio, sulle accuse che gli sono state rivolte.

Dev'essere passata almeno un'ora quando l'agente Allson infila dentro la testa pregando la collega di raggiungerlo in corridoio. Mentre mormorano tra loro, mi asciugo le mani sudate sui pantaloncini. L'attesa è insopportabile.

Finalmente i due tornano in cucina.

« Mrs Hawthorpe », dice con gentilezza l'agente Allson, « ci sono degli sviluppi. Sono molto spiacente di doverla informare che tra le felci ai piedi di una delle scogliere a picco sulla spiaggia è stato trovato un corpo. »

Scoppio in lacrime. L'agente Garrat trova un fazzolettino per me. « Non siamo ancora sicuri che sia Ned. Mi dispiace doverglielo chiedere ma... aveva segni particolari? »

« Sì, un'aquila tatuata sulla parte bassa della schiena. »

« Nient'altro? »

« Aspetti... un neo tra un alluce e il secondo dito. »

« Ricorda di quale piede? »

Inspiro, mi stropiccio gli occhi. « Il sinistro. »

« Altro che potrebbe aiutarci a identificare il corpo? » chiede l'agente Allson.

« Non mi viene in mente niente. »

Resto seduta a fissare il vuoto.

L'attesa fino alla telefonata di conferma all'agente Garrat che si tratta proprio del corpo di Ned è interminabile. Quando arriva il momento, esausta come sono nella mente e nel fisico, non mi è difficile mostrarmi sconvolta. Il sollievo è così enorme che non la smetto più di piangere. Ned è davvero morto, non potrà mai più farmi del male.

Quando mi sono calmata almeno un po', l'agente Garrat mi comunica che devo andare con lei alla centrale di polizia per rilasciare una dichiarazione. Prendo la mia coperta, salgo al primo piano per chiudere la mia valigia e raccogliere le cose di Ned. L'agente Garrat mi segue in silenzio, in teoria per gentilezza, ma vedo che perlustra la stanza con gli occhi in cerca d'indizi, come una buona investigatrice.

«Ci serve qualcuno che identifichi ufficialmente il corpo di Mr Hawthorpe. Pensa di sentirsela?» mi chiede con tatto quando saliamo sulla macchina della polizia.

Scuoto subito la testa. «No, non credo. Ma ci sarà qualcuno della sua famiglia disposto a riconoscerlo. Suo padre, magari.»

Più tardi, molto più tardi – quando ormai il bisogno di restare sola e di avere spazio per riflettere e metabolizzare tutto l'accaduto mi fa venire voglia di urlare –, l'agente Garrat, che è rimasta al mio fianco per tutto il giorno, mi riaccompagna a casa di Ned a Wentworth. Vorrei supplicarla di non portarmi là, ma non posso. Anche se lui è morto, devo continuare a recitare il ruolo della mogliettina innamorata.

Davanti a casa, prendo il mazzo di chiavi dalla borsetta e uso il telecomando per aprire il cancello. «Di solito abbiamo una guardia del corpo, però visto che eravamo via Ned l'ha mandata in ferie.»

L'agente Garrat mi guarda nello specchietto retrovisore. «C'è qualcun altro in casa? Qualcuno che possa tenerle compagnia?»

«No. La governante è andata a trovare la famiglia. Ma non importa, posso chiamare le mie amiche.» Quando scoppio improvvisamente in singhiozzi, mi copro la bocca con una mano nel tentativo di soffocarli.

«Non si preoccupi, Mrs Hawthorpe. Ha subito un

forte choc. Se lo desidera posso restare con lei fino all'arrivo delle sue amiche. »

« Grazie, ma ho bisogno di stare in mezzo alle cose di Ned. Non riesco ancora a credere... »

Lei annuisce e ferma l'auto. Dopo che l'ho ringraziata, mi segue in casa. Restiamo per un attimo a guardarci nell'ingresso deserto.

« Se le serve qualcosa, o se si ricorda un particolare, ci chiami », dice.

Annuisco, le sorrido, e lei se ne va.

Sono finalmente sola.

3

L'agente Garrat è uscita da pochi minuti, ma vorrei già gridarle di tornare indietro. Perché non le ho chiesto di controllare che la casa fosse sicura prima di andarsene? Da sola in questa villa enorme, mi sento troppo vulnerabile.

Entro metodicamente in tutte le stanze per verificare che le finestre siano chiuse. Provo anche la porta che dalla cucina dà sul patio, per assicurarmi che sia tutto ben sigillato. Sto per prendere il mio telefono dal tavolo della cucina per chiamare Carolyn, quando mi tornano in mente le istruzioni e ritraggo la mano. Non posso, non ancora. Dopo aver girato il cellulare col display all'ingiù, mi metto a fissare con sguardo vuoto la parete.

La luce che si muove sui ripiani di marmo segna il trascorrere del tempo. Resto seduta in uno stato di stordimento finché non scende il buio e il mio stomaco comincia a brontolare. In frigo c'è poco, ma le date di scadenza sono ancora lontane: una confezione di salmone affumicato, delle uova, un panetto di burro e del pane in cassetta. Ne tosto qualche fetta e la sbocconcello, ma mi è passato l'appetito. Non riesco a rilassarmi. Benché una vocetta interiore mi gridi di fuggire a gambe levate da questa casa, so di non poterlo fare: sono bloccata qui fino al funerale di Ned. Soltanto dopo sarò libera di andarmene.

Sono rosa dall'ansia. Temo di aver sbagliato qualcosa

nel corso di questa lunga giornata. La polizia mi ha creduto? Ho fatto tutto quello che dovevo?

Chiudo gli occhi e ripeto la seconda parte delle istruzioni, che ho imparato a memoria.

Esci di casa alle 8.20. Troverai le chiavi della porta e del cancelletto di servizio appese a un gancio in corridoio. Una volta fuori, gira a destra e scendi in spiaggia. Quando sarai lì ferma la gente, dille che cerchi tuo marito, descrivilo: statura e corporatura medie, capelli scuri, calzoncini blu scuro al ginocchio e una polo bianca. Corri fino al molo, poi torna indietro, quindi corri nell'altra direzione, verso Sandbanks, prima di tornare a casa. Chiama la polizia, dille che ti trovi in una villa che si chiama Albatross e sei preoccupata per tuo marito, che è uscito a fare una passeggiata la mattina presto lasciando il telefono sul tavolo e non è ancora tornato. Dille che è molto stressato per via di certe accuse che gli hanno rivolto. Non appena dirai come si chiama, saranno molto interessati. Con tutta probabilità ti manderanno subito qualcuno; se non dovessero farlo richiama un'ora dopo, dicendo che sei sempre più in ansia.

A un certo punto la polizia ti chiederà se conosci la password del telefonino di Ned. Rispondi di no, ma che se ben ricordi una volta ti aveva detto che era la data di nascita di sua madre, che però tu non conosci. Andranno a cercarsela e sbloccando il cellulare di Ned troveranno tre post su Instagram: il primo datato venerdì 16 agosto, in cui lui dice di volersi prendere una vacanza dai social media; il secondo di due settimane dopo, con una foto a provare che quel giorno eravate tutti e due qui a casa; il terzo di stamattina alle 6.05, che dirà Scusa, perdonami. *Mostrati preoccupata dall'ultimo messaggio, chiedi alla polizia se pensano che Ned possa avere propositi suicidi. Se il suo cadavere non è stato già ritrovato, avvieranno le ricerche e alla fine lo troveranno ai piedi di una scogliera poco lontano da casa, a indicare che si è tolto la vita. A questo punto dovrai calarti nei panni della vedova disperata. Non offrirti d'identificare il cadavere, ma quando ti chiederanno se aveva segni particolari tu nomina un'aquila tatuata nella parte bassa della schiena e un neo sul piede sinistro, tra l'alluce e il dito vicino. Ci vorrà un po' prima che venga confermata l'ipotesi di suicidio, però appena si decideranno a lasciarti andare torna nella casa di Wentworth. La guardia del corpo se n'è andata, ha ricevuto dal telefono di Ned un messaggio in cui le si diceva di prendersi pure qualche giorno di ferie mentre eravate via, fino a successiva comunicazione. Quando la polizia ti chiederà se c'è altro personale in casa, rispondi che la governante è in vacanza. Prenditi un po' di tempo per digerire gli avvenimenti di oggi e preparati a eseguire la terza parte delle istruzioni.*

Penso alla foto di me in due pezzi rosso, quella sull'account Instagram di Ned. Deve averla scattata Lukas il giorno in cui siamo andati a pranzo da lui. Era da tempo che pianificava tutto questo. È stato perché quel giorno ci siamo parlati che mi hanno trattato meglio di Ned e mi hanno risparmiato la vita? Oppure ha bisogno di me per coprire tutte le sue tracce?

Mi metto a camminare su e giù in cucina. Non so cosa fare di me stessa, mi sento più in trappola adesso di quand'ero chiusa a chiave in quella stanza buia, ma non posso andarmene, le istruzioni sono molto esplicite. Posso solo aspettare, in una casa che odio, il succedersi degli eventi.

4

Alle nove del mattino suona il citofono.

Ho passato la notte rannicchiata sul divano senza riuscire a chiudere occhio. Sperando di trovare un po' di pace, qualche ora fa sono uscita a guardare l'alba avvolta nella mia coperta, con l'erba umida e fresca sotto i piedi.

Quando vado al pannello col monitor vicino alla porta, vedo fuori dal cancello Jethro Hawthorpe con la portiera dell'auto dalla parte del conducente aperta. Senza una parola, trovo il pulsante che attiva l'apertura del cancello e lo guardo risalire in macchina. Quand'è a metà del cancello provo l'improvviso desiderio di premere il pulsante di chiusura in modo che rimanga incastrato tra i due battenti di metallo, per non essere costretta a riceverlo.

Procede fino alla porta, con la ghiaia che scricchiola sotto le gomme dell'auto di lusso, quindi smonta, austero nel suo completo scuro. Mi liscio il vestitino blu che ho scelto per la sua visita, pur non sapendo quando sarebbe arrivato né *se* sarebbe arrivato.

Mentre sale i gradini apro in silenzio la porta, facendomi da parte per lasciarlo entrare. Ci scrutiamo per qualche secondo. Mi si stringe il cuore davanti al suo viso scavato dal dolore, ma non sapendo cosa dirgli aspetto che sia lui a parlare.

« Andiamo nello studio. »

« Preferirei la biblioteca. »

Lui annuisce, forse rendendosi conto che sarà meno doloroso discutere lì piuttosto che nella stanza in cui ha visto per l'ultima volta suo figlio vivo.

Lascio che mi faccia strada e lo seguo con le mani strette davanti a me. Dovrò andare a braccio.

Inizia a parlare senza nemmeno sedersi. « Vado subito al punto. Non credo affatto che mio figlio si sia suicidato, e l'ho detto alla polizia. Secondo me è stato assassinato, e lei » - mi punta addosso un dito - « è coinvolta. »

Sono stupefatta dalla sua accusa di omicidio e resto per un attimo senza parole. Non ero preparata a questo. « Perché avrei dovuto volere Ned morto? »

« Per i soldi, che altro? »

« Io i vostri soldi non li voglio. Sono... »

I suoi occhi neri si accendono di collera. « Non menta! Ned mi ha detto che ha finto di essere rimasta incinta e mi ha parlato anche del vostro accordo postmatrimoniale. Lo ha ingannato su entrambi i fronti. Ho fatto i calcoli, sa. Un miliardo di sterline. » Mi guarda con incredulità mista a disgusto. « È pazzesco che lei pensi di poterla fare franca. »

« Crede davvero che accetterei anche solo un centesimo da un uomo che mi ha sposata soltanto per limitare i danni e salvarsi da un'accusa di tentato stupro giocando la carta della vittima? » Sempre più rossa in viso, faccio un passo verso di lui. « Da un uomo che ha raccontato in giro di essere stato incastrato da me, quand'è stato lui a incastrarmi? Mi aveva detto di volersi defilare da una specie di matrimonio combinato e che, se avessi accettato di sposarlo, mi avrebbe dato centomila sterline per pagarmi il college. »

« Ma di cosa parla? Quale matrimonio combinato? »

« Suo figlio mi aveva assicurato che il nostro era solo un accordo d'affari e dopo un mese ci saremmo separati, dicendo al mondo di esserci sbagliati. E, sì, gli ho creduto perché sono stata una stupida e ora ne pagherò le conseguenze per il resto della mia vita. Ma non sono stata io a ingannarlo! »

Vedendo il dolore e la confusione nei suoi occhi, per un attimo penso di averlo convinto. Però la sua espressione torna subito a farsi dura. « Può sostenere quello che vuole, sarà la sua parola contro la mia. Io racconterò la verità, e cioè che ha finto di aspettare un bambino per mettere le mani sui soldi di mio figlio e, quando lui ha scoperto che gli aveva mentito e l'ha sfidata a provare il contrario, lei lo ha spinto giù dalla scogliera. O ha trovato qualcuno che lo facesse al posto suo. »

Sento montare il panico, ma cerco di dominarmi. « Quella non è la verità, non ho mai finto di aspettare un bambino. E, dal momento che donerò tutti i soldi che mi sono dovuti alla sua fondazione, e parlo dell'intera cifra, la sua teoria che volevo mettere le mani sul patrimonio di Ned non reggerà. »

Vedendolo esitare, mi sento già vittoriosa.

Lui però si riprende in fretta. « Chi vuole prendere in giro? Lo dice solo perché l'ho messa con le spalle al muro. »

Non so come proseguire, quanto dirgli. Però devo convincerlo che Ned si è davvero tolto la vita. « Se proprio vogliamo parlare di omicidi, Mr Hawthorpe, allora deve sapere che Hunter è stato assassinato. »

« Hunter? La guardia del corpo di mio figlio? Ma di cosa parla? Non è stato assassinato, Ned lo ha licenziato. »

Mi lascio cadere nella poltrona più vicina. Spero di non aver già detto troppo. « È quello che le ha detto Ned, ma la verità è che Hunter è stato ucciso due giorni prima della sua ultima visita qui, Mr Hawthorpe. Suo figlio e io eravamo stati a pranzo da un certo Lukas, e lungo la via del ritorno abbiamo subito un agguato. Hunter è stato trascinato fuori dall'auto e ucciso a colpi di pistola. »

Lo vedo scettico. « Dove? Dove sarebbe successo? »

« Lungo una strada secondaria tra qui e Haven Cliffs, sulla costa. »

« Non ci credo. Perché mai qualcuno doveva volere Hunter morto? »

« È stato ucciso per vendicare l'assassinio di Lina Mielkutė, una dipendente amministrativa di *Exclusives*. »

Jethro Hawthorpe scoppia in una risata. « Hunter avrebbe ucciso una dipendente di Ned? Lei sta vaneggiando, mia cara. Che cos'è, una specie di scherzo? »

« Niente di tutto questo è uno scherzo! Non è stato Hunter a uccidere Lina, ma suo figlio. L'assassinio di Hunter è stato un avvertimento, che Ned ha colto perfettamente. Per questo è corso a nascondersi a Haven Cliffs. Sapeva che sarebbero venuti a prenderlo e ha pensato che quello era l'ultimo posto in cui l'avrebbero cercato. »

«Come osa! Come osa accusare mio figlio di essere un assassino!»

Mi alzo per andare a piazzarmi di fronte a lui. «L'ho visto coi miei occhi, Mr Hawthorpe. L'ho visto soffocare Lina a mani nude proprio fuori da quella porta.» Indico il corridoio. Ho gli occhi pieni di lacrime.

Lui si allontana per raggiungere la finestra. «E perché avrebbe dovuto ucciderla?»

«Perché lei aveva minacciato di dire alla polizia dei pagamenti che Ned le aveva ordinato di fare a certe sue dipendenti dopo averle molestate. Era amica di...»

Jethro Hawthorpe alza una mano. «Non una parola di più. Lei ha bisogno di aiuto, signorina. Vaneggia ed è pericolosa.»

«È la verità!»

Mi passa vicino, quasi sfiorandomi con la spalla mentre si dirige verso la porta.

Non posso lasciarlo andare via. «Sapeva che Justine Elland è sparita? Mi riferisco alla donna che qualche settimana fa aveva accusato suo figlio di tentato stupro.»

La mia voce risuona nella stanza, facendolo fermare appena prima del corridoio.

Si volta a guardarmi. «È in Francia. Era anche lei a caccia dei soldi di Ned, e quando lui glieli ha offerti li ha presi e si è eclissata.»

«Così le ha detto suo figlio. Ma, quando andrò alla polizia a spiegare di averlo visto uccidere Lina, aggiungerò che ha tentato di far credere a tutti che Lina è tornata in Lituania, proprio come ha tentato di far credere a tutti che Justine è tornata in Francia. Chiederò loro di controllare che Lina sia effettivamente arrivata nel suo Paese e, quando l'avranno appurato, insisterò perché scavino più a fondo, finché non si accorgeranno che la persona passata per l'aeroporto di Vilnius non era Lina Mielkutė bensì una donna che viaggiava col suo passaporto, pagata da Ned per spacciarsi per Lina. È così che ha nascosto l'omicidio della sua dipendente, Mr Hawthorpe: mandando qualcun altro in Lituania col suo passaporto. Lukas, l'uomo con cui abbiamo pranzato il giorno dell'omicidio di Hunter, conosceva Lina, aveva scoperto il trucchetto e lo ha fatto capire a Ned, che si è preoccupato e gli ha detto di aver fatto accompagnare Lina in aeroporto da Hunter. In questo modo era implicito che, qualunque cosa fosse successa a Lina, la colpa poteva essere solo di Hunter. Appena ce ne siamo andati, siamo caduti nell'imboscata. »

« Se quello che dice è vero, se ha visto mio figlio assassinare quella donna, come mai non è corsa alla polizia? »

Come posso dirgli che da quando ci eravamo sposati Ned m'impediva qualunque accesso al mondo esterno? Aggiungerei colore a quella che lui crede una mia fantasia. Devo fare in modo che ritiri la sua minaccia. Devo obbligarlo ad ascoltarmi. « Non ci sono andata a causa della sua fondazione. »

« Come mai si preoccupa per la mia fondazione? »

Mi avvicino a lui di un passo. « Mr Hawthorpe, so quanto è importante per lei la fondazione. Se insiste a sostenere che Ned è stato ucciso, verrà fuori la verità sulle donne che ha assassinato e la fondazione ne risentirà. Pensa che i suoi benefattori continueranno a donare se suo figlio venisse accusato di omicidio? Anche se ormai è morto? La cosa migliore per tutti è accettare la verità, e cioè che Ned si è tolto la vita perché sapeva che Lukas lo braccava per l'omicidio di Lina.» Faccio una pausa. Ho paura che non se la stia bevendo. «C'è un'altra cosa. Il giorno prima che Ned morisse, gli ho confessato di averlo visto ammazzare Lina e di aver mandato a una giornalista una lettera in cui descrivevo nel dettaglio tutta la scena, chiedendole di consegnarla alla polizia se non avesse avuto mie notizie entro sette giorni. Ned sapeva che, in un modo o nell'altro, avrebbe pagato per la morte di Lina. Se non lo avesse preso Lukas, lo avrebbe arrestato la polizia.»

Lui scuote la testa. «Non ci credo. Mio figlio non si sarebbe mai tolto la vita.» Varca la soglia, è in corridoio.

«Entro domani mattina ho bisogno di conoscere le sue intenzioni, Mr Hawthorpe», gli grido dietro. «Se non avrò sue notizie, andrò alla polizia!»

Sento sbattere la porta e, quando corro alla finestra, lo vedo salire in macchina e partire. Appena è fuori dal cancello, mi precipito nell'ingresso per chiuderlo col telecomando. Sto ansimando, adesso, ma ce l'ho fatta. Provo una strana esaltazione, perché su questa parte non c'erano istruzioni precise, solo linee guida.

A un certo punto potresti ricevere una visita di Jethro Hawthorpe. In questo non siamo in grado di aiutarti, perché non possiamo prevedere cosa ti dirà. Poiché conosce i termini dell'accordo postmatrimoniale, potrebbe accusarti di avere sposato Ned per soldi. Per troncare le accuse, digli che intendi donare alla sua fondazione ogni somma che ti è dovuta. Sappi che, a differenza di suo figlio, Jethro Hawthorpe è un uomo onesto, che attraverso la fondazione lavora instancabilmente per aiutare gli altri.

Forse sarà restio ad accettare che suo figlio si sia tolto la vita, nel qual caso sei libera di usare le informazioni contenute in questa lettera per convincerlo che Ned era depresso e temeva per la propria incolumità. Se necessario, digli che è responsabile dell'omicidio di una giovane donna, Lina Mielkutė, e che aveva paura di venire ucciso da chi voleva vendicarne la morte. Non vorrà accettare che suo figlio è un assassino, ma sappiamo che hai assistito all'uccisione, sempre per vendetta, della sua guardia del corpo, quindi usalo a tuo vantaggio.

Come saprai, è probabile che Ned abbia ammazzato anche Justine Elland, la donna che l'ha accusato di tentato stupro. Puoi tentare di convincere Jethro Hawthorpe che suo figlio era colpevole, oltre che dell'omicidio di Lina, anche di quello di Justine.

Vado in cucina a prepararmi un caffè. Evaporata l'euforia, mi viene un dubbio tremendo. È stato crudele dire a un padre in lutto che suo figlio era un assassino, anche se è vero? Però lui ha accusato me di avere ucciso Ned e, con le sue conoscenze, riuscirebbe a farsi valere. Sarebbe la mia parola contro la sua. Ho dubbi tremendi anche su quanto sia stato giusto insistere sul suicidio di Ned, quando nemmeno io sono convinta che si sia buttato da solo. Era troppo contento di aver ritrovato la libertà. Il che vuol dire che è stato spinto, ma da chi?

La mia mente torna come sempre a Lukas, a una frase in particolare delle istruzioni: *sappiamo che hai assistito all'uccisione, sempre per vendetta, della sua guardia del corpo.* Per sapere che avevo assistito all'assassinio di Hunter, almeno uno dei rapitori deve avermi visto in quell'auto con Ned. E l'unico a vedermi è stato l'uomo con la pistola, mandato da Lukas per ammazzarci.

5

Il giorno dopo aspetto nervosamente la visita di Jethro Hawthorpe. Gli avrei dovuto dare il mio numero di telefono, in modo da non essere costretta a rivederlo.

Le frequenti scampanellate al cancello non aiutano. Controllo ogni volta nel monitor per vedere se è lui, ma sono sempre giornalisti, con sciami di cameramen alle spalle.

Ieri sera è stata diffusa la notizia che Ned è morto. Accoccolata sul divano, ho guardato impassibile il notiziario mentre confermavano che il corpo trovato il giorno prima sulla spiaggia a Haven Cliffs era quello di Ned Hawthorpe. Mi aspettavo di sentire che non c'erano indagati in relazione alla sua morte, e quando il reporter non l'ha detto sono rimasta delusa. Hanno accennato però alla denuncia per tentato stupro contro Ned e al fatto che per questo fosse stato vessato dai troll sui social e preso di mira dalla stampa. Gli ascoltatori avrebbero pensato quasi tutti a un suicidio, ma la polizia non era «quasi tutti», e neppure Jethro Hawthorpe.

A mezzogiorno mi squilla il telefono. È un numero sconosciuto. Sono in cucina, intenta a ripassare gli armadietti già puliti dopo averli svuotati di pacchi di pasta e lattine di cibo, pile di piatti e scodelle. Fisso per un attimo il display, poi accetto la chiamata.

« Per il bene della fondazione, prenderò per buona la versione del suicidio », dichiara Jethro Hawthorpe.

Chiudo gli occhi. « Grazie. Se per favore mi dà il nome dell'avvocato che ha redatto l'accordo postmatrimoniale, gli comunicherò le mie intenzioni. In cambio vorrei essere informata sul funerale. Ci dovrò essere anch'io, per salvare le apparenze. Quando tutto sarà finito, non sentirà più parlare di me. »

« Lo spero. » Riaggancia.

Dopo qualche minuto il telefono squilla di nuovo. Questa volta un numero c'è, ma non è nella mia rubrica. Rispondo. « Pronto? »

« Mrs Hawthorpe, sono Paul Carr. Ho saputo che ha appena parlato con Mr Jethro Hawthorpe. »

Vado a sedermi al tavolo. « Sì. »

« Le mie condoglianze. »

« Grazie. »

« Mi dispiace disturbarla, ma la chiamo per ordine di Mr Hawthorpe per confermarle che il funerale di suo marito avrà luogo venerdì. »

Tra quattro giorni. Mi sento male all'idea di restare chiusa in questa casa ancora così a lungo.

« Grazie, Mr Carr. »

« Mrs Hawthorpe... »

Lo interrompo subito: « Non mi chiamo Hawthorpe, ma Lamont. Però può chiamarmi semplicemente Amélie ».

« Bene, Amélie, posso venirla a trovare domani per discutere dell'accordo postmatrimoniale che aveva firmato con suo marito? »

« Sì. Certo. Le va bene alle dieci? »

« Perfetto. Posso portarle qualcosa? Immagino che non riesca neppure a uscire di casa per andare a fare la spesa. »

« Sì, i giornalisti sono ammassati fuori dal cancello. »

« Ci ha parlato? »

« No, e non ho intenzione di farlo. »

« Bene. »

Gli do una piccola lista della spesa per coprire i prossimi giorni. « Se davvero non le dispiace », aggiungo alla fine.

« Per niente. Ho ricevuto istruzioni di badare a lei fino a dopo il funerale. Arrivederci, Amélie. Ci vediamo domani alle dieci. »

6

Faccio fatica ad associare l'uomo che alle dieci precise varca la soglia di casa con una scatola piena di cibo sotto il braccio all'avvocato nervoso ed esitante che ho conosciuto nello studio di Ned. Coi giornalisti che hanno tentato d'intrufolarsi nel cancello dietro la sua auto è stato spietato: attraverso il citofono, l'ho sentito minacciare di denunciare chiunque osasse mettere piede nella proprietà.

Posa a terra la scatola per stringermi la mano. « Amélie, che piacere rivederla. E, la prego, mi chiami Paul. » Insiste per portare lo scatolone in cucina e, quando gli propongo di andare a parlare in biblioteca, dice che gli va benissimo stare lì, dove magari possiamo bere un caffè.

« Mr Jethro Hawthorpe ha detto che voleva parlarmi dell'accordo postmatrimoniale », dice, dopo che ho posato le due tazze sul tavolo.

« È davvero valido? Sa, non avendo mai fatto il calcolo completo, quando ho chiesto una sterlina da raddoppiare per ogni giorno di matrimonio non avevo idea del totale che avremmo raggiunto. Non mi aspettavo che Ned onorasse il contratto, anzi, ero sicura che avrebbe trovato un modo per aggirarlo nel caso risultasse valido. »

« È validissimo. Ma come sua vedova è comunque beneficiaria dell'intero patrimonio. »

« Non voglio niente. Intendo donare tutto quello che

mi è dovuto alla Hawthorpe Foundation. Spero che non sarà un problema.»

«Si può fare. Dovrà solo firmarmi un documento.»

«L'ha già con sé? Da quanto ho capito possono volerci mesi, forse anche anni prima che il patrimonio venga assegnato agli eredi, però preferirei sbrigarmela il più in fretta possibile.»

«A dire il vero sì, l'ho portato con me.» Infila una mano nella ventiquattrore.

Sorrido. «Vedo che Mr Hawthorpe l'aveva già informata del mio desiderio.»

Senza confermare né smentire, posa sul tavolo una cartelletta. Mentre estrae il documento, mi viene in mente che forse sono stati i rapitori a informarlo. Avevo già intuito che, se avevano usato lo stesso sistema del raddoppio col padre di Ned, dovevano essere al corrente dell'accordo postmatrimoniale tra me e Ned, e poteva essere stato solo Paul Carr a parlargliene. Forse l'avvocato nasconde qualcosa? Ha lavorato e lavora tuttora per i sequestratori? Lo studio per qualche secondo, ma dal suo viso non traspare niente.

Leggo il documento e lo firmo. «Ha detto che ha l'ordine di badare a me fino a dopo il funerale. Posso chiederle da chi? Perché dubito che sia stato Jethro Hawthorpe.»

Mi sorride con gentilezza. «Purtroppo non posso dirglielo. Tuttavia ho delle informazioni per lei.»

Lo guardo speranzosa. «Che tipo d'informazioni?»

«Poco dopo il suo matrimonio con Mr Hawthorpe sono stato contattato da un collega, Mr Barriston. Ha uno studio a Reading e aveva letto la notizia del matrimonio sul giornale locale. Nel vedere il suo nome si è reso conto che lei è la figlia di un suo cliente mancato qualche anno fa, Eduard Lamont. Mr Barriston voleva mettersi in contatto con lei e ha chiamato me per sapere se potevo dirgli dove trovarla. »

Sono perplessa. « Non sapevo che mio padre avesse un avvocato. »

« Il collega mi ha pregato di dirle che nel suo testamento suo padre le ha lasciato la casa dove abitavate a Reading, della quale può disporre come meglio crede. »

Lo fisso. « Mio padre aveva fatto testamento? »

« Sì. »

Non riesco proprio a capire. Perché il papà avrebbe dovuto fare testamento, se non aveva niente da lasciarmi? Poi nella mia mente penetra la parola « casa ». « Ci dev'essere un errore. Mio padre non può avermi lasciato la casa, perché non era sua. Eravamo in affitto. »

Lui estrae un altro foglio dalla cartelletta. « Ho qui tutti i dati. Sembra che l'avesse comprata coi soldi che gli aveva lasciato la suocera, la sua nonna materna. Se ho capito bene, c'è voluto un po' per sistemare le cose dopo la sua morte, ma quando l'eredità è stata disponibile suo padre si è accordato col proprietario per acquistare la casa. »

Il mio cervello lavora a più non posso. « Non lo sapevo, non mi aveva detto niente. È sicuro che l'avesse comprata? »

« Sicurissimo. »

« E l'ha lasciata a me? »

«Sì.»

«È incredibile. Voglio dire... è meraviglioso, vuol dire che ho un posto dove tornare. Ma non riesco lo stesso a cederci.»

«Pensa che dopo il funerale si stabilirà lì?»

«Non so. Però... posso? Posso davvero andarci?»

«Non vedo perché no.»

«Oggi?»

«Oggi temo di no.»

«Nemmeno se prometto di tornare venerdì per il funerale?»

Paul mi guarda. «Glielo sconsiglio vivamente. La morte del povero Ned l'ha messa sotto i riflettori dei media, Amélie. Se esce di qui, sarà assediata. Non so se ne è consapevole, ma questa villa appartiene a Mr Jethro Hawthorpe, che ha acconsentito a lasciargliela occupare fino al funerale. Finito quello potrà andare a Reading. Una volta lì, si metta in contatto con l'avvocato Barriston. Ho qui il suo biglietto.» Mi porge un biglietto da visita. «Si domandava se ha ancora le chiavi di casa.»

«Sì, le ho conservate.»

«Ne ha un mazzo anche lui e mi ha chiesto se vuole che mandi un'impresa a pulire prima del suo arrivo. Dice che la casa è vuota da tre anni. Non so se lei ne sia al corrente, ma Mr Barriston e suo padre erano amici e, quando si è ammalato, suo padre gli ha chiesto di badare a lei, di farle da tutore non ufficiale, se così si può dire. Quando nessuno è più riuscito a rintracciarla dopo la morte di suo padre, Mr Barriston ha denunciato la sua scomparsa, però visto che continuava a essere irreperibile ha tenuto d'occhio la casa, sperando che un giorno sarebbe tornata a prenderne possesso. »

Sono sbalordita. « Non capisco. Perché mio padre non mi ha detto niente? Non mi ha mai parlato di questo avvocato, non mi ha mai detto che c'era qualcuno al quale potevo rivolgermi per avere aiuto. Quand'è morto, pensavo di non avere nessuno. »

« Forse non voleva angosciarla ammettendo di essere in punto di morte. Mr Barriston purtroppo era all'estero quand'è mancato il suo amico, e quand'è tornato lei era già svanita nel nulla. Non immaginava che non avesse nessuno. Era convinto che ci fossero degli amici o dei vicini di casa che si sarebbero presi cura di lei, almeno fino al suo ritorno. »

Sopraffatta da tutte queste novità, bevo un sorso di caffè. « Grazie per avermelo detto. È molto bello sapere che il papà aveva provveduto al mio futuro. » Guardo Paul Carr negli occhi. « È proprio sicuro che non posso fare un salto a Reading e tornare venerdì per il funerale? Non mi sento a mio agio qui. Non mi ci sono mai sentita. » Rimpiango di non potergli dire tutto quello che ha avuto luogo tra queste mura.

« Sicurissimo. I giornalisti la seguirebbero, si accamperebbero fuori dalla sua porta. Finito il funerale, Mr Hawthorpe smetterà di fare notizia. È una triste verità, ma troveranno subito qualcun altro da sbattere in prima pagina. Dopo la morte, veniamo ricordati a lungo solo da coloro che ci portano nel cuore. » Prende la cartelletta e la rimette nella ventiquattrore. « In quanto avvocato del suo defunto marito, è giusto che anch'io presenzi alle esequie. Posso proporle di passarla a prendere venerdì alle undici, in modo da andare là insieme? »

« Volentieri, grazie. »

« Le troverò anche un'auto che la porti a Reading subito dopo la cerimonia funebre. » Paul Carr si toglie di tasca un biglietto e me lo porge. « Nel frattempo, se dovesse occorrerle qualcosa, mi chiami pure. »

7

Non appena chiudo gli occhi vengo sommersa dai ricordi della casa di Reading. Vedo il papà seduto in salotto nella sua poltrona, con gli occhi chiusi, la bocca semiaperta e l'alito che sa di farmaci. Vedo la porta di legno scuro, il corridoio lungo e stretto, le scale con la moquette a motivi geometrici.

Mi vengono le lacrime agli occhi. Il papà aveva provveduto a me, dando per scontato che io e il suo amico avvocato ci saremmo incontrati nei giorni dopo la sua morte. Non aveva previsto che se ne sarebbe andato all'improvviso, proprio mentre Mr Barriston era via. La mia vita sarebbe stata così diversa. Avrei finito la scuola in collegio, con Mr Barriston a occuparsi dei miei interessi. Adesso sarei al college, al secondo anno. Avrei degli amici, un ragazzo. Avrei vissuto, amato, girato l'Europa con lo zaino in spalla durante le vacanze estive. Invece avevo assistito a due omicidi e poi ero stata rapita.

È strano, quanto sia intenso il mio desiderio di tornare nella casa di Reading. Ho bisogno di andare via da qui, di essere libera. Solo che non sarò mai più libera. I rapitori saranno sempre in agguato in qualche angolo della mia mente.

Penso a Paul Carr e a quello che hanno scritto di lui.

A un certo punto verrai contattata da Paul Carr, l'avvocato di Ned, che avrà delle informazioni per te. Di lui ti puoi fidare. È l'unico al quale potrai ricorrere in caso di problemi. Non contattare nessun altro.

Ripenso a quest'ultima riga: *Non contattare nessun altro.* Non l'ho fatto, ma adesso che ho seguito alla lettera tutte le loro istruzioni potrò almeno chiamare Carolyn?

Il bisogno di parlare con lei è viscerale, urgentissimo. È tutto quello che mi resta, l'unica persona che ho. Prendo il cellulare e la chiamo.

Aspetto nervosamente che risponda. Come posso spiegarle la mia situazione? Non mi è consentito dire a nessuno quello che so o quello che ho visto, non mi è consentito parlare a chicchessia del mio falso sequestro. Posso spiegare a Carolyn che Ned mi ha convinto a sposarlo con l'inganno, però dovrò fingere che siamo davvero andati a Haven Cliffs per due settimane di vacanza, e che lui era così depresso da essersi tolto la vita. L'idea che non potrò mai parlare di come sono andate davvero le cose mi riempie d'ansia.

Quando un messaggio automatico annuncia che il numero di Carolyn non è più in uso, è quasi un sollievo. Poi però mi preoccupo, perché Carolyn non avrebbe mai cambiato numero senza comunicarmelo. Ma questo era prima, e vengo presa dallo sconforto: e se non volesse più avere a che fare con me perché non le ho detto che avevo sposato Ned?

Le telefono in ufficio. Risponde un uomo che, quando chiedo di parlare con lei, dice che gli dispiace molto, ma qualche settimana fa Carolyn è stata investita da un pirata della strada e purtroppo non ce l'ha fatta. Mi cade il telefono. Mi metto carponi sul pavimento per cercarlo, poi mi abbandono a grida di dolore e disperazione che riecheggiano per la casa vuota. Sono sicura che il dolore mi ucciderà, che i sensi di colpa mi uccideranno. Soprattutto però penso che, se Ned non fosse già morto, lo ammazzerei io, con le mie stesse mani.

8

Il sole penetra fra le nubi e proietta lame di luce attraverso la stanza. Sbatto le palpebre, apro del tutto gli occhi e finalmente alzo la testa dal tavolo della cucina. *Carolyn è morta.*

Non volevano che lo scoprissi? Per questo mi hanno detto di non contattare nessuno? Come avrei fatto a scoprirlo altrimenti? Oppure non lo sanno nemmeno i rapitori?

Dopo essermi alzata a fatica, vado sulla porta del patio e guardo il giardino senza vederlo. Da sabato, quando ho lasciato la casa di Haven Cliffs, non sono quasi mai uscita. Provo un moto di collera: i rapitori si rendono conto di quello che mi hanno chiesto pretendendo che rimanessi qui, in questa casa, fino al funerale? Temo di no, perché a parte Jethro Hawthorpe nessuno sa che ho assistito all'assassinio di Lina.

Dove sono adesso i miei sequestratori? Sono tornati dalla moglie, dai figli? Oppure stanno pianificando un altro falso sequestro? E Lukas? Dov'è? Lo devo trovare, altrimenti non avrò mai le risposte di cui ho bisogno per andare oltre. Devo sapere perché, perché ho dovuto mentire alla polizia e dire a un uomo che suo figlio era un assassino. Perché devo essere parte di tutto questo.

Il mio unico desiderio è andarmene. Ora che Carolyn

non c'è più, qui a Londra non mi rimane niente. Ma devo aspettare il funerale di Ned, perché il prezzo da pagare per la mia libertà è recitare la parte della giovane vedova in lacrime. Appena sarò libera troverò Lukas e giungerò alla verità.

9

Per fortuna il funerale di Ned, una messa seguita dalla cremazione, è brevissimo. Io, in disparte, fingo di non notare gli sguardi torvi della famiglia Hawthorpe.

Non penso a Ned, bensì a Carolyn. Non mi servono prove per sapere che è stata uccisa e che dietro la sua morte c'è Ned. Alle parole «crudelmente e prematuramente portatoci via» inizio a piangere. Nessuno guardandomi può dubitare del dolore che provo, ma Paul... lui di sicuro s'interroga. Deve sapere qualcosa, è collegato in qualche modo agli autori del nostro sequestro.

Stamattina, quando ha notato quanto fossi pallida, avrei voluto dirgli di Carolyn, però se avesse saputo del mio tentativo di contattarla avrebbe potuto riferirlo ai sequestratori, che mi avevano dato ordine di non contattare nessuno all'infuori di lui.

Ieri sera, quand'ho cercato su Google informazioni sulla morte di Carolyn, ho trovato un notiziario dell'11 agosto che parlava di un incidente avvenuto il giorno prima. Spiegava che era stata investita da un pirata della strada mentre faceva la sua corsa mattutina. Ho ripensato a quei giorni: l'intervista con la stampa aveva avuto luogo il 7, l'incidente il 10. Ci stava: Ned aveva avuto tre giorni per rintracciare Carolyn e seguire i suoi movimenti.

Alla fine della messa Paul mi porta nel suo studio a Londra, dove un taxi mi aspetta per accompagnarmi a Reading. Mi aiuta a spostare le mie valigie dalla sua auto al bagagliaio del taxi, poi mi stringe la mano. « Buona fortuna. Se dovesse servirle qualcosa, ha il mio numero. »

Mi sforzo di sorridergli. « Grazie. Pensavo che fosse incaricato di badare a me solo fino al funerale. »

Anche lui sorride. « Non sono contrario a spingermi al di là del semplice dovere. »

« Grazie », ripeto.

Sono contenta che il tassista sia un tipo silenzioso. Il movimento dell'auto mi fa venire sonno e dopo qualche chilometro mi addormento.

« Mrs Hawthorpe... »

Apro gli occhi e vedo la faccia del tassista, che si è girato nel sedile. « Lamont », lo correggo automaticamente.

« Chiedo scusa, Ms Lamont. Siamo arrivati. »

Fuori dal finestrino c'è la porta di legno scuro della casa in cui sono cresciuta. Spicca tra le altre per com'è malridotta e trascurata. La strada sembra diversa da com'era quando me ne sono andata tre anni fa. Le porte delle due villette ai lati della nostra sono state ridipinte, una di rosso e l'altra di blu, e anche le finestre sono state rinnovate. La casa in cui il papà e io abbiamo abitato per sette anni, invece, sembra bloccata nel passato.

Stringo forte il mazzo di chiavi. Dopo avermi aperto la portiera, il tassista insiste per trasportare le valigie fin dentro casa. Mi segue nell'ingresso buio e stretto e le deposita sul pavimento.

«Grazie mille.»

Quando sono sola, apro la porta alla mia destra, che dà nel soggiorno dove il papà trascorreva quasi per intero le sue giornate, mi compare subito davanti agli occhi lui seduto sulla poltrona, sempre più debole via via che la malattia progrediva. Entro nella piccola sala da pranzo, dove mangiavamo e io studiavo sognando di diventare avvocato. Alla fine del corridoio c'è la minuscola cucina, dove trovo ancora la vecchia pendola, che però ha smesso di funzionare. Vedo dalla finestra che qualcuno ha tosato il nostro rettangolino di prato.

Salgo al primo piano. Sopra il soggiorno c'è la mia camera da letto, mentre quella dove dormiva il papà è sopra la sala da pranzo. Solo adesso mi rendo conto che occupavo la stanza più grande. Il bagno verde avocado, un colore che ho sempre detestato, è sopra la cucina. Col ripostiglio sotto le scale, è tutto: una tipica villetta a schiera.

Sul tavolo della cucina c'è una busta, con dentro una lettera che leggo subito.

Cara Amélie,

la prego come prima cosa di accettare le mie condoglianze per la sua recentissima perdita.

Poi le do il benvenuto. Spero che troverà la casa pulita e accogliente. In previsione del suo arrivo, ho fatto riallacciare le utenze di acqua ed elettricità e mi sono preso la libertà di acquistare un bollitore e un tostapane nuovi. Ho anche rifornito il frigo e la dispensa di provviste per un giorno o due, nel caso non se la senta di uscire.

Posso proporle di vederci nel mio studio lunedì alle 11? Se per qualunque motivo non dovesse andarle bene, la prego di avvisarmi al seguente numero di telefono per poter fissare un nuovo appuntamento.

Non vedo l'ora d'incontrarla.

Cari saluti

ANTHONY BARRISTON

Nel silenzio della casa, rimetto la lettera sul tavolo e mi preparo una tazza di tè. Quando verso l'acqua, resto a guardare la bustina che freme sotto il getto bollente prima di aggiungere un po' di latte. All'improvviso mi sento sopraffatta, non solo dalla gentilezza di Anthony Barriston, ma dal fatto di ritrovarmi nella casa dove ho vissuto per tanti anni con mio padre, di accingermi a bere il tè in quella che era la sua tazza. Così appoggio la testa sul tavolo della cucina e lascio scorrere le lacrime, piangendo fino a svuotarmi.

Il tè si è raffreddato. Me ne preparo un altro e lo bevo appoggiata al piano di lavoro, con lo sguardo perso fuori dalla finestra e col vapore denso che mi entra nelle narici. Poso la tazza e trovo la chiave della porta di servizio sempre nello stesso cassetto. La apro ed esco. Fuori mi raggiunge subito il profumo dell'erba appena tagliata, che mi riporta alla stanza buia, col mio carceriere che si china per posare a terra il vassoio.

Torno con fatica al presente. Il piccolo pianerottolo lastricato fuori dalla porta è grigio e spoglio; l'erba cresce a ciuffi, la recinzione è inclinata verso l'interno. Non ricordo di aver mai giocato in questo giardino se non forse una volta, in cui avevo saltato con una corda di un bel verde brillante che il papà mi aveva regalato per il compleanno.

Mi preparo qualcosa da mangiare e porto il piatto in sala da pranzo. È stata una giornata faticosa, sento il corpo afflosciarsi. Forse qui, nella casa della mia infanzia, riuscirò finalmente a dormire.

Al piano di sopra, trovo le lenzuola nel cassettone in camera di mio padre, dove le avevo riposte prima di andarmene. Puzzano di muffa, però non so se la lavatrice funzioni ancora e sono troppo stanca per provare. Mi sdraio sul materasso sul mio letto di bambina e mi tiro sopra la mia coperta. Anche con le tende accostate e la porta chiusa, vedo la mensola sulla parete di fronte con la sua fila di libri stretti tra il cofanetto dei gioielli e una vecchia scatola di latta per biscotti, dove conservavo altri tesori. Chiudo gli occhi. Sono libera da una settimana, ma non ho mai dormito più di una o due ore di seguito.

Decido che domani andrò a fare la spesa, comprerò i sacchetti della spazzatura, passerò in rassegna tutta la casa esaminando i vestiti che avevo lasciato qui, porterò quello che posso ai negozi di beneficenza e butterò il resto nella raccolta indifferenziata. Dopo l'appuntamento con Mr Barriston lunedì mattina, andrò in centro a comprare tutto: lenzuola, asciugamani, piatti e posate. Strapperò la carta da parati in camera da letto e dipingerò le pareti di azzurro chiaro, come la mia stanza in casa di Carolyn.

Mi brucia la gola. Non riesco a pensare a lei senza mettermi a piangere, così devio il corso dei miei pensieri verso Lukas e i miei piani per rintracciarlo. Poi penso al mio carceriere e mi chiedo dove sia, cosa stia facendo in questo momento.

10

Sono curiosa di conoscere Mr Barriston, che considero un collegamento col passato. Conosceva mio padre, secondo Paul erano amici. Vorrei aver saputo che il papà aveva un amico. Mi avrebbe reso felice sapere che non passava ogni giorno seduto da solo nella sua poltrona, che a volte si vedeva con questo avvocato, ma subito dopo mi sento in colpa: non ricordo di aver mai chiesto a mio padre come passasse le sue giornate. Forse, se l'avessi fatto, si sarebbe aperto con me.

Anthony Barriston mi fa entrare nel suo studio, dove mi offre una sedia e un caffè che prepara di persona da una macchinetta dietro la scrivania. Ho tutto il tempo di studiarlo. Sembra coetaneo di Paul Carr, intorno ai cinquant'anni, con una folta capigliatura nera e occhi dello stesso colore. La sua espressione cordiale me lo rende subito simpatico.

«Finalmente la incontro di persona, Amélie. Mi dispiace per il suo lutto recente e, ovviamente, anche per suo padre. L'avevo visto un mese circa prima che morisse, ma non immaginavo che la fine sarebbe arrivata così in fretta. Ero in vacanza, in quei giorni, e mi è dispiaciuto moltissimo di non essere qui per poterle parlare del testamento. L'abbiamo cercata per mari e per monti, sa, e ho anche denunciato la sua scomparsa. Ma non si è fatto avanti nessuno a dire che l'aveva vista.»

«Mi dispiace. Se avessi saputo di lei e della casa, non me ne sarei andata.»

«Come se l'è cavata tutta sola a Londra?»

Mi viene un nodo in gola. «Ho avuto fortuna, ho conosciuto delle persone generose che sono diventate come una famiglia per me.»

Sorride. «Sono contento che non abbia avuto grandi difficoltà, soprattutto vista l'eredità che le ha lasciato suo padre.»

«Non mi ha mai detto di aver comprato la casa, quindi per me sapere che era mia è stato uno choc. Anche se finirò per venderla, credo. Voglio andare al college a studiare Giurisprudenza e, coi soldi della casa, spero di poter cominciare già l'anno prossimo.»

«In questo caso sono lieto di poterle annunciare che, se non vuole, non sarà costretta a venderla. Suo padre le ha lasciato anche un bel gruzzolo.»

Lo fisso incredula. «Mi ha lasciato dei soldi?»

«Sì. Non so se ne è al corrente, ma suo padre aveva fatto causa per negligenza all'ospedale dove sono morti sua madre e suo fratello appena nato.»

«Sì, certo che ne sono al corrente, però non hanno mai pagato.»

«Allora sono felice di annunciarle che alla fine l'ospedale ha ammesso le proprie responsabilità e lei è stata nominata beneficiaria del risarcimento.»

«Ma... quand'è successo? Quando hanno offerto il risarcimento?»

Lui adesso sembra a disagio. « Un mese circa dopo la morte di suo padre. »

« Quindi lui non l'ha mai saputo? » Con le lacrime agli occhi, frugo nella borsetta in cerca di un fazzolettino. « È terribile. Non voleva altro nella vita, un'ammissione di negligenza da parte dell'ospedale. Perché ci hanno messo così tanto? Dovevano sapere che era malato, di sicuro il suo avvocato in Francia li aveva informati di questo. »

« Mi dispiace, Amélie, non sono al corrente dei particolari. »

Stropiccio il fazzolettino, combattendo contro la collera e la frustrazione. « Quello che non capisco è perché non mi abbia mai detto di aver comprato la casa. Avrebbe fatto tutta la differenza. »

« Se avesse saputo che la fine era imminente, sono sicuro che gliel'avrebbe detto. Vuole che esaminiamo insieme l'accordo proposto dall'ospedale? »

« Se ha tempo, sì, grazie. »

Trascorro con lui un'altra ora, alla fine della quale sono così stanca che non riesco più a ragionare. Ho dei soldi, più di quelli di cui avrò mai bisogno. Dovrei essere felice – di sicuro Mr Barriston se lo aspettava –, invece sono furiosa: con l'ospedale per averci messo troppo tempo e perché il papà non ha mai saputo di avere vinto la causa. E questi soldi io non li merito, dopo il mio accordo con Ned.

Mr Barriston mi accompagna alla porta. « Abbia cura di sé, Amélie. »

« Lo farò, grazie. » Mi giro a guardarlo. « Posso chiederle una cosa? È mai venuto a casa nostra? Perché per me sarebbe importante sapere che il papà aveva un amico.»

«No, a casa vostra non ci sono mai venuto, ma eravamo lo stesso amici. Ho visto suo padre in diverse occasioni, qui in studio, e qualche volta abbiamo pranzato insieme. Era un'ottima persona.»

Annuisco. «È meglio che vada, le ho già fatto perdere abbastanza tempo.»

«Si figuri. Forse le occorrerà qualche giorno per digerire quello che ci siamo detti. Dev'essere stato uno choc per lei. Vuole che le chiami un taxi?»

«No, grazie, devo fare qualche acquisto. Mi servono delle cose per la casa.» Mentre m'incammino verso la zona commerciale della città, vorrei avere qualcuno con cui condividere il mio stato d'animo. Ma non mi è rimasto più nessuno. Tutti quelli cui volevo bene sono morti.

11

Aspetto a braccia conserte fuori dal negozio di ferramenta, che sta per aprire. È fuori città, per cui ho dovuto prendere l'autobus. A ogni fermata, via via che l'autobus si riempiva di persone comuni affaccendate in faccende comuni, ero sempre più nel panico.

Sulla carta, nell'arco di poche settimane la mia vita si è trasformata da un incubo a una fiaba. Non sono più prigioniera, sono al sicuro, sono ricca. Ma mi sembra ancora di vivere nell'incubo. Non riesco a mangiare, faccio fatica a dormire. E quando sono sveglia la mia mente è così piena di pensieri che non riesco a concentrarmi su nulla. Se solo potessi smettere di rimuginare sul sequestro e sul mio carceriere, l'uomo contro cui ho lottato con le unghie e coi denti...

Già due volte, mentre ero fuori a fare acquisti, mi è sembrato di averlo così vicino che mi sono girata di scatto, sicura di trovarmelo alle spalle. Era solo la mia immaginazione, eppure la sensazione era reale. Non mi libererò mai di lui, ormai l'ho capito. Passerò il resto della mia vita a immaginarlo mentre cammina verso di me in una stanza buia come la notte con la finestra schermata.

Un commesso apre il negozio e mi sorride. Ha una spilla arancione col nome appuntata alla T-shirt nera. Si chiama Scott. « È impaziente! »

« Vendete truciolato? »

« Certo. Venga, le faccio vedere. »

Lo seguo nel negozio, coi nostri passi che riecheggiano sotto i soffitti altissimi.

« Per cosa le serve? »

La domanda mi spiazza. « Scusi? »

« Il truciolato. Cosa ci deve fare? »

« Niente. Mi serve e basta. »

Arriviamo in una zona divisa in sezioni, con pannelli di truciolato di diverse dimensioni addossati l'uno all'altro.

« Misure? »

Gliele dico e me ne tira fuori uno.

« Occorre altro? »

« Sì, un martello e dei chiodi. »

« Per fissare il truciolato? »

« Sì. »

« Da questa parte. »

Solleva il pannello e mi precede lungo un altro corridoio, dove si ferma per prendere un martello, e di nuovo poco oltre per scegliere una scatoletta di chiodi. « Chiodi da cinque centimetri. Dovrebbero andare. »

« Ottimo, grazie. »

Arrivati alla cassa, pago, metto in borsetta il martello e i chiodi e sollevo il pannello.

Il commesso mi guarda dubbioso. « Sicura di farcela? »

« Sì, grazie. »

Lui annuisce. « Buona giornata. »

Il pannello non è pesante, ma le dimensioni rendono difficile trasportarlo. Arranco fino alla fermata dell'autobus. Salgo a bordo e lo porto lungo il corridoio per infilarlo tra i primi due sedili liberi, dove prendo posto anch'io, con le ginocchia scomodamente premute contro il truciolato. Arrivata a casa, lo spingo dentro la porta e lo appoggio al muro mentre riprendo fiato, quindi lo porto su per le scale fino alla stanza del papà. Ieri è venuta un'azienda di sgomberi che si è portata via il letto, il cassettone e l'armadio ad anta singola, perciò adesso la stanza è del tutto vuota.

Prendo martello e chiodi dalla borsetta, sollevo il pannello da terra e lo metto in posizione, ma, ogni volta che tolgo una mano per prendere chiodi e martello, il pannello mi scivola giù.

« E che cavolo! » grido, quando cade per la terza volta, finendomi sul piede.

Mi accascio a terra, le braccia dolenti. Senza aiuto non ce la farò mai. Però non ho nessuno, sono sola.

Dopo averci riflettuto un momento, prendo il cellulare dalla borsetta.

« Grazie mille per essere venuto ad aiutarmi. Le sarà sembrata una strana richiesta, ma non sapevo chi altro chiamare », dico un'ora dopo a Mr Barriston.

Lui è in mezzo alla stanza, con le maniche arrotolate. Ha la fronte imperlata di sudore, ma sorride. « Le dirò, è la prima volta che un cliente mi chiede un favore del genere, però ho una figlia e, se avesse bisogno di una mano per un lavoretto come questo, sarei felice che qualcuno l'aiutasse. È una fortuna che mi abbia chiamato nel momento giusto. Uscire nella pausa pranzo mi fa soltanto bene.»

«Grazie.»

Lui si guarda intorno. «Sta... dando una rinfrescata?»

Arrossisco per l'imbarazzo. «Sì. Ho bisogno di un cambiamento.»

Annuisce. «Giusto.»

Lo seguo giù per le scale.

«Allora, buona fortuna per tutto.»

«Grazie ancora», rispondo piena di riconoscenza, e l'avvocato se ne va salutando con la mano.

Torno al piano di sopra e lavoro fino all'imbrunire, sollevando la moquette ormai lisa e strappando la carta da parati. Quando ho finito vado in camera mia, disfo il letto, trascino il materasso in camera del papà e lo metto contro il muro, nell'angolo più lontano. Poi chiudo la porta. Con la finestra schermata, il buio è totale. Torno al materasso e mi ci sdraio sopra, tirandomi addosso la coperta. Chiudo gli occhi e, per la prima volta dopo settimane, dormo.

12

Settembre sfuma in ottobre. Seduta al tavolino di ferro battuto verde che ho comprato per il giardino, ascolto la radio dal telefono con le gambe allungate davanti a me e il viso rivolto al sole. La bella giornata autunnale mi provoca un'inattesa esplosione di felicità alla quale tento di aggrapparmi... ma come sempre s'intromettono i ricordi, sempre gli stessi, di Carolyn, Justine e Lina. Di Hunter.

Vorrei tanto essere in pace con me stessa, smettere di pensare, però come faccio, dopo quello che ho visto?

È l'ora del notiziario.

« A Epping Forest sono stati rinvenuti resti umani che sembrano appartenere a due diversi corpi. Al momento la polizia preferisce non rilasciare dichiarazioni e chiede a tutti di restare lontano dalla zona. »

Su di me scende una strana calma. Mi sento come in trance mentre prendo il telefono per aprire la mia app di notizie. Quella più in alto riporta quanto ho appena sentito: a Epping Forest sono stati rinvenuti resti umani che sembrano appartenere a due corpi diversi.

Nel mio petto risuonano tonfi sordi. Entro in casa per andare a sedermi sul divano, curva sul telefono, passando da un sito all'altro per verificare la notizia. Non trovo altro, solo la stessa tetra frase ripetuta ovunque. Tiro su le gambe, mi abbraccio le ginocchia e ci poso sopra la testa, come per proteggermi dallo choc emotivo che sicuramente sta per colpirmi.

Il giorno dopo clicco sul banner della BBC News sul cellulare. C'è solo una riga: i corpi trovati a Epping Forest appartengono a due donne. Aspetto con disperazione che si carichi l'articolo e lo leggo due volte, l'una di seguito all'altra. Non dice molto a parte che, nel tentativo d'identificare i due cadaveri, la polizia sta investigando su tutte le donne tra i venti e i quarant'anni di cui ultimamente sia stata denunciata la scomparsa.

Una parte di me - un'enorme parte di me - vorrebbe fare una telefonata anonima e dare i nomi di Justine e Lina come possibili vittime. Però potrebbero non essere loro. E se risalissero a chi ha effettuato la chiamata? Potrebbero rivolgermi domande alle quali non vorrei mai rispondere, per timore d'incriminare non soltanto me stessa, ma anche i miei rapitori. E se sotto la tensione dell'interrogatorio finissi per cedere?

Pensando ai parenti delle donne scomparse, alla loro angoscia mentre aspettano di sapere se una delle vittime è la loro figlia, sorella, madre, moglie, il mio senso di colpa aumenta. Mi ossessiona l'idea che l'inchiesta della polizia per identificare i corpi potrebbe prolungarsi per settimane mentre io, se solo non fossi terrorizzata dalle conseguenze, potrei dare una grossa mano.

Mi ritrovo a piangere di nuovo per Justine e Lina. Il dolore arriva a ondate immense, insormontabili. Non riesco a mangiare e non chiudo occhio neppure dopo essermi stesa sul materasso nella stanza con la finestra schermata, avvolta nella mia coperta.

Poi, qualche giorno dopo, leggo la notizia che temevo, ma che allo stesso tempo mi riempie di sollievo: in seguito a una soffiata anonima si è avuta la conferma che i corpi trovati nel bosco sono quelli di Justine Elland e Lina Mielkutė, due ex dipendenti della rivista *Exclusives*, diretta da Ned Hawthorpe fino al suicidio avvenuto sei settimane fa. Prima che i media possano avanzare supposizioni sul coinvolgimento di Ned nell'assassinio di due donne del suo staff, la polizia annuncia che entrambi gli omicidi sono stati attribuiti ad Amos Kerrigan, un uomo legato alla malavita, ucciso a bruciapelo ad agosto durante quello che sembra un regolamento di conti.

Mi sorprende che Amos Kerrigan sia morto. Proprio lui che, ne sono sicura, ha fatto sparire i cadaveri delle mie due amiche. Ma poi mi rendo conto che *doveva* morire, perché era l'unico collegamento tra gli omicidi e Ned. Alla ricerca di un movente per gli omicidi di Justine e Lina, qualcuno – che forse vuole allontanare ancora di più i sospetti da Ned – avanza la teoria che Amos Kerrigan fosse un trafficante di stupefacenti e le due donne avessero minacciato di denunciarlo. Davanti a tutti questi sforzi per proteggere Ned, il torpore schiacciante che mi ha invaso viene trafitto da una lama di amarezza.

Il pianto mi chiude la gola. Passo in rassegna le mie emozioni. È un bene che Justine e Lina siano state trovate e possano finalmente riposare in pace. Ma chi organizzerà il funerale di Lina? Chi verrà a dirle addio, visto che non ha una famiglia? E Justine? Verranno i suoi dalla Francia oppure il funerale verrà organizzato a Bordeaux, la sua città di origine?

Non ho idea di cosa sia stato di *Exclusives* dopo la morte di Ned. Da quando sono partita con lui per Las Vegas e tornata come sua moglie, non ho più avuto contatti con nessuno della rivista. Cos'avranno pensato Vicky e il resto dello staff nel venire a sapere che ci eravamo sposati? Sul mio telefono non avevo trovato nessun messaggio di congratulazioni. Forse mi avevano presa per un'arrampicatrice sociale che aveva irretito Ned.

Vado a prendere il laptop che mi sono comprata, apro Facebook e cerco la pagina di *Exclusives*, aspettandomi di trovare la notizia che, causa il decesso del proprietario nonché direttore editoriale, la rivista è stata chiusa. Invece con mia grande sorpresa esiste ancora, e adesso a dirigerla è Vicky. Ha tutta la mia solidarietà, perché chissà come si è sentita dopo aver saputo che il messaggio in cui Lina diceva di essere tornata in Lituania in realtà non era stato scritto da lei, ma da qualcun altro.

Faccio scorrere i vari post. Ci sono già manifestazioni di grande dolore per Justine e Lina, e una collega ha chiesto la data e l'ora dei funerali. Col trascorrere delle ore si comincia a parlare di una veglia, non solo sul sito web di *Exclusives* ma su varie piattaforme in tutto il mondo, e sono felice che questa vicenda sia arrivata al cuore delle persone.

Mi squilla il telefono. È Paul Carr. «Come sta, Amélie?»

È difficile rispondere, non sapendo fino a che punto è al corrente. «Sono stata meglio.»

«Immagino. Suppongo che quando lavorava alla rivista avesse conosciuto Justine Elland e Lina Mielkutė.»

«Sì, le conoscevo.»

«Posso fare qualcosa?»

«No, grazie. Ma è stato molto gentile a telefonare. Lo apprezzo davvero.»

«Se ha bisogno, sa dove trovarmi.»

«Sì, certo. Grazie ancora.» Chiudo la chiamata, domandandomi se abbia telefonato di sua iniziativa o se siano stati i miei sequestratori a chiedergli di controllare come sto.

13

Sto cercando uno shampoo da Boots quando mi rendo conto di essere nel reparto uomo. La luce qui è così forte che ho già mal di testa. Speravo di stare meglio, adesso che la vicenda di Justine e Lina si è conclusa, ma non riesco a scrollarmi di dosso la montagna di dolore che mi è cresciuta dentro, né tantomeno a mettere a tacere i sensi di colpa per la morte di Lina e Carolyn. Poi c'è Daniel, il compagno di Carolyn. Lo avrei dovuto chiamare, però avevo troppa paura di lasciarmi scappare di aver avuto una parte nella fine di Carolyn. Perché, se il giorno dell'intervista con la stampa lei non fosse venuta a casa di Ned, adesso sarebbe ancora viva.

Prendo senza pensarci un gel doccia e lo stappo, spremendo il flacone per far uscire l'aria e annusare il profumo. Sa di eucalipto. Lo richiudo e ne prendo un altro, questo all'arancia. Prima di rendermene conto avanzo lungo la fila dei flaconi esposti annusandone il contenuto prima di rimetterli sullo scaffale, cercando il profumo che continua a ossessionarmi: erba tagliata e agrumi, l'odore del mio carceriere.

L'odore di Lukas.

Il flacone che ho in mano cade per terra. Mi giro e mi precipito verso la porta a vetri, urtando una donna che tiene per mano un bambino piccolo.

« Ehi! » mi grida dietro.

Ma non mi fermo, non posso.

Fuori dal supermercato mi metto a correre disperata, in cerca dell'uscita del centro commerciale. Sull'orlo delle lacrime, vedo le persone che incrocio guardarmi in modo strano.

« Tutto bene, cara? » mi domanda una signora anziana, ferma davanti a me con la mano sul carrello.

« Sì, mi sono... mi sono un po' persa. Non trovo più l'uscita. »

« Deve andare di là, oltre il bar. Lì c'è un'uscita. »

« Grazie, grazie! » Mi metto a correre.

Una volta fuori, non mi fermo finché non ce la faccio più. Piegata in due, inspiro grandi boccate d'aria. Non voglio che sia vero, ma è incontrovertibile: immaginavo Lukas mentre teneva le fila del nostro sequestro dalla sua casa di Vilnius, invece è sempre stato lì, nella casa di Haven Cliffs. Era lui il mio carceriere.

Faccio il resto del tragitto a piedi, con la testa china e incassata nelle spalle. Dev'essere per questo che non mi parlava: temeva che riconoscessi la sua voce. Arrivata a casa, mi fermo un momento nell'ingresso per lasciarmi invadere dal silenzio prima di raggiungere la cucina, dove mi siedo e prendo il telefono dalla tasca. Con mano tremante digito *Sindrome di Stoccolma*.

Reazione emotiva che può colpire le vittime dopo che sono state tenute prigioniere: è la sensazione di aver stretto un legame col carceriere, di sentirne la mancanza una volta liberi. Chi è affetto da questa sindrome spesso soffre d'insonnia, ha frequenti flashback e incubi, e sospetta di tutti.

Ne sono affetta anch'io?

Salita in camera, mi rannicchio sul materasso senza neppure svestirmi, ansiosa solo di nascondere la mia vergogna. Come posso aver stretto un legame con l'uomo che ha fatto uccidere Hunter? Chiudo forte gli occhi. Voglio solo svuotare la mente. Ma non ci riesco.

14

Qualche giorno dopo mi richiama Paul Carr. « Amélie, ha sentito che mercoledì prossimo ci sarà un servizio funebre per Justine Elland e Lina Mielkutė? »

Provo un'ondata di sollievo. È da qualche giorno che non guardo la pagina Facebook di *Exclusives*. « Grazie di avermelo detto. Mi sarebbe dispiaciuto non esserci. »

« Ah. » Sembra imbarazzato. « Qualcuno preferirebbe che lei non ci andasse. »

« Perché? »

« Per via della presenza dei media, credo. Forse temono che lei si ritrovi di nuovo sotto i riflettori. »

« Ma chi? Chi preferirebbe che io non ci fossi? »

« Spero che capirà. »

« No, non capisco. Le dispiacerebbe rispondere a chi le ha affidato questo messaggio dicendogli che ho bisogno di essere presente per mettere una pietra sopra questa vicenda? »

« Io posso solo ricevere, però non mi avrebbero chiesto di trasmetterle questo messaggio se non fosse importante. » Il suo tono è molto triste. Fa una pausa. « Mi promette di adempiere alla richiesta? »

Non è colpa sua, è solo un ambasciatore. « Sì, certo. Addio, Paul. »

Sono stata cortese con lui, ma dentro di me sono furiosa. Ho esaudito tutte le richieste di questi uomini che mi hanno sconvolto brutalmente la vita, però questo non lo farò. Che gli piaccia o no, andrò al funerale.

In sala da pranzo, accendo il computer e vado sulla pagina Facebook di *Exclusives*. Trovo altri post su Justine e Lina e tutti i dettagli sulla cerimonia che si terrà mercoledì nella chiesa di St. Anne, vicino alla sede della rivista. Prendo nota dell'ora – le due del pomeriggio – poi faccio una cosa che mi viene in mente solo adesso: cerco gli articoli sul mio matrimonio con Ned.

Sono sorpresa di quanto spazio abbia avuto, soprattutto sui rotocalchi, ma Ned era famoso come uno degli scapoli più ambiti d'Inghilterra: forse me lo sarei dovuto aspettare. M'imbatto in informazioni che avevo già – Ned ha ereditato la sua fortuna in via diretta dal nonno, suo padre e suo nonno non si parlavano più, soprattutto perché Jethro Hawthorpe disapprovava il modo in cui Ned Senior viziava il nipote – e in altre che ignoravo: a diciotto anni Ned aveva aggredito un suo coetaneo con tale violenza da mandarlo in ospedale e sei mesi dopo era andato a sbattere con la sua Ferrari rossa contro un albero, causando ferite gravissime alla ragazza che viaggiava con lui.

Per qualche motivo, la notizia mi sconvolge. A Las Vegas Ned mi aveva raccontato di un paio d'incidenti d'auto, che avevano fatto infuriare suo padre perché lo avevano costretto a rimandare il lancio della sua fondazione, però non mi aveva detto di aver rovinato la vita a una ragazza, né di aver mandato un amico in ospedale.

Ora capisco perché Jethro Hawthorpe è così paranoico riguardo agli scandali provocati da suo figlio.

Continuo a cercare per un po', e sto per rinunciare quando m'imbatto in una notizia risalente al 2008, sulla morte di un'ex fidanzata di Ned Hawthorpe rimasta soffocata in un gioco sessuale finito male.

Spaventata da quanto sto per leggere, trattengo il fiato, ma il brevissimo articolo riferisce solo che la giovane, Tanya Haughton, era un'ex di Ned. Non dice con chi stava facendo sesso quand'è morta, solo che la polizia sta indagando sulle circostanze del decesso. Spero di trovare gli esiti dell'indagine e cerco altri articoli sull'argomento pubblicati quello stesso anno o negli anni seguenti, ma non c'è niente. Il che significa che qualcuno ha insabbiato la vicenda.

Niente può placare la collera che provo nei confronti di Ned per essere riuscito a farla franca in così tante occasioni, solo perché suo padre è potente. Ovviamente non posso essere sicura che sia coinvolto nell'omicidio di Tanya Haughton, ma gli indizi puntano tutti in quella direzione, dal metodo alla copertura.

Ricordando che stavo cercando di scoprire cos'ha riportato la stampa riguardo al mio matrimonio con Ned, torno a quegli articoli. Su di me c'è pochissimo. Hanno scavato un po', perché si dice che sono orfana e che a sedici anni, dopo la morte di mio padre, sono stata data per scomparsa. Ma si parla soprattutto di come io e Ned ci siamo conosciuti e della nostra decisione improvvisa di sposarci. Intervistati, Vicky e altri dipendenti di *Exclusives* raccontano della loro sorpresa nell'apprendere la notizia, perché ignoravano che avessimo una relazione. Nessuno mi dà dell'arrampicatrice sociale, almeno non nero su bianco, però nel leggere le loro dichiarazioni percepisco l'accusa appena sotto la superficie.

C'è un turbine di articoli sul suicidio di Ned, che parlano delle vessazioni che Ned ha subito dai troll a causa della denuncia per tentato stupro sporta da Justine e della conseguente persecuzione dei media. Adesso la facilità con cui l'ipotesi di suicidio è stata accettata da tutti ha più senso, ma non sopporto che sia stato dipinto come una vittima viste le colpe di cui si è macchiato.

C'è qualcosa che desidero fare da molto tempo e che ho sempre rimandato per mancanza di coraggio. Faccio un respiro profondo e digito nel motore di ricerca le parole *cadavere di un uomo ritrovato nel Dorset*. Ci sono diversi articoli, che passo rapidamente in rassegna col cuore in tumulto, scartandoli a uno a uno finché non trovo quello che speravo di non trovare, datato mercoledì 14 agosto, sul corpo di un uomo trovato lungo la B222 non lontano da Haven Cliffs, vittima in apparenza di un regolamento di conti.

La stanza vacilla, e io mi aggrappo al tavolo in attesa che la vertigine passi. Al momento, l'uccisione sconvolgente di Lina pochi giorni prima aveva avuto la precedenza sulla morte di Hunter: mi sembrava sbagliato piangere un uomo che conoscevo appena. Ma adesso sono scossa dal dolore per quello che sarebbe potuto succedere se Lukas non avesse dato l'ordine di eliminarlo.

Lukas. Quasi non sopporto più di pensare a lui, sapendo che era il mio carceriere, eppure è il solo in grado di darmi le risposte di cui ho bisogno. Ripenso alla telefonata di Paul che mi ha sconsigliato di andare al funerale. L'assedio della stampa è solo una scusa: perché dovrebbero farlo? La cerimonia non è per me, ma per Justine e Lina. Anche se dovessero riconoscermi, la mia presenza non stupirebbe nessuno: lo sanno tutti che lavoravo anch'io alla rivista. Se è meglio per me tenermi alla larga è perché ci sarà qualcun altro in cui i sequestratori non vogliono che io m'imbatta, e può essere soltanto Lukas. E, se Lukas viene da Vilnius o da Los Angeles apposta per assistere ai funerali, ci sono buone probabilità che alloggi nella sua seconda casa, cioè a Haven Cliffs.

15

Scendo dal treno a Bournemouth ed esco dalla stazione per dirigermi alla fermata dei taxi.

Il primo tassista in coda abbassa il finestrino. « Dove va, cara? »

Salgo a bordo. « Haven Cliffs, per favore. »

« Ha un indirizzo preciso? »

« La casa si chiama Albatross, ma ho dimenticato il nome della via. Sono proprio sciocca. »

« Nessun problema. » Si mette a trafficare col GPS. « Trovata. »

« Fantastico, grazie. » Mi metto comoda e guardo fuori dal finestrino, cercando di tenere a bada il nervosismo. Non ho idea di cosa succederà nella prossima ora, però so cosa mi piacerebbe che succedesse: Lukas è a casa, accetta di parlarmi, ammette di avere ordinato l'uccisione di Hunter, ammette di aver sequestrato me e Ned, ammette di aver ucciso Ned; mi dice che ha fatto tutto questo per vendicare la morte di Lina, perché un tempo l'ha amata, oppure perché si sarebbe dovuto prendere cura di lei quand'è rimasta sola al mondo. Dopodiché lo saluto e me ne vado dritta alla polizia con la registrazione che ho salvato in segreto sul telefono. Ma non sono così ingenua da credere che andrà esattamente così.

« Eccoci arrivati », annuncia un quarto d'ora dopo il tassista.

Fuori dal finestrino c'è un cancello nero con ai lati un muro di cinta alto e bianco. Riconosco il cancelletto a pochi metri da quello principale: è quello dal quale sono uscita quando ho finto di andare a cercare Ned sulla spiaggia.

Pago la corsa, smonto dal taxi e mi fermo un momento a studiare le finestre al piano superiore della casa in cui sono stata tenuta prigioniera per due settimane. Quando i rapitori ci hanno portati qui, non ho sentito nell'aria l'odore salmastro del mare, ma forse la paura che provavo mentre trascinavano me e Ned giù dall'auto mi aveva ottenebrato i sensi. E, anche se lo avessi sentito, non l'avrei mai collegato alla casa in cui Ned e io avevamo pranzato con Lukas. Nella mia testa, quella in cui ci avevano portato era vecchia e abbandonata, nascosta da qualche parte nei boschi.

Aspetto che il taxi si sia allontanato, quindi suono il citofono. In attesa che qualcuno risponda, guardo su e giù lungo la strada: le case sono talmente distanziate che avrei potuto gridare all'infinito senza essere udita da nessuno.

Suono di nuovo, e quando non rispondono vado su tutte le furie, perché, se domani ha intenzione di andare al funerale di Justine e Lina, Lukas ormai dovrebbe essere qui. Per questo ho aspettato fino a oggi per venire a Haven Cliffs, per questo non sono venuta ieri o l'altro ieri: temevo che non fosse ancora arrivato.

Mi rifiuto di credere che Lukas non sia da qualche

parte dietro il muro di cinta bianco, così suono il citofono a ripetizione. Potrebbe aver deciso di alloggiare a Londra per essere più vicino alla chiesa. Ma Londra è a un paio d'ore di treno da Bournemouth, e non è qui che sarebbe venuto a piangere una donna così importante per lui da spingerlo a ricorrere all'omicidio e al rapimento pur di vendicarne la morte?

Mi allontano un po', sperando d'ingannare Lukas nel caso mi stia spiando attraverso la telecamera collocata sopra il cancello. Cammino verso destra lungo il muro e finisco per trovare un altro cancello grande, anche se non imponente come quello principale. Non ci sono telecamere, in giro non c'è anima viva, così afferro la parte superiore del cancello e cerco di tirarmi su, ma la superficie metallica è troppo liscia per fare presa con le suole e, dopo aver annaspato un po' coi piedi, ricado sul viottolo. Quando mi sposto vicino alla colonna di pietra sulla destra e mi aggrappo di nuovo al cancello, riesco a puntellarmi sulla superficie ruvida quanto basta per arrampicarmi. Ho appena il tempo di dare una sbirciata all'interno prima che mi scivolino i piedi: il cancello immette in una zona boscosa di fianco alla casa. È da questo ingresso che siamo passati in auto la notte in cui i rapitori ci hanno portati qui.

Torno al cancello principale e tengo premuto il pulsante del citofono, furibonda perché Lukas si rifiuta di rispondere, furibonda perché non sta andando come avevo sperato. Sconfitta, perché non posso restare qui per sempre, alzo la testa guardando dritto nella telecamera e scandisco con le labbra un messaggio per Lukas: *Ci vediamo domani.*

16

Entro in chiesa. È già piena, ma per non farmi notare preferisco non rimanere vicino alla porta.

Vado verso destra per risalire la navata laterale e infilarmi in un posto vuoto all'estremità di un banco, sperando che la giovane donna che si sposta per lasciarmi più spazio non sia una dipendente della rivista. Mi abbasso sulla fronte la tesa del cappello blu e faccio cadere in avanti i capelli per nascondere il viso, ma senza coprire gli occhi. Dov'è lui?

Durante la celebrazione, mi sforzo di non sentire i pianti sommessi tutto intorno a me per paura che, se iniziassi anch'io, non riuscirei più a smettere. Preferisco concentrarmi su Justine, sull'ultima volta che ci siamo viste a cena a casa di Carolyn, quando ci aveva fatto morire dal ridere raccontandoci dell'intervista che le aveva rilasciato un famoso fantino in una stalla piena di cavalli. Riportare a galla buoni ricordi di Lina, invece, non è facile.

Alla fine della cerimonia scivolo rapidamente via, ansiosa di uscire dalla chiesa prima che la gente cominci a sciamare lungo la navata centrale. Il mio piano è di tenermi in disparte per scrutare i visi di quelli che escono finché non vedrò Lukas. Mentre mi affretto a raggiungere l'uscita vedo un uomo sbucare dall'ombra dalla parte opposta della chiesa. Anche lui va verso la porta e sembra avere la mia stessa fretta. Smetto per un attimo di respirare: non è Lukas, eppure sono sicura di conoscerlo. Cerco di ricordarmi chi è: è di statura e corporatura medie, non trovo indizi che possano aiutarmi a identificarlo.

Devo essermi sbagliata, forse non lo conosco affatto. Quando si avvicina alla porta rimango indietro per cercare di vederlo meglio. La sua testa rasata mi aiuta a mettere insieme i pezzi: è Carl, ne sono sicura.

Mentre fendo la folla in uscita dalla chiesa, lo vedo che attraversa il giardino diretto verso la strada e mi prende il panico: se ha parcheggiato qui vicino, se la svignerà prima che io riesca a parlargli.

« Carl! »

Continua a camminare senza voltarsi, ma nel sentirsi chiamare ha avuto un istante di esitazione, l'ho visto benissimo. È proprio lui. Ha accelerato il passo. C'è un'uscita a ogni angolo del parcheggio e lui si sta dirigendo verso quella di sinistra, per cui mi metto a correre verso quella di destra. Mentre esco dal parcheggio mi vola via il cappello, però non mi fermo, anzi, corro ancora più veloce per tornare indietro lungo la strada verso l'uscita che sta per raggiungere Carl. Lo vedo attraverso l'inferriata: guarda per terra, non ha idea che da un momento all'altro si troverà faccia a faccia con me. Corro attraverso l'uscita costringendo la gente a scansarsi, e nel sentire le loro esclamazioni Carl alza la testa e si accorge di me che gli sto andando incontro. Mi guarda spaventato e cerca di cambiare direzione, ma io seguo i suoi movimenti riuscendo a bloccargli il passo. Adesso è costretto a fermarsi.

« Le devo parlare, Carl. Sono sicura che anche lei sa chi sono. » Ho il fiato corto.

Mi fissa impassibile. Ha occhi scurissimi, quasi neri. Poi s'illumina. « Mrs Hawthorpe! Mi deve scusare se non l'ho riconosciuta subito, ma non ci hanno mai presentato. Sono venuto a porgere i miei rispetti. » Indica la chiesa.

« Perché? »

« Mi scusi? »

« Le sto chiedendo come mai è venuto a porgere i suoi rispetti a Justine e Lina visto che non le conosceva. Lavorava per Ned da pochi giorni, non aveva mai avuto occasione d'incontrarle. »

« La loro storia è arrivata al cuore di molte persone, Mrs Hawthorpe. »

Solo adesso mi rendo conto del suo strano accento, forse australiano, forse sudafricano, non so. Esito. La guardia del corpo di Ned non aveva nessun accento particolare. Subentra l'istinto. Non mi sto sbagliando, ne sono certa.

Scuoto la testa. « No, io lo so perché è venuto. Per chiudere con la vicenda. »

« Non credo... »

« Non dica niente. » Abbasso la voce, perché sta arrivando gente. « Parlerà anche con un accento diverso, ma so benissimo che è uno degli uomini che tenevano prigionieri me e Ned. »

Si guarda intorno preoccupato. « È sola? Posso accompagnarla da qualcuno? »

« Non mi tratti come un'idiota, la prego. »

Lui guarda l'orologio. « Mi scusi, ma devo proprio andare. »

Quando cerca di girarmi intorno, lo blocco di nuovo. « No. Voglio delle risposte, e dopo tutto quello che ho fatto per voi me le dovete. Quindi mi dica, dov'è Lukas? Come mai non è qui? »

Lo vedo così confuso che per un attimo penso di essermi sbagliata, però l'istinto mi dice che non è così, che ho ragione.

M'infurio. « Se si rifiuta di rispondermi, andrò a raccontare alla polizia di aver visto Ned Hawthorpe uccidere Lina Mielkutė. »

Nei suoi occhi passa un lampo, ma qualunque cosa sia si spegne subito.

« Sì, ha sentito bene. Ho visto Ned ammazzare Lina, soffocarla con le sue stesse mani. Ero nascosta dietro la porta della biblioteca e ho assistito a tutta la scena. Ho anche visto Hunter venire ucciso a bruciapelo, però ovviamente voi questo lo sapevate già, lo avete ammesso voi stessi nella lettera d'istruzioni. » Mi accorgo appena della sua mano che mi prende un gomito per sospingermi verso una panchina, così come mi accorgo appena delle lacrime che m'inondano il viso. « Ha idea di cos'abbia significato per me assistere a quei due omicidi? Lei forse riuscirà a chiudere con questa faccenda, ma per me sarà impossibile, almeno finché non troverò le risposte di cui ho bisogno. »

« So che non le piacerà sentirselo dire, ma la prego di credermi, Mrs Hawthorpe, non ho idea di cosa stia dicendo. »

Sono sempre più furiosa. Mi alzo e metto la borsetta in spalla. « No che non le credo! E non sono Mrs Hawthorpe! Non crede che andrò davvero alla polizia, eh? Invece lo farò. Per essere libera ho bisogno di risposte, altrimenti resterò per sempre prigioniera di quest'incubo. » Inghiotto le lacrime. « Lo sa che ormai riesco a dormire solo sdraiata su un materasso in una stanza buia con la finestra schermata? Ecco come sono ridotta, ecco come mi avete ridotto lei e Lukas. » Faccio per allontanarmi, poi mi giro di nuovo. « Porti a Lukas un messaggio da parte mia. Gli dica che lo troverò, ovunque si nasconda. »

17

Mi allontano veloce, ma non troppo. Carl mi rincorrerà, *deve* farlo, e deve anche potermi raggiungere. Vicino all'uscita rallento, aspettando che mi chiami, che mi dica di tornare indietro, per svelarmi tutto quello che mi serve sapere. Quando non succede, qualcosa dentro di me muore. Vorrei afflosciarmi a terra, arrendermi. Se non mi aiuta lui, chi lo farà?

Vengo colpita dalla realtà della mia situazione. Se mi allontano adesso, non avrò mai risposte. Una volta perso di vista Carl, non riuscirò mai più a rintracciarlo.

Mi volto, però di lui non c'è traccia: se n'è già andato. Mi metto a girare in cerchio cercando di capire da quale parte è andato, poi finalmente lo vedo di nuovo, che cammina veloce sulla strada asfaltata dall'altra parte della cancellata. Deve avere preso un'altra uscita.

Lo rincorro, ma quando sono più vicina rallento per seguirlo da una certa distanza. Solo adesso mi accorgo che ha una sacca appesa alla spalla. In fondo alla strada si ferma un momento, voltandosi a destra e a sinistra per poi guardare l'orologio, come se non volesse attraversare e stesse invece cercando un taxi. Mi sento morire. Se prende un taxi lo perderò per sempre, a meno che dietro il suo non ne arrivi subito un altro e io non chieda al conducente di seguirlo. *Ti prego, fa' che non arrivi nessun taxi.*

Qualcuno sente la mia preghiera, perché dopo un paio di minuti Carl si decide ad attraversare.

Mi muovo anch'io per seguirlo. So dove sta andando: alla fermata della metropolitana qui vicino. Scendo di corsa i gradini, lo seguo attraverso i tornelli e giù per la scala mobile che scende alla Piccadilly Line, fino alla banchina.

Il timore che si accorga di essere pedinato evapora. Se avesse anche solo il minimo sospetto, si sarebbe girato almeno una volta a controllare. Quando arriva il treno, salgo sulla sua stessa carrozza ma all'estremità opposta, dove mi siedo a spiarlo mentre fissa il vuoto davanti a sé, la sacca per terra in mezzo ai piedi, perduto in pensieri che posso solo immaginare. Era il carceriere di Ned, lo so. Perché altrimenti sarebbe venuto al servizio funebre per Justine e Lina, due donne che non conosceva neppure? A meno che invece non le conoscesse. Provo a ricordare, però non mi pare che Justine o Lina abbiano mai nominato un Carl nelle nostre conversazioni.

La carrozza si riempie, ma non sono preoccupata. Riesco ancora a vedere Carl. Il mio piano è di seguirlo fino a casa sua e, una volta in possesso del suo indirizzo, tormentarlo giorno e notte finché non accetterà di parlarmi. È solo quando non reagisce a nessuna delle fermate, neppure per controllare dove siamo, che me ne rendo conto: se non teme di perdere la sua è perché intende scendere al capolinea. Il mio sguardo vola alla mappa contro la parete della carrozza: l'ultima fermata è l'aeroporto di Heathrow, Terminal 5.

Il mio cuore perde un colpo. Come posso seguirlo a

bordo di un aereo? Potrebbe essere diretto ovunque. Poi mi viene in mente il suo accento e il mio cuore perde un altro colpo. E se va in Sudafrica? O in Australia? Come farò a rintracciarlo laggiù?

Il treno si ferma al Terminal 5. Lui si avvicina alla porta e pochi secondi dopo lo seguo sulla banchina. Per timore che si guardi alle spalle, aspetto in mezzo alla gente mentre si dirige verso le scale mobili. Si sposta a sinistra e comincia a salire, superando le persone ferme a destra, come se avesse fretta, e io gli vado dietro. Arrivato in cima si mette a correre in mezzo all'atrio, e per un terribile istante sono convinta che mi abbia visto. Ma nel correre si fruga in tasca in cerca del telefono. Arrivato ai controlli di sicurezza, ai quali si accede da tornelli individuali, accosta il cellulare al lettore e supera la barriera. Quando arrivo lì pochi secondi più tardi, non mi resta che guardarlo finché non scompare.

18

La lampadina mi si accende durante la notte, mentre sono rannicchiata sul mio materasso. E se Carl lavorasse per la stessa agenzia di sicurezza di Hunter? Ho letto il nome sul taschino della sua giacca nera abbastanza volte da ricordarlo. Se telefono e chiedo di parlare con Carl, potrei scoprire qualcosa. Le probabilità sono bassissime – dopo l'assassinio di Hunter, Ned potrebbe aver chiamato un'altra agenzia –, ma vale la pena di tentare.

È dalle tre di stanotte che guardo continuamente l'ora. Alle nove li chiamo. « Buongiorno, sto cercando di rintracciare una guardia del corpo che ha lavorato per noi quest'estate e ci era stata mandata dalla vostra agenzia. Si chiamava Carl. Mi dispiace, ma ho dimenticato il cognome. »

« Posso avere il nome della sua azienda? » mi chiede la donna al centralino.

« Sì. *Exclusives* », rispondo.

« Resti in linea, controllo... Non trovo nessun contratto a nome *Exclusives*, mi dispiace. »

« Allora deve averlo mandato un'altra agenzia. Avete un Carl tra i vostri dipendenti? »

« No, l'unico Carl che avevamo era il nostro principale, Mr Hunter, ma non lavora più qui. »

Il telefono mi scivola di mano, finendo sul pavimento.

Mi sento sbiancare. Attraverso la cucina in preda alle vertigini, poi esco in giardino per respirare aria fresca. Carl *Hunter*? Cosa significa? È solo una coincidenza, due persone con lo stesso nome, uno che lo porta come cognome e l'altra come nome di battesimo? Oppure Hunter era il cognome dell'uomo che conoscevo con quel nome? In questo caso significa forse che Carl e Hunter erano imparentati? E se lo erano il rapimento è stato un modo per vendicare non solo la morte di Lina, ma anche quella di Hunter?

Ho la testa sul punto di esplodere. Mi massaggio le tempie dicendo a me stessa che andrà tutto bene, in un modo o nell'altro arriverò in fondo a questa faccenda. Ma come? Ogni volta che mi sembra di aver fatto un passo avanti, ecco che qualcosa mi riporta bruscamente indietro.

Tornata in cucina, raccolgo il cellulare da terra e rifletto. Appena ho un piano chiamo di nuovo l'agenzia di sicurezza, pronta a camuffare la voce perché la centralinista non mi riconosca, però questa volta risponde un uomo.

« Per favore, potrebbe passarmi Carl Hunter? »

« Mi dispiace, non lavora più qui. »

« Ah. Questo potrebbe spiegare come mai non ha più ritirato i suoi vestiti. Ce li ha portati per il lavaggio a secco più di un mese fa. Non è che per caso avrebbe il suo numero di telefono? »

« Purtroppo no. »

« Un indirizzo, allora? Sono begli abiti, sarebbe un peccato che non li riavesse. Magari potrei spedirglieli via corriere. »

L'uomo ride. « Potrebbe, ma sarebbe un po' costoso. È tornato in Nuova Zelanda. »

Tombola! « È originario di lì? Avevo colto un accento, quand'è venuto in lavanderia, però non sono riuscita a collocarlo. »

« Sì, è neozelandese. »

« E suo fratello? Magari lui ha da passarmi il suo contatto. »

« Suo fratello? Non sapevo che Hunter avesse un fratello. »

« Sì, ha detto che suo fratello lavorava con lui, sono sicura. O forse era il cugino. »

« Qui di certo non lavora. »

Decido d'insistere. « Sono passate diverse settimane, ma Mr Hunter mi aveva detto che il fratello usava il cognome al posto del nome di battesimo, per cui era conosciuto come Hunter. Mr Hunter diceva che lavorava come guardia del corpo. »

« Davvero? Potrei dare un'occhiata nei nostri archivi. »

« Le spiacerebbe? Come le ho già detto, si tratta di abiti costosi. »

« Mi dia un momento. »

Attendo.

« No, purtroppo non ho trovato niente. »

« Vorrà dire che porterò i vestiti al negozio di beneficenza. Grazie, è stato molto gentile. »

Rimango per qualche istante ad analizzare le nuove informazioni. Per quale motivo non risulta che Hunter abbia mai lavorato per loro, quando indossava una giacca con scritto sopra il nome dell'agenzia?

E come farò a rintracciare Carl in Nuova Zelanda? È impossibile, mi dico. Sarebbe come cercare un ago in un pagliaio. Prendo lo stesso il laptop e digito *Carl Hunter Nuova Zelanda,* ma escono più di 12.800.000 risultati di ricerca. Provo con *Carl Hunter sicurezza Nuova Zelanda,* però i risultati sono ancora 8.810.000. Digito il suo nome, *Nuova Zelanda* e il nome dell'agenzia di sicurezza, quindi provo a cercare su Immagini, ma non esce niente.

Giro per la stanza, vado a premere il naso contro il vetro della finestra. Senza Carl non posso trovare nemmeno Lukas, però se non arrivo alla verità non sarò mai libera.

19

Appena entrata nel palazzo dove ha lo studio Paul Carr, mi dirigo subito verso la reception.

« Buongiorno, vorrei parlare con Mr Carr. »

L'impiegato, un ragazzo poco più vecchio di me, alza gli occhi per guardarmi. « Ha un appuntamento? »

« No. »

« Posso suggerirle di prenderne uno? »

« No. Ho bisogno di vederlo adesso. »

« Temo che non sia possibile, signorina. »

« Può dirgli che c'è qui Amélie Lamont, per favore? Vedrà che mi riceverà. »

Con un sospiro percettibile, il ragazzo alza una cornetta e preme un bottone.

Mi allontano dal banco e cerco di calmarmi. Avrei potuto - avrei dovuto - chiamare, prima di presentarmi qui. Ma temevo che Paul proponesse di parlare al telefono mentre io voglio vederlo in faccia, perché solo così riuscirò a capire quanto sa davvero. È l'unica persona rimasta in grado di aiutarmi.

Poco dopo me lo ritrovo davanti. « Amélie, che piacere vederla! Vuole venire con me? »

Lo seguo nel suo ufficio e mi scuso: « Avrei dovuto chiamare, prima di venire ».

Lui sorride, indicando due poltroncine di pelle davanti a un tavolino. « Non si preoccupi. Ho chiesto a Ben di portarci un caffè. Come sta? »

L'arrivo del caffè mi risparmia di dovergli rispondere.

Dopo averci servito entrambi, Paul si mette comodo. « Come la posso aiutare? »

« Non so nemmeno se può. »

« Perché non mi dice qual è il problema? »

Quindi ignora cosa mi è successo, perché se lo sapesse non mi farebbe questa domanda. Ma, se non lo sa, come mi può aiutare?

Mi spuntano lacrime di disperazione. « Quando ci siamo rivisti dopo la morte di Ned mi era appena successa una cosa orribile, che non riesco a superare. Ho provato a non pensarci, a dirmi che va tutto bene, ma non è così e ho paura che non andrà *mai più* bene. Ho mille domande e non esiste nessuno in grado di darmi le risposte. È durissima. Ho vent'anni, eppure mi sento così vecchia. Ho visto cose che mi tengono sveglia la notte, ho *fatto* cose che mi tengono sveglia la notte. Mi sento come se fossi stata usata, una pedina... » Ho paura di avere detto troppo, taccio e mi asciugo gli occhi con la manica del maglione. « Alla cerimonia funebre per Justine e Lina ho visto una persona che forse mi avrebbe potuto aiutare, ma ha finto di non capire di cosa stavo parlando, anzi, ha voluto farmi credere di essere pazza. »

Gli vedo passare negli occhi la coda di qualcosa che mi sembra collera.

« Lo sapeva, vero? » gli chiedo rassegnata. « Lo sapeva che sono andata al funerale. »

Invece di rimproverarmi e chiedermi perché ho disobbedito al suo ordine, lui si alza e va alla finestra, dove si mette a guardare fuori dandomi le spalle.

Mi deprimo ancora di più. Sarà più difficile del previsto.

« Posso domandarle se ha dei progetti per il suo futuro? »

Una minuscola scintilla di trionfo si accende in me al ricordo dello spavento di Carl quando gli ho detto di essere venuta in cerca di Lukas. « In realtà sto pensando di prendermi una vacanza. » Se Paul riferirà questa conversazione a Carl, tanto vale approfittarne.

Paul si gira a guardarmi. « Davvero? »

« Sì. Ho il tempo e i soldi, e non ho niente da fare. »

« Dove pensava di andare? »

« Dato che sento il bisogno di allontanarmi il più possibile da qui, ho pensato alla Nuova Zelanda. »

La sua espressione non cambia, ma lo vedo irrigidirsi. Aspetto che mi dica di no, che non posso andare in Nuova Zelanda e che m'indirizzi verso una meta più esotica, con la scusa che ho bisogno di riposare come si deve. « La trovo una magnifica idea. »

Lo fisso. « Davvero? »

« Certo. Ha in mente qualche luogo specifico? »

« Non proprio. » Mi lancio a caso: « Pensavo di atterrare a Wellington e partire da lì ».

Annuisce. « Sì. Anche se ho sentito dire che è meglio iniziare da Christchurch, sull'isola del Sud. »

Il mio cuore accelera. « Christchurch? »

« Sì, e in particolare da un posto che si chiama Akaroa, sulla penisola di Banks. Pare che sia stupendo. »

Mantengo un tono di voce pacato e piatto. « Allora vorrà dire che comincerò da lì. Sarà una buona idea partire adesso? Qui è quasi inverno, quindi là saranno vicini all'estate. »

« Il momento ideale, direi. »

« E... magari sa anche dove potrei alloggiare ad Akaroa? »

Scuote la testa. « No, ma cerchi qualcosa sul lungomare e, mentre si trova lì, faccia una gita al Purple Peak. Ho sentito dire che tra le colline stanno costruendo delle bellissime case. Ora però temo di avere un altro appuntamento. »

« Certo. Grazie per avermi ricevuto. Mi è stato di enorme aiuto. »

« Spero che troverà le sue risposte. »

« Grazie. » Lo guardo speranzosa. « Immagino che non abbia voglia di venire con me in Nuova Zelanda. »

Sorride. « È un viaggio che deve fare da sola, Amélie. »

20

Vado in aeroporto in taxi, tirandomi dietro la stessa valigia con rotelle che ho portato a Las Vegas quattro mesi fa. Intorno a me gli altri viaggiatori salutano parenti e amici con baci e abbracci.

« Divertiti e chiamaci quando sei arrivata », sta dicendo una madre alla figlia, e quando l'abbraccia distolgo gli occhi.

Ho già fatto il check-in online, quindi vado direttamente a depositare il bagaglio. Intanto penso al messaggio che mi ha mandato stamattina Paul Carr sul telefonino: *Buon volo, buon viaggio. Paul.* È rassicurante sapere che al mondo c'è almeno una persona al corrente della mia partenza. Se sparissi, lui se ne accorgerebbe.

Dopo averci ragionato sopra, mi sono detta che il lampo di collera nei suoi occhi quando gli ho detto di essere andata al funerale non era dovuto a me, bensì a Carl, per essersi rifiutato di parlarmi e per avermi indotta a credere di essermi sognata tutto. Altrimenti perché Paul mi avrebbe aiutato, indirizzandomi ad Akaroa?

Il viaggio è interminabile. Tredici ore circa fino a Singapore, uno scalo di cinque, poi altre dieci di volo fino a Christchurch. Durante la prima tratta cerco di non pensare. Leggo, mangio, guardo dei film. Quando sono sull'aereo per Christchurch, ho lo stomaco stretto dall'ansia. Nonostante le informazioni in mio possesso, non sono affatto sicura di riuscire a trovare Carl. E dovrò stare molto attenta: ho fatto qualche ricerca su Akaroa, è un posto minuscolo e, se vado in giro a chiedere di un certo Carl Hunter che si sta facendo costruire una casa in collina, lo verrà a sapere di sicuro. Io invece voglio coglierlo di sorpresa.

Finalmente l'aereo atterra. Una volta sbarcata seguo gli altri passeggeri fino al controllo passaporti e al ritiro bagagli. Mentre aspetto la valigia rispondo a Paul con un messaggio molto semplice: *Atterrata da poco a Christchurch. Grazie.*

Quando arriva la valigia, la metto per terra, la apro e metto via la mia coperta, che avevo portato a bordo con me. Ora sono pronta per raggiungere l'uscita. Ho prenotato un'auto che mi porterà ad Akaroa, dove ho riservato un bilocale in una pensione vicino al lungomare. Nel salone c'è un uomo con un cartello col mio nome, e io mi avvicino.

«Benvenuta a Christchurch», mi dice con un largo sorriso, prendendomi la valigia. «È la prima volta che viene in Nuova Zelanda?»

Sorrido a mia volta. «Sì.»

«Speriamo che non sia anche l'ultima.» Dice di chiamarsi Bill e durante l'ora che ci separa da Akaroa mi racconta di avere un cugino che vive lì. Per un attimo sono tentata di chiedergli se ha mai sentito parlare di un certo Carl Hunter, ma evito. Preferisco che mi racconti quello che ho già letto sulla guida, e cioè che Akaroa è stato il primo e l'ultimo insediamento francese in Nuova Zelanda.

Bill mi parla della spiaggia di French Bay, del porto e del molo, e quando mi chiede di me m'invento la vita che mi piacerebbe fare, una vita in cui mi prendo un anno di pausa prima di cominciare un master e nella quale ho dei genitori che mi aspettano in Gran Bretagna, nonché degli amici australiani coi quali intendo vedermi prima o poi.

Quando arriviamo ad Akaroa sento in pieno gli effetti del jet lag, per cui non vedo l'ora di mettermi a letto. Ci fermiamo davanti a un piccolo edificio, dentro cui Bill porta la mia valigia prima di salutarmi e andarsene. La signora alla reception, che si presenta come Glenda, è cordiale e amichevole, e mentre saliamo le scale le propino la stessa storia che ho raccontato a Bill.

L'appartamentino è grazioso. Oltre alla camera da letto e al bagno ci sono una grande stanza con tavolo, sedie e divani e un angolo cottura. C'è anche un balcone affacciato sul mare.

« In frigo troverà latte e burro. Tè, caffè e pane sono negli armadietti insieme con altre cosette che potrebbero servirle », dice Glenda.

Guardo con gratitudine una grande ciotola piena di kiwi, mandarini, mele e avocado. « Grazie. È davvero molto gentile. »

« Si figuri. Se le occorre qualcosa, mi chiami pure. »

Dopo la doccia mi metto a letto, perché in Inghilterra è notte fonda. Mi addormento chiedendomi come mai Carl abbia deciso di sorbirsi il lungo ed estenuante viaggio da qui alla Gran Bretagna per assistere al funerale di due donne che non conosceva nemmeno.

21

Mi do due giorni per riprendermi dal jet lag; gironzolo per Akaroa e passeggio lungo la spiaggia di French Bay, contemplo lo splendido panorama e respiro l'aria fresca dell'oceano senza mai rinunciare neppure per un attimo alla speranza di avvistare Carl. Non ho ancora nessun piano, ma so di doverne fare uno. Se lo vedo, però, mi comporterò come l'ultima volta, cioè lo pedinerò.

Approfittando di uno dei momenti di tranquillità di Glenda tra la partenza dei vecchi ospiti e l'arrivo dei nuovi, mi avventuro alla reception.

« Come va oggi? » mi domanda quando mi avvicino.

« Bene, grazie. È così bello qui, così rilassante. »

Si appoggia al bancone, pronta a fare due chiacchiere. « Anche il tempo non è male per questo periodo dell'anno. Ha qualcosa di bello in programma per oggi? »

« Voglio rintracciare delle persone che conoscevano i miei in Inghilterra. Sembra che siano emigrate qui ad Akaroa, ma i miei hanno perso i contatti e mi hanno fatto promettere di cercarle. » Faccio un sospirone. « Senza un indirizzo, però, non so proprio da che parte cominciare. »

« Sa almeno il nome? »

« Sì, Hunter. »

« C'è un tale che si sta facendo costruire una casa tra

le colline qua dietro. Mi pare che si chiami proprio Hunter, ma non è della generazione dei suoi genitori. Pare sia sui trentacinque anni. E fino a pochi mesi fa viveva in Gran Bretagna, quindi non può essere la persona che sta cercando.»

Il cuore mi batte così all'impazzata che faccio un passo indietro, per timore che lei lo senta. Invece è esattamente la persona che sto cercando! «No, non ci siamo. I miei hanno più di cinquant'anni e quella coppia è emigrata decenni fa.» Sono così sconvolta che non so nemmeno quello che dico.

«Potrebbe essere il figlio o un parente.»

«Difficile. Non mi pare che avessero figli, i miei non me ne hanno mai parlato.» La mia mente corre, pensando a cosa potrei chiedere senza destare sospetti. «Una casa in collina, eh? Chissà che bello. A piedi da qui però dev'essere una salitaccia.»

«Non è così lontano. Se è dove penso, lungo il sentiero per Purple Peak, a piedi ci vorrà sì e no un'ora.»

«Davvero? Sembra una posizione ideale.»

«Può andare a parlargli. Anche se corre voce che sia un tipo solitario.»

«No, è inutile che vada a disturbarlo, non può essere la stessa famiglia. Ma almeno potrò dire ai miei di averci provato. Anzi, li chiamo subito. Saranno ancora alzati, vanno sempre a letto tardi.» E me ne vado prima che Glenda possa farmi altre domande.

Tremo a tal punto che mi cade la chiave elettronica, e impiego un po' ad aprire la serratura. Una volta nell'appartamento, attraverso il soggiorno fino al balcone e resto lì, con le mani strette intorno alla ringhiera e lo sguardo perso sul mare. Dev'essere Carl. Corrisponde tutto, dall'età al suo recente ritorno dalla Gran Bretagna per trasferirsi in una casa in collina.

Solo adesso mi rendo conto che dovrei avere paura di affrontarlo, ma non credo che Paul mi avrebbe lasciato venire se avesse temuto per la mia incolumità. E, nel caso in cui non tornassi dalla Nuova Zelanda, nel caso il mio cadavere venisse ritrovato sulla spiaggia o non venisse ritrovato affatto, ho lasciato nella casa di Reading una lettera indirizzata ad Anthony Barriston in cui spiego tutto nel dettaglio, dall'uccisione di Justine e Lina per mano di Ned al probabile assassinio di Carolyn sempre per mano di Ned o di una terza persona, fino all'omicidio di Hunter, perpetrato da Lukas o da qualcun altro che lo conosceva. Nella lettera dichiaro che a rapirmi sono stati Carl e Lukas, spiegando nei particolari le istruzioni che mi hanno obbligato a seguire per avere salva la vita. E qui giro da sola il coltello nella piaga: se avessi saputo che la mia vita sarebbe stata piena d'incertezza e sensi di colpa, forse non l'avrei considerata così preziosa.

Glenda ha detto che, se la casa si trova dove pensa lei, per raggiungerla ci vuole un'ora a piedi. Prendo una bottiglietta d'acqua dal frigorifero, la butto nello zaino, mi ficco in testa un berretto da baseball, mi assicuro di avere gli occhiali da sole e scendo le scale.

Faccio una scrollata di spalle a Glenda. « Mi sono sbagliata. Gli amici dei miei si chiamavano Humber, non Hunter, ed erano più anziani di loro, quindi adesso dovrebbero avere intorno ai settant'anni. Magari non vivono nemmeno più qui. »

« Chieda all'ufficio postale. Forse loro possono aiutarla. »

« Ottima idea, farò così. Ma non oggi. Ora voglio fare un'altra bella passeggiata sulla spiaggia a French Bay. »

« Buon divertimento! »

Appena fuori svolto a sinistra, cammino per un tratto e poi svolto di nuovo a sinistra, controllando la mappa sul telefonino. La strada sale gradualmente, diventando sempre più ripida. Dopo un quarto d'ora trovo una biforcazione. Prendo anche stavolta a sinistra, continuando a seguire la strada. Nonostante tutto, nonostante la missione che mi sono data, ogni tanto mi fermo ad ammirare l'esplosione di colore degli alberi e dei cespugli autoctoni e ad ammirare il panorama spettacolare del mare dall'alto. Mentre mi godo la quiete meravigliosa nell'aria, cerco di ricordare l'ultima volta che mi sono sentita così tranquilla e, quando mi rendo conto che è stato a Las Vegas il giorno in cui ho sposato Ned, penso a quanto sia ironico.

Ci sono molte case lungo la strada, ma sembrano tutte lì da anni. Continuo a salire cercandone una in costruzione e, proprio quando sto pensando di tornare indietro perché la strada è diventata uno sterrato, scorgo qualcosa tra gli alberi. Dopo aver proseguito per qualche minuto, su un lotto di terreno grande quanto un campo da football vedo un cantiere. La casa è chiusa in un'impalcatura e il tetto non c'è ancora, ma il pian terreno, circondato per intero da una veranda, sembra finito. Mi fermo. Questo posto è più isolato di quanto mi aspettassi. Se la casa è questa, nei dintorni potrebbe esserci Carl.

Nascosta tra gli alberi, aggiro il perimetro del lotto per dare un'occhiata più da vicino. Essendo la villetta su un terreno in leggera discesa, ora posso vederla dall'alto. Oltre al materiale da costruzione sparpagliato ovunque, sulla sinistra c'è anche un capanno. Pur non vedendo segni di vita, aspetto un'altra ventina di minuti prima di andarmene. Scendo lungo lo sterrato e poi lungo la strada asfaltata quasi di corsa, sperando di non incrociare Carl perché non mi sento pronta ad affrontarlo. Se è in macchina penserà che sono solo un'altra turista di ritorno da una gita, però se è a piedi ci troveremo faccia a faccia e mi riconoscerà di sicuro.

Mi rilasso solo quando arrivo in città. L'idea di tornare in un luogo tanto isolato mi rende nervosa, ma è per questo che sono venuta fin qui.

22

Risalgo la collina fino alla villetta, sperando che sia quella giusta. È mattina e l'aria oggi è molto più fresca.

Ieri, così come il giorno precedente, sono salita solo nel pomeriggio, perché ho trascorso la mattinata a nuotare in mare. Non ho mai trovato anima viva, ma il materiale da costruzione era stato spostato e c'erano tracce fresche di pneumatici, dal che ho dedotto che gli operai avessero finito la giornata lavorativa. Per questo ho deciso di tornare al mattino presto.

Avvicinandomi alla casa, sento delle voci. Nascosta tra gli alberi col cuore in gola, mi avvicino ancora un po', spostando i rami al mio passaggio.

La prima cosa che noto è un grosso SUV parcheggiato davanti alla casa, la seconda è la donna appoggiata al cofano.

Non so perché, ma sapere che c'è una donna nella vita di Carl mi sconvolge. È pazzesco che un uomo possa tornare a un'esistenza normale dopo avere tenuto prigioniere delle persone, dopo averle maltrattate e minacciate.

La donna, che ha i capelli scuri, sta parlando con qualcuno. Anche se sono troppo lontana per distinguere le parole, sento la sua voce. È girata verso il capanno, la costruzione più vicina a me, e d'un tratto vedo uscire trotterellando un cagnolino nero. La bestiola le corre incontro, poi fa dietro front e torna nel capanno, e la donna scoppia in una risata argentina. I toni bassi di una voce maschile mi fanno trattenere il fiato e tendere ogni muscolo del corpo, e un attimo dopo eccolo uscire dal capanno con in braccio il cane. Sono molto delusa, perché non è Carl: quest'uomo è più alto e ha i capelli più lunghi. Ma lo conosco, ne sono sicura. Che sia Lukas?

Quando si gira e riesco a vederlo bene in faccia, il mondo si ferma e io barcollo. Non è possibile... invece lo è.

Hunter.

23

Cado in ginocchio, il respiro che mi esce a fatica, ogni fibra del corpo tesa a negare l'evidenza. *Non può essere Hunter, lui è morto, ho visto mentre gli sparavano, ho visto la sua ferita che perdeva sangue.*

Il dolore al petto è lancinante. Ho il respiro corto e, sapendo cosa sta per succedere, vado ancora di più nel panico. Frugo nello zainetto in cerca dell'acqua, stappo la bottiglietta e bevo un sorso, ma mi va di traverso. Con entrambe le mani sulla bocca, cerco di regolare il respiro e soffocare i colpi di tosse. Sto piangendo e, quando finalmente riesco a rallentare il respiro, mi accorgo di tremare come una foglia.

Mi sdraio sul fianco. Com'è possibile che Hunter sia qui se l'ho visto uccidere e ho letto del ritrovamento del suo cadavere? Com'è possibile? Non lo è, quindi deve trattarsi di un sogno, o di un incubo. Tra poco mi sveglierò nell'appartamento di Akaroa, o forse nella mia casa di Reading.

Non so per quanto tempo resto sdraiata tra le felci. È solo nel sentire un'auto risalire lo sterrato che mi metto lentamente seduta. Tendo l'orecchio per capire da che parte va: si allontana dalla casa, è diretta verso la strada. Hunter e la donna se ne sono andati.

Bevo un altro sorso d'acqua. Voglio solo tornare all'appartamento. Niente di tutto questo ha un senso. Non riesco nemmeno a immaginare per quale motivo Hunter avrebbe dovuto inscenare il proprio omicidio. Qualunque sia, non glielo perdonerò mai.

Ma allora questa casa è sua o di Carl? A sentire Paul sembrava di Carl, ma forse mi ha mandato qui perché solo l'uno può dirmi dove si trova l'altro. Esco dal bosco e m'incammino verso la casa, sperando di trovare un indizio che mi aiuti a capire a chi appartiene. Sono così immersa nei miei pensieri che mi ci vuole un momento a rendermi conto che il SUV è ancora lì.

Mi accuccio, col cuore a mille. Si vede che parcheggiata dietro il SUV c'era un'altra auto che io non ho visto. Significa che Hunter è ancora sul posto? O la donna? Torno al sicuro tra gli alberi a osservare la casa dall'alto. Pochi minuti dopo Hunter esce dal capanno, va verso il SUV, apre la portiera e prende qualcosa dal cruscotto. Dal riflesso del sole sullo schermo capisco che si tratta del telefono. Si mette a guardare il display. È strano vederlo in jeans e camicia denim. È più magro di come lo ricordassi, e gli sono cresciuti i capelli. Rimette il telefono in macchina, stiracchia le braccia sopra la testa e rimane per un momento a contemplare la sua casa ancora da finire, con la sua vista spettacolare. L'idea che sia stato tutto il tempo qui a vivere tranquillo in Nuova Zelanda mentre io soffrivo e mi struggevo per la sua morte mi fa tremare di rabbia.

Quando Hunter torna nel capanno, lasciando spalancata la portiera dell'auto, scendo lungo il pendio fino ad arrivare di fianco alla piccola costruzione, perché voglio affrontarlo prima che se ne vada. A giudicare dai rumori che provengono dall'interno, lui si trova verso la parete di fondo. Mi sposto senza rumore, per godermi lo stupore sul suo viso quando mi vedrà. Ma svoltando l'angolo noto un lucchetto aperto che penzola dalla porta e, senza pensarci due volte, balzo in avanti, chiudo la porta e chiudo anche il lucchetto.

«Ehi! Sei tu, Mara? Hai dimenticato qualcosa?» Lo sento avvicinarsi. «Molto divertente. Adesso però fammi uscire.»

Il cuore mi batte così forte da scoppiare. Arretro di qualche passo, per timore che lui sfondi la porta.

Scuote la maniglia. «Mara, dai, basta scherzare.»

Finalmente ritrovo la voce. «È la voce di un morto quella che sento?»

Nel silenzio che segue, è come se il mondo intero stesse trattenendo il fiato.

«Amélie?» La sua totale incredulità mi dà forza. Non se l'aspettava. «Sei tu? Mio Dio, cosa ci fai qui?»

«Cosa ci fai tu! Non sei sepolto in qualche buco sotto terra?» Non nascondo la collera.

«Posso spiegarti tutto.»

«Forza, allora. Ti sto ascoltando.»

«Non così. Se ti passo la chiave del lucchetto da sotto la porta, mi apri?»

«No. Ti aprirò quando mi avrai spiegato perché hai finto di morire ammazzato, perché non mi hai mai aiutato pur sapendo benissimo chi era Ned e di cosa era capace.» Sbatto la mano contro il legno della porta. «Sono morte delle persone, Hunter. Persone che conoscevi e alle quali io volevo bene. Non c'è più nessuno, Carolyn, Justine, Lina.» Quando mi s'incrina la voce, colpisco forte la porta con un calcio. «Come hai potuto?»

«Amélie, ti prego, lascia che ti spieghi.»

Il mio tono si fa duro. «Sono qui che aspetto. Spiegami perché mi hai lasciato credere di essere morto.»

«D'accordo. Mi siedo qui, vicino alla porta. Siediti anche tu, perché ci vorrà un po'.»

Sento un tonfo: è lui che si è seduto. Mi avvicino e faccio lo stesso anch'io.

«Non so bene da dove cominciare», dice.

«Dall'inizio.» La mia voce è aspra. «Voglio sapere tutto. Me lo devi, è il minimo che tu possa fare per me.»

24

« Carl e io siamo fratelli. Nostro padre era neozelandese, nostra madre inglese. Siamo nati in Gran Bretagna, ma quand'eravamo ancora piccoli i nostri genitori sono emigrati qui e la Nuova Zelanda è diventata casa nostra. Finito il college, sono partito. Sentivo che questo Paese era troppo lontano da tutto e volevo esplorare il resto del mondo. Dopo aver viaggiato per un po' in Europa sono approdato in Inghilterra, dove mi sono arruolato nella polizia e... »

Non riesco a nascondere la sorpresa. « *Tu* sei stato in polizia? »

« Sì, nella squadra anticrimine. Anche nostro padre era un poliziotto, quindi forse ce l'abbiamo nel sangue. Carl è andato a lavorare nelle agenzie di scurezza subito dopo il college, ma alla fine mi ha raggiunto a Londra per aprire un'agenzia lì. Ho lasciato la polizia circa un anno fa. La mia ragazza e io ci eravamo mollati e mi sembrava il momento giusto per fare quello che avevo sempre sognato, cioè tornare qui e costruirmi una casa. Carl in Inghilterra era contento, gli affari gli andavano bene. Negli anni era riuscito a firmare contratti con diverse personalità importanti, tra cui Ned Hawthorpe. Aveva... aveva anche una relazione con Lina Mielkutė. »

La sorpresa mi lascia quasi senza parole. «Carl? Una relazione con Lina?»

«Sì. Si sono conosciuti al telefono quand'è sorto un problema col rinnovo del contratto. Si sono piaciuti e hanno deciso di conoscersi di persona. Ma la loro relazione era un segreto per tutti, anche per Justine. Non volevano che lo venisse a sapere Ned, perché temevano che avrebbe disapprovato una storia tra il capo della sua agenzia di sicurezza e una delle sue contabili. Erano così paranoici in questo senso che si mandavano addirittura messaggi con nomi falsi.»

Justine in effetti prendeva sempre in giro Lina dicendole che doveva avere un fidanzato segreto. Le tessere del mosaico cominciano a comporre una figura.

«Poco prima della mia partenza, Carl è stato contattato da una persona molto influente legata alla Hawthorpe Foundation: era preoccupata per Ned e dalle voci secondo cui era un predatore sessuale che molestava le sue dipendenti. Questa persona - chiamiamola Mr Smith - temeva gli effetti negativi di uno scandalo sulla fondazione. Oltre a essere uno dei suoi benefattori più generosi, Mr Smith aveva anche convinto altra gente facoltosa a donare. Disturbato da quelle voci, ha chiesto a Carl d'indagare.

«Carl sapeva già che Lina era a disagio per via di un paio di bonifici che aveva dovuto fare, anche se non gli aveva mai voluto dire a chi o per quale motivo. Quando mio fratello ha insistito per avere più informazioni, lei si è chiusa a riccio dicendo solo che non erano 'etici'. Carl ha accettato di aiutare Mr Smith, ma non voleva usare le attrezzature di sicurezza installate dalla sua agenzia per spiare Ned, perché sarebbe stata una grave infrazione alle regole. Stava cercando un modo per aggirare il problema, quando Ned ha chiamato la sua agenzia chiedendo di procurargli una guardia del corpo. Era la soluzione perfetta, così mio fratello mi ha chiesto di rimandare la partenza e di assumere l'incarico. Conoscevo già Ned dai miei anni in polizia. Si chiacchierava di coperture, del nonno che usava la sua influenza coi nostri superiori per togliere il nipote dai guai. A un certo punto era anche morta una ragazza, ma non si erano trovate prove convincenti. Quando Carl mi ha chiesto di andare a vivere a casa di Ned col ruolo di guardia del corpo, ho pensato che poteva essere il modo per inchiodarlo una volta per tutte. »

« Lina era al corrente di tutto questo? »

« No. Carl non voleva metterla in una posizione scomoda. Sapeva che avrei lavorato per Ned, ma mio fratello le aveva detto che mi faceva questo favore perché mi serviva un impiego per qualche mese prima di partire per la Nuova Zelanda. »

Sento un fruscio mentre Hunter cambia posizione.

« Una mattina – era molto presto – Ned mi ha svegliato e mi ha detto di preparare subito la macchina perché doveva andare con urgenza a Las Vegas. Ha detto che ci saresti stata anche tu, e di passare a prenderti per poi tornare a Wentworth a prendere lui. È stato solo qualche giorno dopo, di ritorno da una visita ad amici in Scozia, che Lina ha saputo da Carolyn dell'aggressione di Justine da parte di Ned. Lina lo ha riferito a Carl, che lo ha riferito a me.» Un sospiro. «Siccome ero preoccupato per te, ho cercato di scoprire in quale hotel alloggiavate. Ma non lo sapeva nessuno e Ned non rispondeva al telefono. Il giorno dopo mi ha richiamato mio fratello, spiegando che Lina era in ansia perché né lei né Carolyn riuscivano a mettersi in contatto con Justine. Carolyn non era riuscita a parlare nemmeno con te.»

«Ned mi aveva preso il telefono, facendomi credere di averlo lasciato in aereo. E il mio computer non funzionava. Ero convinta di averlo rotto io quando avevo fatto cadere la borsa, mentre invece era stato lui. Voleva assicurarsi che non mi arrivasse la notizia dell'aggressione a Justine, e in effetti l'ho saputo solo quando Carolyn mi ha chiamata in albergo la mattina in cui stavamo per ripartire.»

«Ma ormai l'avevi sposato.»

«Non è andata come pensi.»

«Adesso lo so, allora no.»

Disegno un cerchio per terra con l'indice. «Come hai scoperto che ci eravamo sposati?»

«Il giovedì sera Ned mi ha telefonato per darmi la buona notizia, chiedendomi anche di passare da casa tua a prendere le tue cose. Quando gli ho fatto notare che non avevo le chiavi, mi ha suggerito di usare l'immaginazione. L'importante era che l'appartamento fosse svuotato prima che venissi a prendervi in aeroporto la mattina dopo.»

«E tu? Come hai fatto a entrare?»

«Ho cercato il padrone di casa, gli ho spiegato del tuo matrimonio a sorpresa con Mr Hawthorpe e gli ho detto che Mr Hawthorpe gli sarebbe stato molto grato se mi avesse lasciato entrare per recuperare i tuoi averi e portarli a casa di Mr Hawthorpe. Non ci crederai, ma nominarlo tre volte in una sola frase aveva sempre un effetto incredibile sulle persone. » Il tono di Hunter torna a farsi serio. « In ogni caso Justine sembrava sparita nel nulla e, anche se Ned diceva a tutti che era tornata in Francia, noi avevamo parecchi sospetti. Poi a casa vostra è arrivata Lina. »

Tra di noi scende il silenzio.

« Carl me l'ha detto », dice piano Hunter. « Mi ha detto che, quando vi siete visti al funerale, gli hai spiegato di aver visto Ned uccidere Lina. »

Mi si appanna la vista. Vorrei rispondergli, però ho paura di scoppiare a piangere.

« Se ti passo la chiave, Amélie, apriresti la porta? »

Mando giù le lacrime. « No. Continua. »

Lo sento sospirare. « La morte di Lina ha cambiato tutto. Più che altro per Carl, ma anche per me. »

« Come avete fatto a sapere che Lina e Justine erano morte? E che era stato Ned a ucciderle? »

« Non lo sapevamo, infatti. Lo abbiamo scoperto solo quando sono stati ritrovati i cadaveri. Avevamo dei sospetti, ma nessuna prova. Il giorno in cui Lina è venuta a casa di Ned, ho tentato di convincerla ad andarsene. Immaginavo che fosse lì per accusarlo di aver mentito su Justine e il suo ritorno in Francia, però era meglio che Ned non sapesse che circolavano sospetti sul suo conto, perché avrebbe potuto cercare di cancellare ogni eventuale traccia dell'assassinio. Non ero preoccupato per la sicurezza di Lina. Non pensavo che Ned fosse capace di uccidere qualcuno così, alla luce del giorno, con altra gente in casa. Ho telefonato a Carl per dirgli che lei era lì, promettendogli di avvisarlo appena fosse uscita, ma poi Ned mi ha mandato a recuperare un fascicolo che aveva lasciato in ufficio e mentre tornavo - dovevano essere passate un paio d'ore, perché c'era un traffico pazzesco - mio fratello ha chiamato per sapere se Lina era ancora in casa, visto che erano rimasti d'accordo di vedersi in serata però lei non si era presentata. Quando l'aveva cercata al telefono, Lina non gli aveva risposto.

«Nel consegnare a Ned il fascicolo, gli ho chiesto se Lina si fosse fermata a lungo. Mi è sembrato sorpreso della domanda, però poi mi ha risposto che era furiosa perché l'aveva licenziata e se n'era andata quasi subito, dicendo che ormai non aveva più motivo di restare in Inghilterra e quindi sarebbe tornata in Lituania.» Hunter fa una risatina priva di allegria. «Non sto a dirti quanto sono diventati assordanti quei campanelli d'allarme. Ho telefonato subito a Carl, che è andato in agenzia a controllare le telecamere di sicurezza. Ha visto Lina che varcava il cancello di casa sulla scia dell'auto di Ned, ma non c'era traccia di lei che usciva. Poi, però, una mezz'ora dopo che ero partito io dal cancello è uscito un furgoncino nero. Carl mi ha dato la targa e risalire al proprietario non è stato difficile, anche se usava uno pseudonimo.»

«Amos Kerrigan», ho sussurrato. «Ho sentito Ned mentre gli parlava al telefono.»

«Ho riconosciuto il nome da quando ero in polizia, e

ho subito capito che Lina era morta. Amos Kerrigan era noto per essere un sicario, quindi Ned doveva averlo assoldato per uccidere Lina. Dopodiché Vicky ha ricevuto un messaggio di Lina che diceva di trovarsi in Lituania. Carl avrebbe tanto voluto crederci, ma in cuor suo sapeva che lei non sarebbe mai partita senza avvisarlo. Comunque abbiamo preferito controllare, nel caso fosse vero.»

«Chissà come dev'essere stato per Carl avere quel barlume di speranza.»

«È stata dura. Lo ha aiutato sapere di avere un possibile contatto, qualcuno in grado di arrivare alla verità. Dei suoi amici si erano trasferiti a Dubai e lui gli gestiva la casa qui in Inghilterra, affittandola per periodi brevi.»

«La villa di Haven Cliffs.»

«Esatto. Uno degli inquilini ricorrenti era un lituano di nome Lukas Andris. Carl un po' lo conosceva, sapeva che nel suo Paese era un pezzo grosso, e così gli ha chiesto se per favore poteva assicurarsi che Lina fosse davvero arrivata in Lituania. Dopo una breve indagine, Lukas ha assodato che Lina era entrata dall'Immigrazione dell'aeroporto di Vilnius il giorno dopo la sua visita a Ned. Vedendo Carl così sollevato, è stata dura per me dovergli spiegare che Ned poteva aver trovato una donna somigliante a Lina disposta a viaggiare col suo passaporto, perché sono cose che succedono. Gli ho anche ricordato che le telecamere non l'avevano mai ripresa mentre usciva dal cancello e questo, sommato alla presenza in casa di Amos Kerrigan mentre io ero fuori e al fatto che Lina era partita senza avvertirlo..., be', tutto stava a indicare che lei era morta.»

Hunter tace e io penso che, se Lina aveva una relazione con suo fratello, doveva conoscerla bene anche lui.

«Quando ha aperto gli occhi, Carl è impazzito dal dolore. E, se la sparizione di Lina confermava qualcosa, era che Ned era responsabile anche di quella di Justine. Non avendo prove, però, non potevamo farlo arrestare. Non era nemmeno nostro compito. Se mi trovavo lì come guardia del corpo di Ned, era per riferire a Carl, il quale a sua volta avrebbe riferito a Mr Smith. Se Ned fosse stato arrestato perché sospettato di omicidio, per la Hawthorpe Foundation sarebbe stata la fine.

«A quel punto non vedevo l'ora di andarmene e così, quando Carl si è offerto di sostituirmi come guardia del corpo di Ned, non ho fatto molto per dissuaderlo. Il mio unico desiderio era salire su un aereo e cominciare la mia nuova vita qui, mentre quello di Carl era avvicinarsi il più possibile a Ned, quindi eravamo tutti e due soddisfatti. Ned non lo conosceva, si erano solo parlati al telefono, per cui quando Carl si è presentato gli è bastato riesumare l'accento neozelandese. Ma non potevo lasciare il lavoro da un giorno all'altro. Per cominciare avrei dovuto dare un mese di preavviso, e se avessi deciso di assentarmi dall'oggi al domani Ned poteva insospettirsi, visto che gli avevo fatto domande su Lina. Così Carl ha convinto Lukas a contattare Ned per invitarlo a pranzo, fingendo di potergli procurare delle interviste con personaggi ricchi e famosi per la sua rivista. Durante il pranzo Lukas gli avrebbe anche fatto credere di conoscere bene Lina e di aver intuito che Ned c'entrava qualcosa con la sua scomparsa. Dopodiché io sarei stato 'assassinato' sulla strada del ritorno, mettendo a Ned una paura del diavolo, e Carl mi avrebbe rimpiazzato come sua guardia del corpo. Non ci aspettavamo certo che Ned mi avrebbe accusato della sparizione di Lina, insinuando che ero stato l'ultimo a vederla viva. Ma alla fine ci ha fatto comodo: da avvertimento, il mio 'assassinio' si è trasformato in una vendetta.»

«Non ti dispiaceva che io ti credessi davvero morto ammazzato?»

«Dovevi crederlo solo per pochi istanti. Il piano prevedeva che Carl ti trascinasse giù dall'auto lasciando Ned libero di ripartire, dopodiché ti avremmo portato in un luogo sicuro. Ma Ned è stato troppo veloce.»

Comincio a capire. «Quindi l'uomo con la pistola era Carl.»

«Sì.»

Rifletto per qualche istante su una frase di Hunter. «Hai detto che Lukas ha solo finto di conoscere Lina?»

«Esatto.»

«Ma, se non la conosceva, come mai ha partecipato al nostro rapimento?»

«Non vi ha partecipato.»

«Era dentro quella casa con Carl. Era l'altro sequestratore.»

La tensione che emana da lui attraversa la porta, intensificandosi fino a diventare soffocante. In un primo momento non capisco, però poi il quadro prende forma, con una chiarezza brutale e allarmante. E mi chiedo come ho potuto essere così cieca.

Mi prendo un minuto. « Puoi passarmi la chiave? »

« Certo », risponde in un sussurro. « Amélie, io... » S'interrompe, perché non sa come continuare e perché sta aspettando che io apra il lucchetto con la chiave che mi ha appena passato da sotto la porta.

La prendo, mi alzo. Poi me ne vado.

25

Incurante del vento freddo che arriva dal mare, vado a sedermi sulla spiaggia di French Bay. Come ho potuto essere così cieca da non accorgermene? Lo credevo morto, però.

Ripenso all'omicidio. Forse mi sono persa qualcosa, un particolare dal quale avrei potuto capire che si trattava solo di una messa in scena. Ma non c'era niente: sembrava tutto autentico, dal modo in cui è stato trascinato giù dall'auto al rumore degli spari, fino al sangue che usciva dalla ferita.

La cosa più difficile da digerire è l'umiliazione, perché deve aver sentito il mio grido angosciato nel momento in cui gli hanno sparato. La mia collera è profonda, incandescente. Se Hunter e Carl avessero pensato a me anche solo per un istante, avrebbero intuito che avrei dato per scontato il coinvolgimento di Lukas sia nell'omicidio di Hunter, sia nel rapimento, e che avrei dedotto che Lukas era uno dei nostri sequestratori. Però non avevano mai pensato a me, a quello che potevo presumere, a quello che provavo. Se Hunter avesse sentito anche solo un briciolo di rimorso per quello cui mi aveva sottoposto lungo quella strada, a un certo punto durante le due settimane di prigionia mi avrebbe rivelato di essere lui il mio carceriere. Invece non l'aveva fatto. E nessuno dei due aveva preso in considerazione il mio dolore per aver perso le mie amiche.

Non mi sento in colpa per essermene andata lasciandolo chiuso nel capanno. Non l'ho fatto perché volevo che provasse in parte quello che avevo provato io, anche se sono contenta che il capanno non abbia finestre e che verrà soccorso solo quando la donna coi capelli scuri, che presumo sia la sua compagna, comincerà a chiedersi come mai non sia rientrato per cena. Quello che non sopporto è che abbia sentito la mia disperazione nel crederlo morto. Ha visto troppo di me.

Telefono alla compagnia aerea e organizzo il mio rientro per domenica, tra due giorni. Preferirei partire domani stesso, ma dovrò rivedere Hunter, perché ci sono ancora molte cose che non so. Verrà lui da me. Capirà che sto ad Akaroa e a quel punto non gli ci vorrà molto per trovarmi. Verrà e mi troverà, perché abbiamo ancora troppo in sospeso.

Invece non viene, né quella sera, né il giorno dopo. La domenica mattina presto – il volo è alle otto di sera e devo ancora preparare la valigia – risalgo la collina fino alla casa, piena di risentimento perché mi ha costretto ad andare io da lui. Spero di trovare la donna: voglio che sappia la verità, e cioè che il suo uomo è un sequestratore di ragazze inermi.

Il SUV c'è, però in giro non si vede nessuno. Mi siedo ad aspettare. Mi ci vuole un po' a rendermi conto che è tutto esattamente come l'ho lasciato due giorni fa: il SUV è parcheggiato nello stesso identico punto, la portiera è ancora aperta e, quando mi avvicino a controllare, sul cruscotto c'è ancora il telefonino di Hunter. Per un istante ho paura: è possibile che non sia venuto nessuno e Hunter sia ancora nel capanno? E se la donna non fosse la sua compagna ma qualcuno dell'impresa di costruzioni o un'amica, insomma una persona che non si preoccuperebbe se non lo vedesse per qualche giorno? La mia paura cresce: deve fare molto caldo nel capanno. Chissà se Hunter aveva con sé dell'acqua?

Ho la chiave del lucchetto, che tengo addosso da quando lui l'ha fatta scivolare sotto la porta.

Corro verso il capanno, spaventata all'idea di entrare, spaventata da quello che potrei trovare all'interno.

Infilo la chiave nel lucchetto con dita tremanti, lo apro, e quando spingo la porta una lama di luce penetra il buio. All'inizio non vedo niente, poi gli occhi cominciano a adattarsi all'oscurità e lo scorgo, sdraiato a terra, sotto una tela cerata. « No, no », sussurro.

Tremando di terrore, mi costringo ad accucciarmi vicino a lui e a scostare la tela cerata. Provo subito un'ondata di sollievo. Non c'è niente qui sotto, solo altra tela cerata, però dalla forma sembrava un corpo disteso.

« Un trucco che ho imparato da te. »

Mi giro di scatto. Sulla porta c'è Hunter.

« Se non fossi riuscito a staccare un pannello dalla parete, adesso sarei morto. »

« Pensavo... »

« Di lasciarmi qui a crepare? »

Quando viene verso di me, prendo un'asse di legno dal pavimento. « Non ti avvicinare! »

Lui si ferma, alza le mani.

« Riparti da dove sei rimasto l'altro giorno. E, se ti muovi, giuro che ti uccido. »

26

« Quando sei tornata da Las Vegas con Ned ero convinto anch'io, come tutti gli altri, che aveste avuto una relazione segreta per mesi. »

« A quel punto però sapevi dell'aggressione a Justine, sapevi che tipo era veramente Ned. Perché non mi hai avvisato? »

« Credevo che l'avessi sposato per amore e che con me avessi solo giocato. Ero molto risentito. »

« Ma ti sarai accorto di com'era Ned con me durante l'incontro con la stampa. Eri dietro di noi, avrai visto che tentavo di staccarmi da lui per andare da Carolyn. Se mi avessi aiutato, forse saremmo riusciti a salvare lei e anche Lina. »

« Non è colpa tua se sono morte, Amélie. Lina sarebbe venuta a casa vostra in ogni caso. E, mi dispiace, ma per quanto mi riguardava tu ormai eri Mrs Hawthorpe. »

« Non sono mai stata Mrs Hawthorpe », replico a denti stretti. « La notte in cui siamo stati rapiti, avevo pianificato di andare in camera sua mentre dormiva e di usare il suo telefono per chiamare la polizia. Se si fosse rifiutato di darmelo, lo avrei ucciso. Non c'era altra via d'uscita. Il mio terrore era che, se non l'avessi ucciso, sarebbe stato lui a uccidere me. »

« Come in effetti intendeva fare. »

Con la luce che entra dalla porta spalancata alle sue spalle, è difficile vedere la sua espressione. « Cosa? Quando? »

« Quella notte stessa. Ma devo tornare un po' indietro. Senti... non preferisci parlarne fuori, al sole? »

« Sto bene qui. »

« Come vuoi. Dopo la morte di Lina, Carl ha trovato in casa sua una cartelletta coi nomi di cinque donne, tutte ex dipendenti di *Exclusives* e tutte vittime di molestie pesanti da parte di Ned, e con gli estremi dei bonifici con cui Ned aveva comprato il loro silenzio. C'era anche una registrazione nella quale quattro di queste ragazze raccontavano i particolari dell'aggressione. Carl ha consegnato la cartelletta a Mr Smith. Sommata alla scomparsa di Justine e Lina era la goccia che aveva fatto traboccare il vaso, e dall'alto è arrivato l'ordine di consegnare Ned prima che potesse danneggiare ancora di più la fondazione. Carl sapeva cosa significava: Ned sarebbe stato ucciso, ma non gliene importava, anzi, trovava che se la sarebbe cavata con poco. Lui voleva che soffrisse fisicamente, mentalmente ed emotivamente per aver ammazzato Lina e così ha detto a Mr Smith che prima di consegnare Ned l'avrebbe tenuto per un po', e Mr Smith ha acconsentito. Il piano però aveva una pecca: se Ned fosse sparito all'improvviso, la polizia lo avrebbe cercato e, se alla fine fosse stato trovato morto, avrebbe scavato per capire come mai fosse stato assassinato e la fondazione ne sarebbe uscita comunque danneggiata. Così Mr Smith ha chiesto a Carl di trovare una soluzione.

« La notte del mio finto omicidio avevo un volo per la

Nuova Zelanda. Desideravo solo salire su quell'aereo e lasciarmi tutto alle spalle, ma, quando il nostro piano per salvarti è fallito, è cambiato tutto. Non sarei partito prima di averti messo al sicuro. Sarei venuto da te quella notte stessa, ma per paura che facessi saltare la nostra copertura Carl mi ha chiesto di aspettare ancora un paio di giorni, finché non avesse trovato una via d'uscita. Mi ha detto che eri tranquilla, te ne stavi chiusa in camera tua lontano dalle grinfie di Ned... »

« Solo perché Ned mi aveva chiuso a chiave dopo avermi quasi ucciso. »

Lui sembra sorpreso. « Come sarebbe, 'quasi ucciso'? »

« Ha provato a soffocarmi come aveva fatto con Lina. Solo che non è andato fino in fondo, perché gli servivo ancora. »

Hunter si massaggia il mento. « Accidenti, Amélie, non avevo idea che... »

Lo interrompo di nuovo: « Continua ».

Lui annuisce. « A quel punto Carl non si faceva più scrupoli a spiare Ned. Quella notte, la notte in cui vi abbiamo rapito, aveva ascoltato una telefonata di Ned ad Amos Kerrigan. Jethro Hawthorpe era stato a casa sua e Ned era furibondo, ha detto che voleva sbarazzarsi di te perché lo avevi fatto passare per un idiota. Ha ordinato ad Amos di andare a casa vostra e di ucciderti, facendolo sembrare un furto finito male. Prima che potessi andare nel panico, Carl mi ha detto di avere un piano. Avrebbe rapito Ned e già che c'era anche te, perché eri la soluzione ideale al problema di come far passare inosservata la scomparsa di Ned. Quando gli ho chiesto di spiegarsi meglio ha detto che, sequestrandovi entrambi, sarebbe sembrato che tu e Ned foste partiti per una vacanza e in questo modo nessuno avrebbe sospettato che lui fosse stato rapito. Avrebbero tutti pensato che Ned se n'era andato per sfuggire alla stampa, che lo assediava per via dell'accusa di tentato stupro, e questo a sua volta avrebbe avvalorato la tesi che si fosse tolto la vita. Invece d'infangare l'immagine della fondazione, la sua morte sarebbe stata trattata con compassione.»

Mi ci vuole qualche istante per assorbire le sue parole. «Quindi, se non fossi stata rapita con Ned, se mi aveste lasciato in casa, sarei finita ammazzata da Amos Kerrigan?»

«Sì. Carl intendeva tenervi per due settimane e, finite quelle, avrebbe avuto bisogno di te perché tutto fosse credibile. Dopo saresti stata libera. Mi ha detto di prenotare pure il mio volo perché aveva tutto sotto controllo e non c'era motivo che rimanessi, ma non ti potevo lasciare con lui. Lina era stata l'amore della sua vita, volevano sposarsi, avere dei bambini, e adesso che lei era morta mio fratello era irriconoscibile, pieno di collera, e non volevo che ti trattasse come avrebbe trattato Ned. Così gli ho detto che gli avrei dato una mano e sarei rimasto per quelle due settimane. Non mi aspetto che tu capisca, né che tu mi perdoni per quello che ti abbiamo fatto...»

«Tranquillo, non ti perdonerò mai. Come credi che mi senta sapendo che sono stata rapita perché Mr Smith, chiunque sia, potesse uccidere Ned e farla franca? Valeva davvero la pena di arrivare a questo per proteggere la fondazione?» Non riesco a nascondere l'amarezza.

«Non dal mio punto di vista.»

«Sei stato tu a consegnare Ned a Mr Smith?»

«No, è stato Carl. Ha portato Ned in cima alla scogliera dicendogli che qualcuno sarebbe passato a prenderlo.»

«Il tuo omicidio è finito sui giornali. È stata sempre opera di Mr Smith?»

«Sì. Volevamo che sembrasse reale, nel caso qualcuno avesse controllato.»

«Potevi dirmelo. Mentre eravamo nella casa di Haven Cliffs, potevi dirmi la verità. Se mi avessi spiegato il piano di tuo fratello, se mi avessi confessato come stavano le cose, avrei comunque confermato la storia della vacanza, ma avrei passato quelle due settimane in una camera al piano di sopra invece che in una stanza buia, su un nudo materasso e convinta di morire da un momento all'altro.»

«Lo so, e mi dispiace molto più di quanto tu non creda. Però Carl non si fidava di te. Temeva che, se ci avessi visti in faccia, una volta libera saresti corsa alla polizia.» Hunter fa per avvicinarsi, ma io gli punto addosso l'asse di legno, facendolo retrocedere.

«Almeno tu potevi fidarti!»

«Io ero morto, e non ero sicuro di come avresti reagito al nostro piano.»

«Sapevi che odiavo Ned.»

«Odiare qualcuno non significa per forza volerlo morto e, secondo me, sapendo a che fine stava andando incontro Ned, tu ti saresti opposta sul piano morale.»

«Vederlo uccidere Lina è bastato ad annullare qualunque obbligo morale nei suoi confronti.»

« Se avessi saputo che avevi assistito alla scena, non ti avrei mai sottoposto a una prigionia così brutale. »

« Aveva minacciato di denunciare Ned, di usare le registrazioni delle donne che aveva molestato. Ma... dov'è Carl? Non dovrebbe essere anche lui qui a giustificare il suo comportamento, come te? »

Hunter sembra irritato. « Io non cerco giustificazioni. Potevo scegliere se andare o restare, sono rimasto, e adesso convivo con le conseguenze della mia scelta. »

Mi sento arrossire. Era rimasto perché non voleva lasciarmi da sola con Carl.

« Non vedo più mio fratello da quand'è tornato dal funerale. Scoprire com'era morta Lina è stata durissima per lui. Ha abitato per un po' a casa di nostra madre, poi è ripartito e non so se e quando lo rivedrò. Per il momento ho bisogno di stare lontano da lui. » Accenna all'asse che tengo ancora tra le mani. « Non è che la metteresti giù? »

Anche se controvoglia, la lascio cadere per terra.

« Mi posso sedere? »

« Sì, purché non ti avvicini. »

Hunter si siede vicino alla porta, avvicina le ginocchia al petto e ci appoggia i gomiti. « Posso chiederti una cosa? »

« Sentiamo. »

« Perché hai sposato Ned? »

Se non voglio mettermi al suo livello, non posso mentire. « Per soldi. L'ho sposato in cambio di centomila sterline. »

« Però. Ti sei venduta per centomila sterline? »

Il suo giudizio brucia. « Non ti permettere. Hai fatto cose molto peggiori. Cos'è successo alla giornalista? »

« Quale giornalista? »

« Quella su cui Ned ti aveva chiesto d'indagare, hai presente, quella che durante l'incontro con la stampa ha chiesto dell'accusa di tentato stupro. Sally qualcosa, mi pare. È morta? »

« No. Perché dovrebbe? »

« Sei sicuro? »

« No, ma... »

« Hai obbedito agli ordini di Ned, hai scoperto chi era, gli hai dato il suo cognome? »

« Sì. »

« Carolyn è morta travolta da un pirata della strada tre giorni dopo quell'incontro, tre giorni dopo aver chiesto a Ned dov'era la sua amica Justine. »

« Oh, merda. » Hunter si passa la mano tra i capelli. Vedo il dubbio nei suoi occhi, la domanda che si sta ponendo in silenzio.

Si alza ed esce dal capanno. Non so dove vada, né perché, né se sia il caso di seguirlo. Prima che possa decidere cosa fare lui torna col cellulare e si ferma sulla soglia, con gli occhi sullo schermo, cercando qualcosa. « Grazie a Dio. » Si porta due dita alla radice nel naso e chiude gli occhi. « Sta bene. L'ho trovata su Instagram, ha pubblicato un post ieri. »

Sentendo il tremito nella sua voce, mi vergogno di aver sospettato di lui. Ma è troppo tardi per rimangiarmi le parole.

« Mi dispiace molto anche per Carolyn », dice a bassa

voce. « Berrei volentieri un sorso d'acqua. Ne vuoi un po'? »

« Sì, grazie. »

« Ti va di entrare in casa? La cucina è già perfettamente funzionante. »

« No, grazie, preferisco aspettare qui. »

« Come vuoi. »

Quando se ne va, mi strofino i palmi sudati sui jeans. Nel capanno fa sempre più caldo, ma non voglio lasciare la semioscurità. Non voglio che Hunter mi veda in faccia, perché potrebbe accorgersi di quanto mi è difficile stargli accanto.

27

Torna con due bottigliette d'acqua e me ne lancia una dalla porta.

«Grazie.» La stappo e bevo un sorso. Aspetto che si sieda, ma rimane in piedi. «Ho altre domande.»

«Certo. Chiedi pure.»

«Perché sei stato così cattivo con me dopo che sono scappata dalla stanza? Ho cercato di fuggire, d'accordo, però non portarmi da mangiare, e poi lasciare il vassoio appena dentro la porta invece che di fianco al materasso... Perché?»

«Non ero io. A un certo punto me ne sono dovuto andare per un paio di giorni a risolvere un problema, ed ero già in ritardo perché mi avevi chiuso nella stanza. Appena Carl mi ha tirato fuori, sono partito.»

«Quale problema dovevi risolvere?»

«Amos Kerrigan.»

«E come hai fatto?»

«Ho parlato con un paio di ex colleghi, i quali a loro a volta hanno spiegato ai loro informatori che dovevano farlo sparire.»

Mi ci vuole qualche istante a comprendere che Hunter ha causato la morte di un uomo. Respingo l'idea, perché non è il momento di rifletterci. «Continuo a pensare al rapimento. Sapevo che dovevate renderlo il più vero possibile, ma perché farci credere di essere lì da più tempo di quanto non fosse in realtà? »

« Come dicevo poco fa, Carl voleva che Ned soffrisse. Doveva convincersi che a suo padre non importava se l'avevano rapito, che era ben felice di lasciar passare intere settimane prima di pagare il finto riscatto. Ma avendo solo una finestra di due settimane, durante le quali il mondo doveva credere che Ned ti avesse portato in vacanza, Carl ha deciso d'ingannarvi, facendovi credere di essere lì da molti più giorni. Stare nel buio completo disorienta, si perde il senso del tempo. » Hunter tace, forse perché si rende conto di dire cose che so già. « Ho acconsentito, pensando che sentire passare il tempo con rapidità ti avrebbe reso la prigionia meno dura dal punto di vista mentale. Guardando le date ci siamo accorti che, se avessimo portato a termine il sequestro il 31 agosto, avrebbe coinciso alla perfezione con l'accordo postmatrimoniale che avevate firmato. Non aveva importanza che le date coincidessero, non avrebbe fatto differenza se fossi stata sposata con Ned per quaranta giorni o per due mesi, ma il 31 agosto ci è sembrato il giorno giusto per fermarci. »

« Come fai a conoscere i termini dell'accordo? È stato Paul Carr a rivelarteli? »

« Sì. Paul lo trovava geniale e ne ha parlato a Carl, che ha deciso che sarebbe stato grandioso usarlo con Ned, per fargli credere che sapevamo su di lui molto più di quanto pensasse. »

« Quanto sa Paul di questa faccenda? »

«Quanto basta. Lavorava anche per Mr Smith. Teneva d'occhio Ned sperando di prevenirlo.»

«Per caso Mr Smith è Steve Algerson?»

«No comment. Come ti è venuta l'idea della cifra raddoppiata ogni giorno?»

«L'ho presa da mio padre. Quand'ero bambina, mi aveva chiesto se avrei preferito un milione di sterline subito o una sterlina da raddoppiare ogni giorno per un mese. Ho scelto subito il raddoppio, senza nemmeno ragionarci. Adesso mi dispiace. Mi dispiace di avergli dato la risposta giusta senza nemmeno pensarci.»

«Hai fatto i calcoli dietro la porta del bagno.»

«Sì. Sentivo di doverlo a mio padre.»

«È stato Paul a dirmi che avevi perso i genitori. Io non lo sapevo. Dev'essere stata dura per te. Ha detto che sei scappata a Londra.»

«Sono stata fortunata a conoscere Carolyn. Anche se sarebbe potuta finire molto diversamente... Ti devo chiedere una cosa. È stato orribile quando avete fatto finta di spararmi. Perché Carl lo ha voluto fare? Ti aveva avvertito, prima?»

«No, non immaginavo che avrebbe sparato davvero. Voleva spaventare Ned, dimostrargli che era capace di ammazzare uno dei due se ci fosse stato costretto. Non ci aspettavamo che Ned lo avrebbe incoraggiato a ucciderti: eravamo sicuri che avrebbe detto a Carl di fermarsi, soprattutto dopo che Carl aveva caricato la pistola. Invece è rimasto zitto, così Carl ha sparato nel materasso.» Hunter sospira. «Non me l'aspettavo. Ti ho messo la mano davanti alla bocca per... non so, forse per farti capire che eri ancora viva, che non eri stata colpita, e che io ero lì vicino a te. È successo tutto così in fretta.» Un'altra pausa. «Dopo abbiamo avuto una discussione, Carl e io. Ne avevo abbastanza, odiavo quello che stavamo facendo. E mi ossessiona ancora, non quello che abbiamo fatto a Ned, ma a te.»

«Sono sopravvissuta.»

«Sei stata straordinaria. Mi aspettavo che fossi terrorizzata, invece hai reagito benissimo.»

«Lo ero, però di te non avevo paura. E in quella stanza mi sentivo più al sicuro di quanto non mi fossi mai sentita con Ned.»

«Avrei dovuto fare di più. Lo volevo, ma...» Con espressione colpevole, Hunter tace.

«C'è un'altra cosa che non mi ha mai convinto. La mia foto sul profilo Instagram di Ned è stata scattata nella casa di Haven Cliffs il giorno in cui siamo andati a pranzo da Lukas. Pensavo che l'avesse scattata Lukas, però non è così, vero?»

Lui guarda per terra. «No, l'ho scattata io. Me lo aveva chiesto Carl. Il suo piano, una volta preso Ned – prima che decidesse di prendere anche te –, era sempre stato di far credere a Ned che non importasse a nessuno del suo rapimento, né ai suoi genitori, né a sua moglie. Aveva già una foto di sua madre che giocava a tennis, ma ne voleva anche una tua. Voleva usarla per provocare Ned, mostrargli che te ne fregavi di lui al punto di accettare un invito di Lukas a tornare nella villa di Haven Cliffs. Dopo, quando il piano è cambiato e abbiamo deciso di rapire anche te, la foto ci è tornata più utile che mai, perché ha reso credibile la versione che tu e Ned foste partiti per una vacanza di due settimane. Non abbiamo dovuto fare altro che caricargliela sul cellulare. »

« La tua ragazza sa cos'hai fatto? »

« Non c'è nessuna ragazza. »

« Ho visto una donna qui, l'altro giorno. Quando ti ho chiuso dentro ero sicura che, non vedendoti arrivare per cena, sarebbe venuta a cercarti e ti avrebbe liberato. »

Hunter sorride. « È bello sapere che non volevi farmi morire di sete e di fame! Quella era Mara, nostra sorella. Abita a Dunedin. » Mi guarda. « Sono rimasto in Inghilterra per un po', sai. Non sono corso subito qui, quand'è finita. Sono stato anche qualche giorno a Reading. »

Spalanco gli occhi. « Sei venuto a Reading? »

« Sì. »

« Ma perché non... »

« Perché non sono venuto a casa tua? Come potevo, se mi credevi morto? E dopo quello che ti avevamo fatto? »

« Allora perché eri a Reading? »

« Volevo assicurarmi che stessi bene. In realtà volevo anche dirti che ero ancora vivo. Paul lo sapeva e secondo lui dovevo scriverti. Ma ti ho seguito mentre facevi acquisti, e mi sembravi in forma. »

Quando ripenso alle volte in cui l'ho sentito vicino, mi si stringe la gola. « Non ero affatto in forma. »

« Quello che hai detto a Carl al servizio funebre di Lina e Justine, quando gli hai spiegato che dormivi su un materasso posato a terra in una stanza con la finestra schermata... Era vero? »

È troppo. Provo ad asciugare le lacrime con le dita, ma continuano a scorrere.

Lui chiude la porta, bloccando fuori la luce. All'improvviso sono di nuovo nella villa di Haven Cliffs, nella stanza con la finestra chiusa da un pannello di compensato, col mio carceriere che mi si avvicina nell'oscurità. Chiudo gli occhi in attesa di sentire le sue mani sulle spalle, invece lui mi circonda con le braccia. E in quel momento sento un peso enorme che mi scivola dalle spalle.

Non so quanto a lungo resto nel suo abbraccio, pensando a lui che è venuto a Reading. Come sarebbe andata se avesse trovato il coraggio di bussare alla mia porta?

« Mi dispiace », sussurra dopo un'eternità. « Per tutto. »

Respiro il suo profumo. Sa di sole e di mare. « Hai cambiato odore. »

« Perché? Che odore avevo prima? »

« Lo stesso di Lukas. Quando mi venivi vicino sentivo lo stesso profumo che avevo sentito addosso a lui, di erba appena tagliata. È uno dei motivi per cui ti avevo scambiato per Lukas. »

Hunter ride piano. « Quello era il gel doccia. Lukas ne aveva lasciato un intero flacone ancora chiuso. Si porta i prodotti dalla Lituania, ma quando riparte li lascia in casa. »

Il gel doccia di Lukas. Usava il gel doccia di Lukas.

Quando faccio un passo indietro, le braccia gli ricadono lungo i fianchi.

« Devo andare. Stasera riparto. »

« Non ti vuoi fermare? »

« Non posso. »

Mi segue fino alla porta. « Ti rivedrò? »

« No. »

Esco nel sole e cammino in salita fino allo sterrato. Quando lo raggiungo, mi volto indietro. Vedendo Hunter che mi guarda dalla porta del capanno, sento dentro di me uno strappo terribile. Ho perduto tutti, ma non voglio perdere anche lui. È tutto quello che mi resta, eppure ci sono ancora tante cose di lui che non so. Non conosco nemmeno il suo nome di battesimo.

Alzo una mano per schermarmi gli occhi dal sole. « O forse sì! »

RINGRAZIAMENTI

Il mio grazie più sentito a (stavolta, per cambiare, in ordine alfabetico):

I miei **amici** in Francia e in Gran Bretagna, con un ringraziamento speciale alla comunità LF. Grazie per avermi accolta.

I miei colleghi **autori**, per la loro preziosa amicizia e il loro sostegno, e per essersi presi il disturbo di leggere il mio libro quando la montagna dei libri da leggere era già altissima.

Gli incredibili **blogger**, che mi hanno dedicato del tempo per leggere e recensire.

La mia splendida agente **Camilla Bolton**, per i suoi consigli e il suo entusiasmo, ma soprattutto per la sua grande disponibilità, e il resto del team alla Darley Anderson, con un ringraziamento speciale a Mary Darby, Kristina Egan, Georgia Fuller, Rosanna Bellingham, Sheila David e Jade Kavanagh.

Il mio meraviglioso editore britannico nella persona di **Jo Dickinson** e il team stupendo di Hodder, con un pensiero speciale ad Alice Morley e Steven Cooper.

I miei **editor** d'oltreoceano, per la loro incrollabile fiducia in me.

La mia **famiglia**, che quest'anno si è ingrandita con l'arrivo di Nina.

I miei **lettori** ovunque, per avermi letto e recensito e per i loro affettuosi commenti, che mi risollevano il morale e mi motivano a scrivere ancora.

La mia fantastica editor americana, **Catherine Richards**, e il magnifico team della St. Martin's Press, con un grazie speciale a Jen Enderlin, Lisa Senz, Nettie Finn, Marissa Sangiacomo, Brant Janeway, Katie Bassel, Kiffin Steurer, Jeremy Haiting e Lizz Blaise, nonché alla redattrice NaNa Stoelzle e ai correttori di bozze e lettori Steve Hicks, Susan McGrath, Lani Meyer e Stephanie Umeda.

La **tecnologia**, in particolare Google Earth e Google Maps. Nel 2020 avevo in programma di andare in Nuova Zelanda e passare un po' di tempo ad Akaroa, dove volevo ambientare gli ultimi capitoli di questo libro. Le circostanze me l'hanno impedito, per cui mi sono dovuta affidare alla mia capacità di leggere correttamente le mappe. Inutile dire che eventuali errori riguardanti Akaroa e la Nuova Zelanda in generale sono mia responsabilità.

I miei brillanti **traduttori**, che hanno portato *La reclusa* ai lettori di tutto il mondo.

Vorrei ringraziare anche **Paul Carr**, che con una generosa donazione all'asta Books for Vaccines si è guadagnato il diritto di apparire come un personaggio di mia scelta nella *Reclusa*. Grazie per la donazione, Paul.